大學的教養與反叛

UNIVERSITY NURTURING AND ITS REBELS

黃榮村 著

／目次

五 大學教育中的人文關懷

後記

序

這是一本以半論述半聊天方式寫出來，環繞在以大學經歷與看法為主軸的書。至於我參與各級教育與九二一重建工作的概況與觀點，已另寫於《在槍聲中且歌且走——教育的格局與遠見》以及《台灣九二一大地震的集體記憶——九二一十周年紀念》二書中，敬請參閱。

書成之後當然是請大家看的，由不得自己私心期待，但還是想藉此機會，先將這本書獻給過去與現在，我所最喜愛與敬重的學生。這本書中的很多篇章，是為他／她們而寫的，縱使是在敘寫懷念文章時，除了提供給同一時代友朋與老師一齊回憶之外，心中其實還有學生與下一代的考量與心情。

大學不祇是一棟棟的建築，也不是祇有校園，而是有來來往往接受學校培育，共同與老師創造新知識，充滿潛力的學生。他／她們未來極有可能成為國內外各行各業領導人，或者是持續貢獻心力讓社會與世界上進的公民。不僅止於此，大學同時也是一種觀念一種價值與一種精神，大家都可在深入體會與實踐後因而獲益。讀者若能透過這本書，更體會該一精神，並進一步參與這個歷史的進程，那就是作者心中熱情的盼望。

（二〇一四年一月）

一 大學生涯不是夢：先從一間校園說起

引言：從《紅樓夢》到Emily Dickinson

《紅樓夢》與西方詩人的不同時間感

《紅樓夢》第一回破題想寫金陵十二金釵事跡，說起自己「今風塵碌碌，一事無成，忽念及當日所有之女子，一一細考較去，覺其行止見識，皆出於我之上。」但寫了就寫了，還要讀者不要太計較，因為「假作真時真亦假，無為有處有還無」，溫柔鄉中再怎麼繁華富貴，久了也是「古今將相在何方，荒塚一堆草沒了」，而且「陋室空堂，當年笏滿床；衰草枯楊，曾為歌舞場」。我看作者是年紀大了，跨代在歷史中在人群中遊走的時間感特別強烈，一開始就把時間流轉當成最重要的事情來辦。

時間的面相真的很多，有的可以寫成像《紅樓夢》一樣強烈，譬如像愛默森（Ralph W. Emerson）的〈日子〉（*Days*，張愛玲譯），帶有強烈的教化色彩：

——日子轉過身，
沉默地離去。我在她嚴肅的面容裡
看出她的輕藐——已經太晚了。

也有像Emily Dickinson為美學焚身與真理對話的〈殉美〉（*I Died for Beauty*，余光中譯）：

我們便隔牆談天，
直到青苔爬到了唇際，
將我們的名字遮掩。

但是，時間感也有清風徐來雍容以對的時候，在與過去對話時，這也不失為是一種以不同方式看待人生的態度。如Emily Dickinson另有一首詩〈黃昏〉（*Lightly Stepped A Yellow Star*，余光中譯），其中有一段說：

整個黃昏都柔和地燃亮，
像一座星光的廳堂。
「天父啊，」我仰天說道：

「你真是守時不爽。」

以上Emily Dickinson與Ralph Emerson的詩，皆引自我高中時最愛讀的一本由今日世界社出版的《美國詩選》（一九六一）譯文。

回顧大學生涯的時間感

這一輩子最尊敬的就是時間，因為它從來不曾停止走動，而且不管對將相公侯君王百姓，步伐都一樣大小。回顧大學生涯其實就是在時間的場域中穿梭，與過去的對話可以是悔恨交加、急切、批判、教化、紀實、雍容有度、水波不興等方式為之，初無定論，最重要的還是以能夠還原當時情境為主要依歸。

一九七二年曾寫過一首詩〈時間〉，其中一段是：

走在這條枯了幾枝楓葉的
有點微風的路上
不必揮手
只須輕輕一點頭。

此刻已是黃昏 夾著
蔚藍如洗的落寞。

這是一種年輕人的心情，現在假如要用這種心情來回顧過去的大學生涯，恐怕寫兩三頁就難以為繼了，但假如用《紅樓夢》式的寫法，恐怕更是滿紙荒唐言，至於用教化的方式則非我所長，所以還是如前所說，以能夠還原當時情境為主要依歸，就讓情感與理性在過去的時空場域中，好好流轉吧！

我的學思歷程——台大那段歲月的浪漫情懷

我中學時期政府還沒實施九年國民教育，所以從小學到初中一路都要考試，那時候家住在彰化員林中學旁邊，因此完全沒想到報考別間學校，就在員林中學度過初中與高中的六年歲月。高中時候我們在學校裡辦刊物，也陶冶了對文學的興趣，所以聯考時祇填了十三個文學院的志願，台大歷史系就是其中之一，最後也順利錄取。進入歷史系後，開始有了「文理兼修」的念頭，因此想換個系，轉到理學院去。在理學院眾多的學系裡，想想，好像心理系最能夠滿足我，所以就轉了過去。

每個轉系的學生都有不同的原因，事後我幾經思索，發現促使轉至心理系的動機裡，有兩個最大的理由。高中時候經常做同一個夢，夢見自己一個人坐在半夜的藍皮柴客上；藍皮柴客是什麼意思？就是早期以藍漆塗裝的鐵路柴油客車。我夢見半夜坐在車頭穿越黑夜的田野，在田野裡面一直前進，而且不只夢過一次，是反覆好幾次。我一直在想，雖然人會做很多夢，但能夠記得的夢其實很少，實在想不透為何會重複同樣的夢。後來慢慢知道心理學領域有一位解夢大師佛洛伊德，於是起心動念，也許轉入心理系就讀可以解開這個夢境的謎。

第二個原因發生在大一的時候，有一次凌晨從台北回員林，車上只坐了我一個人。當時天還沒有亮，老是覺得看到一道巨大的彩虹，但是那道彩虹卻是沒有色彩、黑白的。這聽起來不合常理，因為彩虹好像應該都是有色彩的。不過為什麼有那麼強的印象呢？我在想會不會是做了個夢，醒來後以為是實際看到的東西？或者是記憶出現了扭曲？也說不定，是在特殊的條件底下看到了特殊的視覺印象？究竟哪一個原因形成黑白虹呢？所以必須要研究「夢」，必須要研究到底是「幻覺」、「錯覺」，還是「記憶」的問題。至於實際上有沒有可能看到這個黑白或灰白虹，則不是三言兩語就可以講得清楚的，請參閱附記一。

以前文學院歷史系轉理學院心理系滿麻煩的，那時理學院有院必修學分，每一個人都一定要修物理、化學、微積分還有動物學，因此轉系生必須利用暑期補修學分，可能還要補上兩個暑假，所以很辛苦。但要想同時研究夢、記憶、視覺、幻覺、錯覺，也沒有其他管道，好像只有心理系才能做到。可能就是這些原因形成了一股力量，推動我轉往心理領域發展。

做為心理學的研究者，接著談一下台大的生活，透過台大生活分享人生記憶的幾個小道理。

進入心理系開始涉足夢的領域後，發現「解夢」還真的很複雜。佛洛伊德《夢的解析》說，人為什麼作夢？人作夢是因為願望不能滿足，當白天殘留的願望或孩童時期被壓抑到潛意識的性期望，無法實踐，便藉由夜晚的夢境一償心願。佛洛伊德對夢的見解，係受十九世紀末不成熟的神經學知識，以及當時流行的von Helmholtz「能量守恆定律」所影響。當時的觀念是，神經系統裡的神經元（neurons）本身只有興奮而無自我抑制功能。譬如說白天時看到一位心儀的對象，你的神經元就被興奮了，但是又沒勇氣向她表白，興奮的能量就被壓下來；根據「能量守恆定律」，受壓抑的能量不會憑空消失，因此可能會在晚上控制力薄弱的時候跑出來，這便叫做「夢乃願望滿足的歷程」。

很多人說佛洛伊德的理論無法被否證，不過以現在的科學來講，已經知道人一天大致上有四、五個睡眠週期，每一週期約有半小時到四十分鐘時間會自動作夢。所以，人每晚作夢的時間約在一百五十到兩百分鐘左右，不難想見，每天一定做很多夢，但是一年下來能記住幾個呢？而且既然是生理機制啟動的自動作夢，則這幾個夢裡面真正有意義的又有多少，恐怕都不到一％吧！假如此說真對，我過去認為經常夢見坐在藍皮柴客上的重複夢境，恐怕就有誇大認定之嫌，因為重複發生的機會太低了。現代科學認為夢以「沒目的為原則，有動機是例外」，而佛洛伊德卻認為「有動機為原則，沒目的是例外」，如此一來佛洛伊德的理論也可以被否證了。這部分事涉科學史上重大辯論，請參見附記二。

除了夢的研究外，我進入心理系其中一個原因就是要研究記憶、錯覺、幻覺與視覺，所以之後對這一區塊也投注不少心力。

另外，我也很關心決定人生命運的條件是什麼，因為會轉系就是一件需要被解釋的問題。我曾為著名人類學家露絲・潘乃德（Ruth Benedict）所著《菊花與劍》（桂冠，一九七四年）寫過一篇書評，這本書的譯者是台大考古人類學系校友黃道琳博士，後來到中央研究院擔任研究員。黃道琳博士翻譯此書時，我還是位研究生，當時任職記者工作的台大校友王杏慶（南方朔）對我說：「你來寫一篇書評吧！」所以花了點時間閱讀《菊花與劍》，雖然沒有再回頭翻閱，但這本書我一直記到現在。

第二次世界大戰期間，美國人對於日本人一心一意效忠國家、效忠天皇，甚至願意執行神風特攻隊自殺式攻擊的精神狀態感到好奇，於是委請潘乃德分析日軍異常之效忠行為。由於戰爭期間不太可能到日本進行第一手田野調查，於是潘乃德利用二手資料，結合當時非常流行的佛洛伊德精神分析理論，展開日本的民族文化模式研究。

佛洛伊德的理論認為，成年人的性格深受童年經驗影響。他把人生分成幾個時期，其中包括一歲左右的「口腔期」，和兩歲左右的「肛門期」。比如說，普通小孩在口腔期都會含奶嘴，大概在一歲左右便能慢慢戒除，不會一直吃到三、四歲。假如直到三、四歲還有含奶嘴的習慣，表示這一關可能還沒順利度過，就會固著在口腔期，發展出依賴的性格。肛門期也是一樣，假如小時候排泄訓練非常嚴格，稍微有一點失禁，媽媽就要清洗、要包裹，搞得小孩很緊張，這個孩子就很難順利度過肛門期，便會固著在那個階段，日後可能因此發展出「偏執異常」（OCD，*obsessive-compulsive disorder*）性格。例如有些人上一次廁所後要洗十幾次手，或是放心不下一再返回家裡確認瓦斯是否確已關閉，這些偏執的症狀也許是受童年經驗影響。潘乃德根據佛洛伊德的理論，推測或許日本皇軍異常的效忠行為就是一種偏執性格，往前追溯這種性格的成因，很可能就在於童年時未能順利度過肛門期。

透過這個故事想說明的是，一個人的所作所為，經常受到前面一些事件的影響。我記得大學時修過一門課，其中講到了「馬可夫鏈」（*Markov chain*），它提出人的下一步要走往哪裡，差不多都是被上一步所決定的。「馬可夫鏈」和佛洛伊德的道理有點相通，有興趣的人可以試試，當你走在台大操場正要踏下一步時，不妨先回頭看看，自己的上一步在哪裡？我們未來的事情往往跟過去脫不了關係。

零、無窮、時間的詭論

轉進理學院需要補修很多課，在微積分課堂上，一位非常優秀的哲學系同學卻被「0」（零）與「∞」（無窮）困住，哲學系的訓練使他愈想愈多，也愈想愈迷惑。「0」很簡單，「0」就是沒有，但是什麼叫「∞」呢？「∞」就是指不論你能想多大，它一定比你能想到的更大。

「『∞』到底是什麼東西啊？」他哲學家追根究底的精神出來了：「我已經想得這麼大了，你還說『∞』就是比我想像的更大；那我再想，你又說比我再想的更大，我想到腦袋破了也不知道『∞』是有多大？」

其實他的頭腦很好，於是我開始想，該怎麼治療這個人呢？

我跟哲學系同學說：「好，我問你『∞＋1＝∞』對不對？」

他說：「這點倒沒有問題，因為『∞』就是很大，大到我們無法想像，加個『1』還是『∞』，因為最大就是『∞』。」

我接著問：「『∞＋2＝∞』對不對？」

他說：「對啊，沒問題。」

我繼續問：「『∞＋∞＝∞』對不對？」

他說：「對啊，你現在講的我都能接受，完全沒有困難。」

最後我說：「那簡單，把等式左右兩邊的『∞』對消，『1』不就等於『0』了嗎？『2』也等於『0』，對消了以後，那『∞』也等於『0』，所以先不要管『∞』了，因為不管是無窮大的、比較大、比較小的，全部都會收斂到『0』去了，這樣可不可以？」

哲學系同學一聽：「假如能夠這樣也蠻好的，不過我知道你錯了！」

他可以接受我的推論過程，但也知道這不是真正的解答，於是他慢慢推想：「喔！我知道了。放在兩邊的『∞』不能對消，所以『∞』根本是一個不確定數，左邊的『∞』不等於右邊的『∞』，所以當然不能對消。」

終於弄懂「∞」的問題後，他發現理學裡有太多哲學精神無法理解的東西，這時他說：「我們哲學家喜歡追根究底，雖然我瞭解這個運作過程，但還是搞不懂『∞』是什麼？不念了，心理系也不轉了。」後來他變成一位很傑出的哲學家教授。

我的哲學家朋友可以接受「∞」以某種方式被收斂到「0」的概念，但相反的，我能理解趨往「∞」的意思，卻不能想像走到「0」的境界。現代科學說，宇宙是從一個沒有時間也沒有空間的原點出發，然後快速膨脹。我可以瞭解一直在膨脹的宇宙，因為它終究有界限；沒有時間與空間的原點，卻超出了我的想像。也許有的人能夠具體運思，瞭解「0」與「∞」的意義，但是我跟哲學家朋友，就是沒辦法接受進入這個領域。一直到現在，我還是覺得「0」與「∞」非常奧妙。

因為對時間與空間的問題特別感興趣，所以進入心理系後，「似動運動知覺」（apparent motion）吸引了我的注意。什麼是似動運動知覺？以霓虹燈為例，假設有三盞分別名為A、B、C的燈，在不同的位置依順序亮起，結果你會看到燈光一直線連接過去，其實這裡已經產生了假象。原本三盞燈是A先出現、B再出現、然後C再出現，應該就祇看到這三個燈才對，但在視覺上卻不是這樣，而是先看到了A，然後中間彷彿有很多小燈泡在跑，接著才看到B。按照燈的物理定義與位置來說這是不正確的，原本一定是要A燈、B燈依序亮起，然後中間才產生了主觀上連接彼此的燈光。想想看，當A燈單獨亮起時，並不會無中生有在連接到B燈之前產生跑馬燈現象，一定要是A燈泡亮起，然後B燈也出現了亮光，才會誘發主觀的感覺看到中間燈泡在跑。客觀上的時間應該是「A燈↓B燈↓產生中間的連接光線」，但是主觀上卻變成「A燈↓中間的連接光線↓B燈」，這種主客觀之間難以相容的現象叫做「時間詭論」。

這是很簡單的現象，但是簡單的東西背後卻存在著複雜問題。早期格式塔心理學就用這個例子說明「對整體的知覺不是來自部分知覺的整合」。從這裡接續霓虹燈的例子，A燈與B燈中間是沒有真實燈泡的空白區域，視覺上看到的那些燈，都是由腦袋產生、不存在於實際空間的。所以我們對於A燈、B燈，還有中間空白空間的知覺的總合，不等於「整體的知覺」。「整體」就是A燈出現，然後中間出現霓虹燈的感覺，最後出現B燈的總體的知覺。這兩個是不一樣的，叫做「部分知覺的總合不等於整體的知覺」。

由上述可以看出，因為時間的介入，後來的空間就不再是原來的空間。在原來的空間裡，A跟B中間沒有燈泡存在，但是A、B燈亮起以後，中間開始有燈，變成有燈的空間。從原來沒有燈的空間，變成現在有燈的空間，是因為時間先被扭曲，空間跟著也被改變，這是「時間詭論」的另一種說明。當心理時間被扭曲以後，也帶動了空間的扭曲，產生幻覺，這跟一般認知裡，時間與空間獨立存在的想法是不一樣的。

說明了時間干涉空間的例子後，反之空間亦能勾起時間的片段，這一點非常玄妙，由於心智的運作，時空的關係就能重新整理。偶然看到一個角落、一個空間的一些片段，有時會產生似曾相識的感覺，或是因此懷念起某個人、某件事、某個時間的片段，這是因為橫切面的空間經驗，勾出時間軸裡的縱切面事件，也就是空間干涉時間的表現。

現代的時空觀經由愛因斯坦已經有了巧妙解釋的時空連續體，當心智、心靈、心理介入運作的時候，時間與空間可以被編織在一起，相互干涉。我後來發現「時間詭論」跟愛因斯坦也有關係，心智其實是時空宇宙的一部分，心智沒有辦法獨立於時空而存在，時空也會受到心智的干涉而變化。

浪漫求知的態度

當年在台大校園裡，學習經常都是浪漫的。學校裡流行著各式思潮，包括存在主義所講的存在先於本質、厭倦的心靈、漂泊的心靈、沉重的心靈、跳動的心靈、空虛的心靈、無法瞭解的心靈、莫名其妙的心靈……等，其實也不一定真的弄得懂，但身處知識的浪漫氛圍裡，促使我們熱烈地投入思想探索。當時還流行像《麥田捕手》這樣的地下文學，儼然就是一個叛逆的、搖滾的大時代；其他流行的作品，像是卡謬寫的存在主義小說《異鄉人》，描寫一個倦怠、虛空的人，在沒有什麼理由的情形下，開槍結束另一個人的生命。另外還有許多以心智探討為中心的思想與主義，包括笛卡兒講的「我思故我在」，主張心物二元論，心跟物是可以分離的，以及科學的哲學、比邏輯經驗論更嚴格的維也納學派邏輯實證論、心理學的行為主義、精神分析等等。

在浪漫求知的校園裡，我們不排斥任何學說思想，所有的東西都去接觸、去接受。但是長大後想一想，開始覺得它們互相之間是矛盾的。譬如說行為主義不談內在的生理運作或者心理運作，只講究刺激跟行為之間的關聯，用什麼方式連結，不研究生理機制，也不假設心理層面的運作方式，因為行為主義就是要建立行為與刺激間的直接關係。還有科學哲學，也就是邏輯實證論，它將mind（心靈或心智）用括號括起來，認為那是虛空的，現在不要研究，研究也沒有用。這跟地下文學、存在主義、笛卡兒、精神分析等等所主張的，基本上都是相違背的，但是我們那時候因為浪漫學習，所以照單全收，即使是工學院的學生，也可以快樂地夾著《莊子》上學。發現思潮之間互相矛盾後，我懊惱那時候為什麼沒有寫一篇〈台大校園內數大流行思潮間之矛盾及其論證〉，要不然就可以為那段歲月多留一點紀錄。

當時浪漫求知的態度，是老師、學生全校皆然的。我曾修過數論，只因為看到有一句話說數論是「Queen of Mathematics」，便激起了興趣。數論的老師叫做阿博，他總是趴著寫過一個又一個黑板，然後要我們全部都記住，我就埋頭抄啊抄的。一個學期上完後，覺得課程也滿有趣的，我們都不太念老師開出來的英文教科書，雖然書小小一本。課堂筆記比那本書還大，整整抄了差不多快十八個禮拜，後來才發現那是華羅庚寫的《數論》，是一本禁書，不過我也發現以前不管是什麼東西，都是禁書。華羅庚是研究數論的知名學者，早期在中國大陸與火箭專家錢學森齊名。

畢業旅行的時候，理學院的老院長施拱星跟我們同行，有時候聊天，施老先生秉持數學老師的職務本能，問我們有沒有修數學課啊？我列出修過的微分方程、高等微積分、數理邏輯、高等統計等等，講了許多，施老先生都沒什麼反應，只是「喔！這樣，喔……」當我講到：「啊！對啦！對啦！還有修到數論。」施老先生精神一振：「啊！真的真的，好好好。」數論Queen級的地位，讓施老先生也沉浸其中。那時候的學生以浪漫的心態學東西，也因此有時不分輕重，選課超過負荷導致不及格也無所謂，大家都是自由自在地傾情學習。

我曾在數學系修習拓樸學，居然有一位高中生來班上旁聽，同學問他聽得懂嗎？他回說很簡單啊！讓每個人為之絕倒。直到有一次，機率理論的課堂報告，非數學系的也要上台報告。一個小時的報告時間結束後，老師居然跟我說：「喔！好不容易終於聽懂了一次。」因為浪漫的學習態度，所以能無所畏懼地迎向高深的數學領域，高中生也自己覺得懂，然後上台報告的人也覺得自己說得很好，這就是浪漫。我覺得這個求知心態很好，因為如此，當時的校園非常活潑，就像現在流行的說法一樣，跟國際學術的思潮「無縫接軌」。

即使當年的老師不如現在的水準，但老師做學問的精神，依然讓人尊敬不已。雖然研究在當時的條件下不見得容易做得很好，但是老師們非常尊重學術，晚上也會在研究室持續工作，碰到學生時也不會多談無意義的事物，總是問：「研究做得怎麼樣？書念得怎麼樣？」開學會、年會的時候，老師就坐在一旁聽講，就算內容我想大部分他可能也聽不懂，但他就是很浪漫、全情投入學問。我們因為浪漫所以很想念書，念不懂也沒關係，想盡辦法就是要學習。在浪漫中學習是一種樂趣，雖然不見得會做得最有深度，但這反映我們當時校園的狀況。

我以前寫過詩，有兩首詩給各位看看。

〈當太陽下山〉

潑出一大杯咖啡
灑滿一地詩句
歪歪扭扭接成長篇詩行
再用湯匙一一盛起
竟測不出生命的重量。
難道存在只為印證無聊
只好一直靜待天明。
清晨的校園
理想與孤獨一一浮現
親切的沿路招呼
原來生命還有季節風
總是呼嘯在轉彎處。

這首詩是想寫出當年校園的一個面向，那時候的學生流行喝咖啡，然後每個人都要寫寫詩，「測不出生命的重量」就是描繪學子們強說愁的心態，寫了一大堆，把它盛起來根本沒有生命的重量。「清晨的校園」這部分是我真實的體驗，半夜喝咖啡、聊天、喝酒後，凌晨時分就在椰林大道漫步，興之所至，便躺下來看有沒有星星掉落。「理想與孤獨一一浮現」，這裡的意思是說生命非常豐富，也許就在下一個轉彎處，為什麼要去喝咖啡？要寫那麼多東西？不如早上來椰林大道走一走，生命就充實了。

〈屋角閒話〉

當太陽下山
循著這條路
就可以走到那間紅樓。
火爐旁　冬夜在窺視
無常的火焰
切向四面八方
亮出一張耶穌的臉，
湊在窗外　好奇的看著
屋角一堆人正在嘰嘰喳喳

辯論笛卡兒的上帝存在論。

現在台大的樂學館在舊總圖旁，靠近過去總有很多國手來打球的籃球場，也是台大還有夜間部時上課的地方。我們以前管它叫紅樓，當時有一個叫做「屋角閒話」的讀書會。這首詩在說，沿著通往籃球場的那條路走到紅樓，在寒冷的冬夜裡，耶穌正好奇地看著屋角聚會，聽他們嘰嘰喳喳辯論笛卡兒的上帝存在論。這首詩想像著耶穌本尊看著人們辯論祂的存在，也可以說是反思以前辯論的主題，是不是一些沒有意義的東西？不過，反正以前就是浪漫。

聽說英國《泰晤士高等教育報》（*Times Higher Education*）已把台大列入世界前一百大，恭喜恭喜！我們也要建議學校恢復過去的浪漫傳統，尤其對台大來講，教學不只是單純培養一種人才，而是培養學生成為各行各業的領導人。假如現代台大學生能多一點當年的浪漫精神，相信領導人會越來越多。

解開人類行為的密碼

浪漫的求知者不會漏掉向諾貝爾獎得主學習的機會，我當然也沒錯過，歷年與心理學相關的得主我都做成了名單如下：

1904	Ivan Pavlov	古典制約
1961	Georg von Békésy	耳蝸力學
1962	Francis Crick	人類意識
1963	John Eccles	心物關係
1972	Gerald Edelman	人類意識
1973	Karl von Frisch、Konrad Lorenz、Nikolass Tinbergen	動物行為
1978	Herbert Simon	有界理性／人類認知
1981	Roger Sperry、David Hubel、Torsten Wiesel	視覺
2000	Eric Kandel	記憶之分子基礎
2002	Daniel Kahneman Vernon Smith	判斷與決策行為

有一位台大動物系的朋友，到國外後寫了一封信給我，說她每天都過得很快樂，天天都跟諾貝爾獎得主見面，她講的是念書，讀的書都是諾貝爾獎得主系列，或者是未來的諾貝爾獎得主作品，所以一直感覺到自己彷彿跟諾貝爾獎在一起，我覺得這種浪漫的態度相當可取。由於

諾貝爾獎具有相當的崇高性，因此學生一聽到諾貝爾獎就心生嚮往愛念書，以前我兒子跟一位諾貝爾獎得主握過手，他說握手的感覺不同於和一般人，這個就是浪漫。還有一陣子他傚效理查‧費曼（Richard Feynman）拍鼓，因為崇敬，所以希望藉由模仿偶像的行為來瞭解對方。能夠得到諾貝爾獎的都是學術成就非凡的學者，都是可以浪漫、效法的對象，同學們應該要特別注意。

因為浪漫，所以從事心理學研究的人開始思考：決定一個人行為的最根本因素是什麼？想要找到心理與行為的最小決定單位。表面上看起來是科學研究，其實也是來自浪漫。以基因為例，在我的學生時代，行為遺傳學已經在研究人類智能的遺傳性，與環境因素的影響性。我們現在知道人類的基因應該是在兩萬五千個左右，一般認為心理疾病應該都可以找到相關的基因，至於人類的行為，一個秉持浪漫精神的人，通常也會自然地聯想到基因。

基因是生物體上最直覺，也是最基本的單位。當時大家在想或許行為也有基因的基礎，但是人類的心智假如有基因基礎，說不定是透過多基因表現，而不是單一基因或者少數幾個基因。我們知道有幾項疾病確實是由少數基因決定，但行為如果是多基因的話，現在的技術可能找不出來。還有一種人類的心智，比如說一個人認真、一個人懶惰，或者說一個人善良，一個人愛算計，試想看這是先天的還是後天的，很多可能都是後天的性狀。後天性狀會不會遺傳給下一代，這也是克里克（Francis Crick）很重要的貢獻之一，叫做中央法則（central dogma），意思是說DNA會驅動RNA，RNA會驅動去製作胺基酸（amino acid），然後製作蛋白質

（protein）；反之則不然，除了非常少數的例外，比如說AIDS的反轉錄病毒（retrovirus），它的RNA被反轉錄到DNA上去。還有一種學術界仍不太確定，上次諾貝爾獎頒了一個給發現prion（普恩蛋白，一種蛋白質傳染性粒子，一般認為不含DNA與RNA）的人，有人認為prion是可以遺傳的，但是按照中央法則來檢視的話可能還是有問題，所以有點爭議，因為prion是一種蛋白質而且沒有核酸，應該是回不去影響DNA或產生突變的。現在一般都接受中央法則的講法，一個人認真、懶惰都是被蛋白質決定的，認真與否可能是後天的性狀，所以認真的父親可能生出懶惰的兒子，懶惰的父親可能生出認真的兒子，因為後代依據前人的經驗調整自己的作為。以前遺傳學有一個趨中律，聰明父母生的小孩智商較父母遜色一點，比較笨的父母生出來的小孩卻會聰明一點，才讓人間有了公平正義。這是我的解釋，其實這可能是一個天花板效應，因為他已經夠聰明了，也無法更加出色了。這中間有兩個因素：一個是多基因，一個可能是蛋白質的表現沒辦法遺傳給下一代。

我以前在政大辦的一個高等教育論壇中，負責主持聖嚴師父跟單國璽樞機主教的對談，代表大家向他們問一個問題。問題是：「假如今天有一群你信得過的科學家，來跟你說基因移植技術已經成熟，想複製一個你，做好的示範，繼續領導下一代的人，你願不願意？」結果他們兩個都說不，他們說：「你做出一個人出來，可能跟我很像，但是絕對不會是我，我腦袋裡面想的他不會這樣想，我每天苦修他不會跟我苦修，我想替人類做一些事情，他不一定會這樣做啊。」就是遵循中央法則的講法，認為後天修養出來的東西，沒辦法轉錄到細胞裡面的染色體、DNA、基因上面。

現在基因學對於人類行為的基因位置還未有定論，像是精神分裂可能的基因位置眾說紛紜，所以諾貝爾獎得主沒有一個是研究心理疾病的學者。很多心理學研究者目標在於幫助受傷的心靈，或者病態的心理疾病，不過這些項目都不在諾貝爾獎範圍內，即使心理學領域的人都很聰明，但這個題目本身非常困難，希望台大年輕的一代能打破現狀。

其他像是研究躁鬱症、暴力犯罪、同性戀的基因位置，很多這類的問題，到最後說不定連拿筷子、上教堂都有基因，把上教堂人的細胞染色體，拿來跟沒有上教堂的一比，總是可以比出一些不一樣的地方，也說不定研究拿筷子的人的基因，發現都是東方人，所以東方人有一個「筷子基因」！最後最好玩的是，「自由意志有沒有基因？」假如你認為所有的行為都要有基因，如此一來人的自由意志應該也有基因？只是一旦承認自由意志有基因的時候，就違背了自由意志的基本定義。因為自由意志本來就不應該是命定的，而基因卻是命定的，所以這個不必做實驗，就可以知道是一個「詭論」。

人類智能可能是多基因的，未來技術成熟後總會有找到的一天，至於後天性狀，假如中央法則是正確的，大概也能找到後天解釋的基礎。用這種觀念去看心理跟行為背後的基礎，是很合理的一個做法。為了找出影響人類行為的因素，從基因、神經元、神經系統、大腦都有人在研究，譬如說克里克他就做神經系統，提出一個叫做40Hz共振的跨腦區協同運作機制來解釋人類的意識等等。

追求正義的校園歲月

台大校園不只是念書的場域，還有「胡搞」的時候，不見得是我們胡搞，有時胡搞來自於外界，搞得台大必須出來捍衛價值、扮演堡壘與燈塔的角色。台大因為特殊的歷史位置，在一些重大事件上幾乎無役不與，塑造出其他大學所沒有的自由傳統與台大學風。

早期的二二八事件跟台大也有關係，那時候的文學院院長林茂生教授，是林宗義教授的父親。接著是發生於民國三十八年的四六事件，學校曾經指定由我負責四六事件調查小組。民國三十八年四月，政府計劃逮捕台大二十一位學生、師院六位學生，當時台大的學生到師院與師院的學生開會，政府於是進入師院，逮捕了兩三百個人，後來都放回來了，這就是四六事件。四六事件發生後，同年五月公布動員戡亂臨時條款，五月十九日宣告台灣省戒嚴令，六月就頒布懲治叛亂條例。事後我們進行調查時，就把四六事件認定為白色恐怖的濫觴，是白色恐怖的開始。

那時候師院成立「整頓學風委員會」，重新辦理登記學籍，用意在於加強控管學生，台大不同，並未成立類似的委員會；後來民國四十二、四十三年左右，教育部派任了台大第一任總教官，大概是這樣的一個歷程。台大成立四六調查小組後，平反了受事件影響逃到各國去的受害者，並且將它定位為等同白色恐怖的歷史事件。

在我進大學之前自覺運動就已開始。民國六十一年釣魚台事件引發了民族主義論戰，在森林館進行了一場「民族主義座談會」，我也以研究生的身分參加，座談會後來演變成馮滬祥、陳鼓應、錢永祥的相互批評，事件鬧了一年，隔年發生台大哲學系事件。跟我同年的中文系校友游祥洲當時擔任哲學系助教，也遭殃及，甚至沒辦法續任改去開計程車賺錢維生。其他還有很多相關人士被迫出走、另謀發展，直到平反後才慢慢回來，像是王曉波，就是經過平反回台大哲學系任教的。這個是民族主義論戰產生的哲學系事件。民國八十二、八十三年左右，台大哲學系事件發生後的第二十周年，我那時是澄社社長，就在台大理學院思亮館舉辦紀念會，當時的代理校長郭光雄教務長也來參加。紀念會上很多人提出應該要為他們平反，於是台大校務會議就組成「台大哲學系事件調查小組」，終於還給受害者公平正義。

解嚴前後，台大有自由之愛，也有教授聯誼會，這些過程我們都有參與；後來三月學運、反軍人組閣之後，有廢除刑法一百條到醫學院院區靜坐的事件，孫震校長因為這樣被郝院長在立法院公開責罵，是可忍孰不可忍，我們就在舊的台大活動中心大禮堂開聲援大會。一般遇到這種事情，大都推我去做主席，因為他們說：「你神經比較大條。」為廢除刑法一百條而發起的「一〇〇行動聯盟」行動，醫學院李鎮源教授、時任醫學院院長的陳維昭校長也在那邊打點，結束後學校開檢討會，孫校長、陳維昭校長、張忠棟教授也在，結果朱炎跟張忠棟兩位老朋友都吵了起來，當時也是由我當主席，大凡棘手的會議都由我主持，可能是因為神經比較大條，或是因為浪漫所以眼睛看不清楚吧！之後還有四一〇教改行動、行政院教改會，都有我們的身影，可以說台大無役不與。

我有一次到柏林拜訪自由大學，自由大學是第二次世界大戰後美國幫忙籌建的學校，他們的校長跟我說前面不遠的那一棟，就是以前著名科學家莉澤・邁特納（Lise Meitner）與奧托・哈恩（Otto Hahn）做核分裂的地方，剛好我也知道這段歷史，就跟他談起來。納粹時代，莉澤・邁特納冒險逃離德國轉往英國，逃到英國以後，她寫信給留在柏林的同事、一九四四年諾貝爾化學獎得主奧托・哈恩。莉澤・邁特納跟奧托・哈恩關係非常密切，但她寫了一封教訓奧托・哈恩的信，叫做〈永遠寄不到的信〉，影本留存於劍橋大學。莉澤・邁特納說：「這個真是德國的不幸，你們所有人都失去了正義與公正之心。假如只有我們輾轉失眠而你們仍安臥如常，德國的處境不可能變得更好。」當年不只莉澤・邁特納命運坎坷，同時代也有很多人亦是如此，我想當年的台大就是在這種精神上建立起風格，如果不是有一條看不見的鏈鎖連結起來，台大怎會無役不與呢？現在比較困難，因為年輕人都要上網。

常保同理心

前一陣子適逢九二一大地震十周年，以前行政院任命我為政務委員兼九二一災後重建委員會執行長，去當教育部長則是後來的事。為了進政府做我該做的事，當時做了一個很困難的決定，就是辭去服務了二十幾年的台大教職，其中部分原因是我當年也是在台大校務會議上主張「學官不兩棲」的發起人之一。我們來回看九二一。九二一地震後的災情勘察圖裡，有一張石岡水壩嚴重受損的空拍圖，這張照片後來變成Bruce A. Bolt撰寫的知名國際教科書*Earthquakes*封面。石岡水壩是一座混凝土大壩，全世界約有一萬多座，卻只有台灣這座在地震裡遭到破壞，所以很多專家都想到現場勘驗。他們看了以後也證實壩體沒有偷工減料，只是因為斷層剛好從壩底下通過，才造成了空前的毀損。九二一地震是台灣的悲劇，卻矛盾地成為了台灣SCI論文的喜劇。因為這場百年碰不到的自然災難，相關學者們發表了很多很好的國際論文，之後幾年間，學界的SCI表現或多或少都獲得提升。但說到底這仍是台灣社會的悲劇，而我們就身處在這場矛盾裡面。

如果要問九二一地震的受災程度，可以從重建經費的角度切入。日本阪神地震大約籌措了一・二五%GDP的重建經費，而九二一地震方面，房屋全倒約四萬多戶，學校全倒兩百九十三所、受損一千五百多所，重建規模非常大，所以重建委員會原先提列一%GDP的經費，後來再追加一千億特別預算，合計約一・七%GDP，再加上最後真正投入重建的費用，包括中央銀行提撥郵政儲金一千億、行政院開發基金提供震災優惠貸款五百億等等，大概總共準備了三千多億。

八八水災是另外一個重建案例。八八水災造成七百多人喪生、一千四百多戶房屋受損、十七所學校需要重建，雖然災情數據小於九二一地震，但它最嚴重的一點是土石崩塌造成河川淤積，若不即時清除淤積將進一步影響水庫供水，只不過這中間還牽涉到遷村問題，工程相當浩大，所以重建工作也非常困難。

九二一地震初期十個月內，災區月平均自殺率從每個月每十萬人有一‧一人升到一‧五六七人，自殺率平均增加四二‧三%，十個月以後回歸基準線；桃芝風災的時候，台大溪頭實驗林場、東埔山地實驗農場災情也很嚴重，那些時候不管是媒體批評，或是到災區訪查受災戶遭到責備，也只好代表老天爺讓他們罵，因為他一定要發洩。發洩完可能會覺得不好意思，因為將來重建委員會還要替他做事情，就會反過來感謝你，那就夠了，就解決問題了。所以我以前耐心培養得不錯，本性好像也比較浪漫，比較容易同情這些事情。

一九九五年神戶市在地震以後自殺率降低，所以九二一之後有人預期台灣也會產生相同的效應，自殺率也會下降。我一直想，怎麼可能災害來的時候自殺率反而降低呢？他們就說「台灣人比較厲害，打死不退啊！台灣人莊敬自強、處變不驚，所以越受害越健康！」但事實上不可能是這樣的。後來發現神戶在地震後自殺率降低是因為高樓都被震倒，原本日本人常用的跳樓自殺管道行不通了，於是降低了自殺率；台灣早期農藥取得相當容易，後來禁巴拉松的兩年時間裡自殺率大幅降低，因為想自殺的人找不到慣用的方法，而自殺是一念之間的事，你幫他撐過一陣子他就可能不自殺了。所以如果感覺某個朋友狀況不對，要想辦法分散他的注意力，他一恍神你可能就救回他一條命。

PTSD（創傷後壓力癥候群）最出名的案例是越戰退伍老兵，他一睡覺就記憶回溯（flashback），腦海裡忽然湧現可怕的往事，整個人彷彿將被這些片段吞滅。藍波就是越戰受傷軍人產生PTSD最明顯的典型，有興趣的人可以參考電影《藍波：第一滴血》。國際上的數據也很清楚，越戰老兵大概有一七％罹患PTSD症狀，後來研究顯示，九二一產生的PTSD患者由本來的九％降為三％，情況還算在控制範圍內。九％的PTSD在三年內降為三％，這情形在國際的數據是較少見的，台灣的表現可說是非常非常好的。

由於自殺率與PTSD數據下降，很多人對台灣很感興趣，覺得台灣人的心理韌性好像真的比別人都高。真正的原因不太清楚，可能因為九二一地震發生後，全國人民都去關心受災戶，社會經濟條件也獲得改善，除了政府編列三千多億經費重建，民間也有三、四百億捐款，比較起來擁有更多的社會支持，尤其農村的住民又非常堅毅的關係。而且台灣人很會互相鼓勵，當時在災區很流行鄭智仁的台語歌〈天總是攏會光〉，唱歌的人大部分都是從都會區來的年輕人，災民就在旁邊聽。聽著聽著，災民一時悲喜交集，眼淚就流下來，悲的是明明房子還倒在那邊，喜的是你一直跟我說明天天就會亮。悲喜交集就流淚，流了淚就睡得好，然後隔天起來有希望，大家一起往希望的方向走，慢慢走慢慢走，真的希望就在那裡，最後房子也建起來了！這在心理學上叫做「自我應驗的預言」（self-fulfilling prophecy），彷彿是一則擁有生命的預言，你只要說「我是好孩子」，就照你的意思慢慢變成好孩子；你預言「我是好人」，慢慢就變成好人；小學老師說「你調皮搗蛋、不乖，去那邊罰站」，我就越來越不乖。一個人乖跟不乖也是一念之間，就隨著那個預言就讓它實現吧。

所以民間團體到災區蹲點、住在那邊，對當地災民幫助很大。我以前看到南投小學生帶客人介紹他的學校如數家珍，應對進退有禮有節，南投、台中縣一帶都算是鄉下地方，但他們的表現不會比都會區小朋友差。反而都會區的小朋友長大後跟他講話，「對啊對啊……」一路對過去也不知道在回答什麼；南投的小朋友卻都能講出一套故事出來，「轉個彎，那裡怎麼樣……」，相當厲害。為什麼？因為一個人假如沒有真正被愛過，沒有被關懷過，原則上就學不到怎麼愛，除非天生異稟。你沒有被關懷過，沒有被愛過，可能就不知道怎麼愛跟關懷別人。像我們的父母那一個時代，受日本式教育影響，都是使用命令式的語句。以前在家裡與父親講話越講越大聲，所以從來學不會小聲跟別人講話，很多人都是這種情形，因為他沒有學到過；一旦被關懷被愛，他也就學會關懷跟愛人。這個人生經驗是非常難得的，因為大家關心，所以他心中沒有怨恨。因為大家的關心，小孩就學到了怎麼愛別人、關懷別人，連介紹自己的學校都非常有信心。

地震後九份二山裡面埋了好幾十具遺體，有一次堰塞湖開挖作業裡發現了其中一具遺體，遺體埋在地底下，出土時皮膚還是乾燥的，亡者的兒子認領時一直摸著媽媽的手，大家一直關心他的情緒狀態。當時距這位母親罹難約有一年時間，兒子心理上還與媽媽保持非常緊密的關連，看到媽媽的手忍不住一直摸著，想念媽媽。看到我的時候說：「你要摸一下嗎？」我看這個兒子那麼自然地撫摸媽媽的手，不由自主說：「好啊。」也過來摸一下，感覺也很自然。我覺得就是因為大家都關心他，所以這段親情的聯繫能夠持續這麼久。

因為大家的努力，才發生上述九二一期間的事情，這裡面有一個重要條件「同理心」。同理心其實是有心理學基礎的，倫敦大學大學院（University College London）傅瑞斯（C.D.

Frith）教授的研究團隊，利用功能性核磁共振成像技術（functional magnetic resonance imaging，fMRI）做了一些相關研究，發表在二〇〇四年的*Science*上（Singer等人，2004，303期，頁1157-1162）。他們找來夫妻檔接受疼痛測試，先用電刺激丈夫，當他感覺疼痛的同時，利用儀器測量腦部相對應的反射部位，發現疼痛反應在前額葉的前扣帶回區（anterior cingulate cortex）以及動作區（motor area），這部分是丈夫的第一人稱經驗。接著讓先生目睹太太接受電擊的過程，針對太太的部分做反應就是第三人稱經驗。實驗發現，先生見到太太遭受電擊，也激發了前扣帶回區的反應，動作區由於是純屬於他個人的體驗，所以就沒有出現激發反應。前扣帶回區的反應就稱為第三人稱的經驗：我看到你受苦，產生同理心，於是在同一個地方出現反應。可以知道，人之所以有同理心，一部分是由神經生理的機制自然展現出來的。

但是憐憫也有殊異性，倫敦大學大學院傅瑞斯教授研究團隊，於二〇〇六年在*Nature*上再次發表研究，男女受試者經由研究團隊安排的第一階段遊戲，對彼此的印象產生了「公平的人」（fair players）與「不公平的人」（unfair players）的感受。第二階段，受試者看到公平的人的受試過程，就像看到親人被電擊一樣，腦島區（fronto-insular）及前扣帶回區都會激發反應；看到不公平的人、壞人、欺騙的人被電擊的話，同理心反應變少了，反而是與報復有關的「獎賞區」（reward areas）激發增加，受試者彷彿品嘗到復仇的快感。這種「利他性懲罰」（altruistic punishment）現象在男性身上特別明顯，女性較不受影響，依舊同情被電者。研究團隊提出「憐憫也有殊異性，會受到公平正義（屬於情緒類別中的一種感受）知覺結果的影響」

（Singer等人，*Nature*，2006，439期，頁466-469）。雖然是間接證據，但我們可以合理推論，台灣之所以能積聚龐大的民間捐款，正是因為我們「把受災戶當成親人」的同理心反應，比其他國家更加強烈，所以說慈善行為可能有人體的內在機制，重點是怎麼樣把它激發出來。

集體行為的超穩定結構

台灣最需要研究，而且對社會有幫助的，就是國內那些超穩定結構的信念系統，像擁核跟反核，以及統、獨的信念。集體行為的超穩定結構真的是讓台灣社會痛苦不堪的東西，裡面牽涉到理性跟感性的互動。什麼樣的東西最容易超穩定？就是涉及公平正義的、弱勢關懷的議題很穩定。為什麼這麼穩定？因為它是情緒面的問題，與公平正義有關的，基本上都是情緒性，而不是理性的東西。所以，以前環境經濟學就說：「假如你要講效率，請經濟學家上台；假如你現在要講公平正義，請經濟學家下台，換別人上去。」意思就是在說明，當你想做理性計算的時候牽涉到的是效率，當你講公平正義的時候則牽涉到情緒層面、價值層面的東西，不是那麼容易可以解決的事件。所以針對台灣社會的超穩定結構，我們應該探討更深層的理性跟感性互動的問題，我們能夠提供什麼樣的心理學基礎？神經生物學的基礎？心理系的朋友也都覺得這是心理學家應該要協助投入的方向。雖然這樣的問題最後恐怕還是要靠政治家來處理，但是做為一位研究人員、一位大學教授，縱使不能協助解決，也應該要在這些議題裡提供研究資料，可以給相關領域人員當做判斷與參考的依據。

歷史不能遺忘

我們從九二一地震、八八水災、核能論戰、統獨論戰裡學到什麼呢？德國哲學家黑格爾曾經提出一個「魔咒」，他說「經驗跟歷史教導我們，人跟政府從來沒有從歷史學到任何東西，或者是以歷史推導出的原則去行動」；英國諷刺劇作家蕭伯納也認同黑格爾的說法，但他又踹一腳，進一步闡述「我們從歷史學到的就是，人永遠沒辦法從歷史學到任何東西」。黑格爾的理論比較婉轉，至少在外面稍微繞一下；蕭伯納的說法卻更加直接，因為他是很會寫諷刺文章的劇作家。

基本上台大是以浪漫精神為教育方針，所以我們不太願意相信「黑格爾魔咒」，而是相信「歷史永遠不會放棄不想遺忘的人」。人類之所以沒有辦法從歷史獲得教訓，是因為我們經常遺忘，華格納歌劇《諸神的黃昏》中，屠龍的英雄喝下忘情水、背叛了妻子，最後不只自己失去生命，諸神也因此走向黃昏，「遺忘」就是整齣悲劇的關鍵點；羅馬史詩裡尤利西斯（Ulysses）打完特洛伊戰爭回鄉時，沿途遇到很多「忘情水」的誘惑，但他堅決抗拒，終於回到故里。我想分享的意思在於，只要你不遺忘，那歷史就不會把你遺忘，而我們就能從這裡獲得教訓。

演講總有說完的時候，今晚就講到這裡，很感謝台大李嗣涔校長，在大病初癒後還出來主持我這場演講。

回響與交流：

問：請問您在投入人道志業，或是從事本職工作時，如何處理外界的批評或攻擊？又是如何排解情緒呢？

黃：第一個必須要弄清楚對方攻擊的要點，比如說舉個例子，九二一震災重建時攻擊最多的是重建效率，也就是預算執行率偏低，「政府提撥那麼多錢，你都不能用？」

這時候必須要解釋，第一，預算案最大宗的是由行政院控管的計畫，工程標案總共有兩萬多件，請對方指出兩萬多標案中哪一樣控管沒有效率；還有一種是特別預算的計畫；也有的是總統跟院長交代的案子，案子種類很多，所以首先必須釐清問題的重點。第二，後來你會發現到對方原來講的是另一件事，當你一一說明之後，他說：「還不錯。但是還有第二個問題。」因此要再進一步解釋，一千多億的工程經費其實是分三年執行的總預算，而非一年期的計畫案，不能在計畫的第一年就批評說現在只用了五〇%。因為那時候全國公共工程容量一年大概可以做到七、八千億，九二一地震後又多加了四、五百億的工程需求，國家工程容量已經有點消化不良，不可能再加快速度，因此工程要分三年執行，不是只有一年的時間。

先把原因都分析給對方聽，但因為這是服務受苦的人道志業，所以必要時還是得先退一步，接受對方的批評責備，才能共謀改進。

問：請問您對教改發展至今的看法？

黃：這是一個大哉問，不是那麼容易回答，今天本來沒打算講我在教育部經歷的事情，不過我嘗試簡單回答這個問題。

第一，教育改革是一個永續的過程。沒有人是莫名其妙在推教改，今天很多人問以前的教改怎麼會這樣？你如果回到那個現場去，那時候每個人都說你要這樣改。但是過了十年以後，風水輪流轉，教改經常要隨著社會狀況改變。假如教改政策跟社會上的文化主流不一樣的話，更要小心，教育領域裡面出來談教改的，經常在這裡發生嚴重衝突。

九二一不一樣，九二一我碰到的都是弱勢災民，但透過教育管道出來講話的人很多是中上家庭。有一次我到中南部一所國中訪問，校方說自己是常態編班，我猜學校一定不是常態編班。問校長，校長不敢講，因此再問：「你有沒有把最好的老師，安排去教被你編的最差的班？」校長不敢回答，我說：「我知道，你們不可能把最好的老師安排去最差的班，因為家長會裡面都是家裡環境比較好的父母，怎麼可能做到？」所以談教育，一定要全面去談，這是第一個。

第二，教育的改革一定要監督。譬如說九年一貫課程，以前在教育部的時候很擔心兩個問題，有人說九年一貫課程改了以後，全國學力會下降，城鄉差距可能會變更大。若不會更優秀又不會更正義，那這種教育改革幹麼？不對啊！但問題是誰有資料來講得這麼大聲？

一直等到二〇〇八年，才有辦法據理力爭說以前的改革是沒有什麼錯的，但那時我已離開教育部四年了。國際數學與科學教育成就趨勢調查（Trends in International Mathematics and Science Study，TIMSS）一般在國二下學期進行，計畫之目的在於調查八年級（國中二年級）學生數學與科學方面的學習成就，大概有五十幾個國家參與。我國之前是用舊教材、舊課程參加評比，二〇〇八年發布的是使用新課程、新教材後的測驗成果，我們在數學、科學的TIMSS排名居然比舊教材更進步，各往前提升一名。不過可能現在的小孩比以前聰明也不一定，因為現在小孩比較少，大家全力培育，就變得比較聰明，重點是至少教改並沒有出紕漏。教改是要一步一步去檢驗、去檢查的，我覺得這個才是負責任的做法，要不然你永遠聽他們的，那教育也永遠不用改了。我們現在的大學改得這麼厲害，但是假如台大沒有這十三年的改革，怎麼可能排進《泰晤士高等教育報》評比的前一百大。為什麼我們可以容許大學改革，卻說中小學不用改？裡面有一些矛盾，需要抓出來。

問：我很喜歡黃校長的浪漫觀感，想請問您，如何增進年輕一代的浪漫觀，為什麼我們現在會比較少？有什麼辦法可以增進嗎？另外，校長問說我們的浪漫在哪裡？我想了一下，我們現在在網際網路上面很浪漫，就是在於大量使用網路，還有像是沉迷網路的一些社會問題，心理學也常常討論這一點，想請問校長在這個問題上面有沒有什麼看法？

黃：那個年代為什麼會比較浪漫，因為那時候資訊比較不充足，你們高中的時候很多人都會到大學參觀，假如你現在來問有沒有人到過任何一所大學，我保證一百個裡面九十五個都舉手，但我們那時候大概最多祇有五個人舉手。資訊封閉，台北沒來過，台大更沒來過，連電視都沒看過，沒有冰箱、沒有手機、沒有電腦，什麼都沒有，報紙也沒有，那時候都不知道，我們是憑什麼活下去，憑什麼那麼認真去念書？

還不是因為身處絕境中，從困苦裡面出生的人可能比較會有理想，只要不走歪了，什麼都沒事。到了台大來以後，台大也是資訊很閉鎖，坦白講，我們很尊敬、喜歡老師，但是那時候研究不是很進步，老師也不太找大學部的學生一起做研究，現在則不同，大學部的學生說不定還發表論文，以前就沒有。以前沒有的話，學生如何排遣這麼多的時間啊？就是四處去看一看，國際上流行這個東西，哪個又開畫展啦，又或者是去聽藝評家評論畫作，以前很多演講我們都去聽，所以思潮容易流行。現在的情形不同了，像現場的同學們都很專業，老師也很專業，你都還沒有想清楚未來，老師就說明天到我實驗室上班，那怎麼可能浪漫起來？不可能，你會變得很有效率。

我們以前就是靠浪漫才能活下去，現在的學生根本不必靠浪漫。我們以前沒有辦法獲得的，你們現在卻因為擁有太多我們過去所沒有的而失掉了一些東西，現在的人不太看書，但是這對嗎？經典作品還是要看，經典非常重要。不過即使年輕一輩認為網路也滿浪漫的，年輕的同學們應該還是要有人去做研究去做一些更嚴肅更重要的事情，關於網路跟現實生活、先天跟教養之間，「浪漫」要怎麼樣走出一條路來等等。你以後可以寫一些文章，來描述自己走過的校園點滴，不要像我一樣忘掉交代過去那段在台大的浪漫情懷。

附記一：彩虹與灰白虹的生成原理

演講後有同學私底下問我，究竟有沒有真的在陰涼的凌晨看到那個巨大的黑白圓弧或者是灰白虹？底下是一個很簡單的說明。

大一時剛離鄉背井從中部來到台北，心情不是很穩定，而且當時的光學常識也很不足，看到與一般彩虹大為不同的灰白大圓弧，深以為異又無法判斷，日久之後對不曾了解過的東西產生記憶混淆，開始不太確定是否真的曾看過。後來慢慢去了解彩虹的成因，知道這是背後遠處太陽的平行光在無雲條件下，照射飄浮空中的眾多小水滴，在水滴表面折射進去後在其內部反射一次之後再度折射出來，當這兩條線對觀測者形成一個特定的夾角後，會造成分光現象，就像牛頓用三稜鏡所作的實驗一樣。換個方式說，當第二次折射出來的光線與平行於陽光方向的假想視軸，形成一個四十|四十二度的特定視角時，即會產生彩虹，當角度是四十二度時看到的是紅光，四十度大約是藍光系列，依主要波長而有不同，所以當觀測者仰頭四十二度時，看到的彩虹帶依序是從紅到藍由上往下排列，亦即圓弧頂點不同位置的水滴，對人眼形成不同的色彩，呈現一個斷面有序排列的彩虹弧帶。若是在小水滴內反射兩次後再折射出來，則會形成

較模糊且色彩光排列順序相反的副虹（以與上述的主虹作一區別），則其夾角約為五十一度，所以是在主虹的上方。至於為何連續水滴在陽光照射下會形成圓弧，則是另一個有趣的幾何問題。

很多人以為最早研究彩虹的是亞里斯多德，他認為彩虹來自陽光在水滴上的反射；而彩虹成因之解決則來自十七世紀的笛卡兒，四十二度夾角就是來自他的貢獻。其實在這中間，先有中古世紀方濟會修士Robert Grosseteste（林肯大教堂主教，之前可能實質上擔任過牛津大學的首任校長），提出彩虹來自陽光在濕雲中所產生的折射作用。一世紀後則有最早期的系統性研究，是由一位道明會神父Theodoric of Freibourg在十四世紀初所出版者，祇不過他提出在水滴面先折射→水滴內反射→再從水滴面折射出來的夾角，是今日無法覆驗的二十二度（Harre R.（1981）, *Great Scientific experiments: Twenty experiments that changed our view of the world,* Oxford: Oxford University Press.）。真正要解決彩虹的分光七彩排列，則還要等待十七世紀後期牛頓的革命性實驗。

在凌晨又是陰天時，若天空中的小水滴特別小，光的干涉效應（或繞射）異常顯著，能使不同色光重疊，形成黑白相間的灰白虹。灰白虹也可能發生在凌晨起霧而有極細小水滴，而且霧又薄到可讓陽光穿透時。在這種特殊的光照與觀看條件下，分光效應的色彩分布不易被察覺，濕冷空氣粒子也有阻尼與遮蔽效果，以致會有看到巨大灰白虹之可能（當太陽近地平線時形成的虹較大較高）。我確實也在一些書及網站中看過這類黑白虹，可見雖係極為罕見，但仍有其理論與經驗基礎，在此推薦一本好書供參（Lewin, W. & Goldstein, W.（2011）. *For the love of physics*, New York: Free Press. 在本書中稱之為white rainbow）。上Google尋找white rainbow或fogbow的資料與相片，你會找到很多有趣又匪夷所思的大氣物理現象。

依此看來，我當年在祇看過彩虹也不懂什麼是灰白虹時，大概不太可能因為記憶扭曲去編出這一段經驗，應非錯覺或幻覺，亦非來自作夢才對。但這是事後的推斷，也可稱為「乃覺四十年」，不能解釋當時仍在大學念書時的感覺。那時身邊難有解惑之人，若翻查資料，不像今日，恐亦難有定論，身邊同輩則多受定見與本身經驗所限，懷疑有此現象者居多，其餘則視為不相干的無謂之事，說不定還說可能是陰天凌晨趕路，心情不好，在灰色心情下自以為看到了灰白虹。在此情境下，當然我很有可能因之擱在一邊，或做其他非科學性的說明來替自己解惑。所以當時如正文前段所述的一段小歷史，就算是一種「美麗的錯誤」吧，至少它讓我在過去多了一個轉系的理由，也算是終於還我四十多年來的清白。

附記二：佛洛伊德理論的可否證性

Freud理論是否為「不可否證」，是一件糾纏甚久的歷史公案。一位很出名的學者Karl Popper在一九六三年出版的 *Conjectures and refutations* 書中，以愛因斯坦的重力理論為比較基礎（光可因受星球重力影響而彎曲），強烈攻擊馬克思的歷史理論、佛洛伊德的精神分析論與

Alfred Adler的個人心理學為不可否證，無法否證，因為縱使針對不同性質或完全相反的現象，這些理論翻來覆去都可解釋。所以這些理論都不能算是科學理論，無法以現代科學驗證其真假，若以Thomas Kuhn一九六二年革命性著作 *The structure of scientific revolutions*《科學革命的結構》的觀點，則可視其為與現代科學具有「不可共量性」（incommensurable），因為它們使用的是不同的語言、不同的思考架構與不同的驗證方法。有人一定也會好奇，將馬克思、佛洛伊德與愛因斯坦並列，也還說得過去，但為什麼來一個Alfred Adler呢？這可能是因為Karl Popper當年在維也納曾當過Adler的學生與助理，而且有過嚴重的學術觀點衝突，另外則是Adler當年也是個有名的教授，我的同事黃光國教授在年輕時候，還翻譯過Adler的《自卑與超越》。

其實依據我的看法，佛洛伊德的理論怎麼會是不可否證？祇不過是以前的科學知識還未進步到可以否證而已。以他自己評價最高的《夢的解析》（出版於一九〇〇年）為例，在E. Aserinsky與N. Kleitman於一九五三年在*Science*上發表快速眼球運動睡眠（REM-sleep）的現象之後，就具有被否證的基礎。假如作夢主要來自晚上四、五個睡眠周期中的快速眼球運動（REM）所驅動，而REM又是規律性的自發性的由橋腦等幾個部位所驅動，則整個作夢過程可說自主性很低，泰半由腦部之自發性機制所驅動，則認為作夢是因為有動機性的力量（如願望之達成、嬰孩期被壓抑的性驅力、早期挫傷經驗、白天的事件等），才會啟動的想法，就很可疑，而且應該被取代才對。也就是說，半個多世紀之後，佛洛伊德有關夢之產生的理論，已經在新的科學證據下可以被否證了。但很多不從科學看問題的人，還存有佛洛伊德的著作是難以被否證的非科學或偽科學理論，這是無可奈何之事。

有了REM睡眠的知識後，科學開始在實驗室中監測睡眠者，一發現他有REM後就叫他起來，寫下剛做的夢。結果發現絕大多數的夢是將日間熟悉的元素，作奇怪的聯結，而且很少是屬於情節式的記憶內容。由此看來，Freud認為夢是有可解釋具有意義之內容的想法，也是不可靠的。

所以若提高理論層次，從現代神經科學的進展與實驗室對作夢內容的檢驗上而言，佛洛伊德的作夢理論是可以被否證的。過去之所以被部分人士視為不可驗證，一方面是Freudian學派人士過去在臨床精神醫療界勢力龐大，相濡以沫，不願與不同觀點與不同領域的外界溝通，另一方面則是至少有半個世紀之久，神經科學的知識其實還未發展到可以否證Freud《夢的解析》的地步之故。在這兩點上，因受Freud影響而選擇精神醫學，並在二〇〇〇年獲諾貝爾生理醫學獎的Eric Kandel教授在一篇文章中講得很清楚（Kandel E. R.（1999）. *Biology and the future of psychoanalysis: A new intellectual framework for psychiatry revisited*. American Journal of Psychiatry, 156: 505-524）。

（本文修改自台大出版中心二〇一二年八月出版《我的學思歷程六》一書中之二〇〇九年十月講稿）

解嚴前後籌組台大教授聯誼會

在仍是戒嚴時期的國立大學倡議籌組教授聯誼會，是一件在過去從未發生而當時難以想像的事，但是發動這件事的是數學系的黃武雄，他是一位具有革命精神又堅持主張的浪漫人物，做了很多校園內外的啟蒙工作。根據後來由二五九人所提的〈台大教授聯誼會發起成立之緣由與宗旨說明〉來看，是為了促進學術交流做好科際整合、維護學術獨立、改善教育環境推展通識教育建立台大風格，與照顧會員福利。一個教授聯誼會在發起時，即標舉學術與教育，而將照顧會員福利放最後，當然是有其時代特色在，不能以一般的聯誼會視之。

之後籌備會的實務工作，開始是由法律系的賀德芬教授負責，已有四百多人加入，但在一九八七年六月五日成立大會上，由於發現選票樣張及籌備會信封外流之事而流會，之後賀德芬堅決請辭，本擬由陳師孟接任，後來又變成由我負責完成，最後在一九八七年六月二十六日正式成立（一九八七年七月十五日解嚴）。成立之後，我就退出聯誼會，張忠棟教授是第一任理事長。底下是我當年為了協助「促銷」，所寫的其中兩篇文章，附在這裡以稍明其成立過程。

教授聯誼與大學風格

台大教授聯誼會在半年多的籌備與登記過程中，變成是台北市政府社會局、內政部社會司與教育部的燙手山芋，恐怕還有其他單位也為此事忙碌不堪。最近監察院還以台大教授聯誼會申請案的遭遇當為範例，就人民團體之申請應符合行政革新便民的原則，通過函請行政院轉飭所屬改善見覆。其過程之複雜與當初發起聯誼會之簡單性恰成強烈對比。

台大教聯會成立受矚目

在未完成登記手續，且在有關方面表示不一定需要登記的情況下，台大教授聯誼會在本年六月五日召開第一次會員大會，結果在章程尚未通過下，就因正式選票樣張外流所惹起的事端下，瀕於流會邊緣，讓已超過會員半數的二百多名台大同仁在傷神費時後，快然而返。本為台大內部的事務，在此事件下變為廣受矚目的公眾事務，一時社會風評四起，咸以為台大人而有此台大事，不勝惋惜甚或不豫之情。幸好在另定六月二十六日再次召開會員大會後，該類情緒似乎稍見平息。

上述二項雖皆屬台大本身事務，但也揭露出若干值得重視的一般性話題。

教授聯誼目的為何？

學者（取其廣義涵義）除發揮其個人特立獨行以及知識經驗之外，尚常依其群性需求，組成各類團體，不管中外皆有淵遠流長的歷史。春秋時代講學以干祿為主。東漢末年太學生不滿章句之學，支持朝中官員對付外戚與宦官，以致干禍。北宋太學生亦形活躍，書院已有講學之風，重經義與政事。南宋太學生則重心性之學，朱陸講學風然景從，編號入座者百千人。明末朝中官員遭罷斥後，講學故鄉東林，批評朝政蔚然成風，以與魏忠賢對立。清初以後亦有書院，但已成官方體制。綜觀古代中國，知識分子對天下家國之關心，貫穿整個歷史的主軸，雖然未見乎有「教員俱樂部」（Faculty Club）之類的記載，但想像書院中之講學與接待，亦應有此功能在。現代的聯誼會或「俱樂部」觀念起源自十七世紀的英格蘭，十九世紀後社會性與職業性的聯誼會益趨專業化，西方大學中亦漸有「教員俱樂部」的組織與場所。

關切校政反映當前潮流

因此教授聯誼會的擬議與成立，似無任何值得驚異之處。觀乎台大教授聯誼會的宗旨「促進學術交流、維護學術獨立、改善教育環境、照顧會員福利」，冠冕堂皇諒無異議；且會員資格相當開放，專任講師以上教員皆得為會員，目前會員人數已逾四百人，超過全校專任講師以上教員的四分之一。若有人對這類聯誼會不免滋生疑慮，大概是對其任務與理事會的組成上心有不安。譬如其中一個任務是「對教員、學生與學校行政單位間之重大爭議，發揮溝通及仲裁之功能」，在章程草案有關理事會部分則有「理事不得兼任學校行政主管」。該二條文粗看之下與學校行政系統似有扞格之處，事實上祇是溫和的反映當前社會潮流，而且教授在校園中所關切的非個人事務，無非是學校與學生，若教員、學生與學校行政單位間有重大爭議，聯誼會居中溝通，不可謂沒有幫助，應該也是教授樂於從事的義務之一。

至於「仲裁」則一般有其委託要件，而且也是建議性質居多，因此不致如某些人所想像的那麼嚴重，以為會實質干預到學校的行政決策。

尊重專長發揮委員會功能

至於「理事不得兼任學校行政主管」條，並不排斥行政主管會員的候選資格，而是考慮到若同時任理事與行政主管，則當兩方意見不一時，有其左右為難的困境，雖然理事會的意見並不會實質干預到行政決策，但在依違之間，不免有其不方便之處。另外在聯誼會中設置如學術、仲裁、會員、教育、校園環境等委員會，各委員會召集人由大會選出並為理事會一員的做法，與目前很多學術團體或人民團體，將其置於理事會下的做法並不相符，也是有些人不易接受的觀念。但觀乎教授群，本就是一專業化的職業團體，在聯誼會中特別強調該一特性，尊重專業性委員會召集人的專長，並賦予較高位階，使其能在限制較少並對理事會負責下，發揮專業委員會的功能，似乎更能反映教授群的專業特質。

當然，上述條文內容或有可討論之處，仍應以大多數會員的意志為依歸。

綜而言之，目前這種形式的教授聯誼會，似乎是在當前社會條件下，最自然、富建設性，且尊重專業的自發性組織。

教授聯誼的政治性

想像中，大部分成員對教授聯誼的看法，應仍以認同其學術性與聯誼性者居多，並以其政治性為憂。但外界與小部分成員不免猜測教授聯誼具有一定程度的政治性。有的人認為教授聯誼組織成立後，勢必提出令人頭痛的議案形成壓力，或者其他學校紛紛效法不易控制，這種想法恐係在當前社會政黨活動對抗下，過度敏感且不見得正確的態度。從另一方面來說，若議案之提出有正當理由且循正規程序，則從民主政治演進的觀點，實無疑慮之必要。另有人認為教授聯誼無異想要教授治校，這種想法恐係在未分清楚兩者之分野，而遽下論斷之辭。教授治校係實際參與系所務、院務與校務之運作，而教授聯誼如前所述，最多也祇是教授治校的前期準備工作，催使教授治校的條件早日成熟而已，因此實在是談不上有什麼教授治校的實質內涵。

聯誼會政治性成分不高

教授聯誼其實有其同仁間互相關懷互相勉勵的情感成分在，台大的教員同仁一向羨慕像清華與交大教員之間的融洽與友誼，有了教授聯誼的組織後，散處各建築物的同仁，都可因此而增強互相之間的自然聯繫，相信這也是大家期望它早日發揮功能的重要理由之一。

因此我們認為教授聯誼的政治性成分實在不高。在職業尊嚴上，教授身分實應為其第一認同，至於其他身分的認同並非不重要，但不太可能也不應該凌駕其上。大學教授群畢竟與立法院或議會的代議士團體不同，因此政治性的成分自不應過分凸顯。什麼樣的台大教授就有什麼樣的聯誼會，大家若對台大教授多年來的表現尚稱滿意，則在此時此刻再去強調其所組成聯誼團體具有政治性，恐係一種多餘的想法。

相處之道與大學風格的建立

大學校園可說是一個社會的小縮影，教員與學生之間、教員與教員之間、學校與教員之間、教員與機構之間的應對進退之道，實在尚有頗多應該學習改進之處。上次台大教授聯誼會開會的不順利，充分表現出教授在做人處事方面，與一般人一樣，都還有很多需要學習精進的地方。由申請案的大費周章，也可看出機構與大學之間尚有甚多需要互相切磋之處。由於有了這些不愉快的經驗，我們相信聯誼會今後的運作，當更能提供互相之間進一步了解與應對的基礎。

理性對話彰顯大學風格

藉由聯誼會，大學教員能在一種非學校行政系統底下，經常性而且自由的表現其議事風範，練習建立理性對話的大模樣，發揚優良的群性，展現自然而樸實的風格，這些累積的成果一定會對學生與社會產生示範性的作用。大學的功能也因為教授們有了感情上的交流，在相互扶持下，互通學術經驗，凝聚起向上的力量，而得到大幅的發揮。大學的特殊風格也因聯誼會的運作，得以成形並彰顯於校園之中、社會之上。

教授聯誼會成立伊始，可以說是結合交誼、教育與學術等項功能的一種校園實驗，應該會給校園注入一股生氣。雖然過去諸事不太順利，未來也不能不戒慎恐懼，但若大家能多想到它的正面價值，多予了解多予促進，相信在我國大學教育史上是一件可以一提的事情。希望大家來幫助它完成應盡的時代使命。

（一九八七年六月《中國時報》）

以「平常心」看待聯誼性社團

教授在社會演進過程中，一向擔任發展性與批判性的角色，也因此享有個體性的尊榮。但教授不祇扮演超然於群體之外的孤絕角色，他同時也是團體的一員。在校園中，他隨時要深思如何整合其他學術思想，以獲突破性成就的問題，也要關心如何適當的介入校園事務，如何與其他同仁確保自己應有的權利等項問題。在這種群性精神的鼓舞下，採取組織聯誼會的方式，可說是在當前社會條件下最自然的反應。教授聯誼會的功能雖然不能在實質上比同於「教授治校」，但至少在知性上與精神上是互相呼應的，而且，尚多帶有一份同仁間互相關懷、互相勉勵的情誼成分在。

台大教授聯誼會籌組，至今已逾半載，節外生枝之處，正如一般社會上不熟悉之團體成立過程，且有過之。在上星期五「千呼萬喚始出來」的成立大會上，更因選票樣張與信封外流的事端，在意見紛歧下幾至流會。一時之間，社會風評四起，咸以為台大人居然有此台大事，不勝惋惜之情。間亦有少數落井下石之舉，不免讓人覺得今日的校園環境，確實尚有甚多須待改進之處。雖然如此，籌備委員會諸君仍不懈其志，不畏讒言，著力補漏，以作再起之努力，並將於六月底完成理監事選舉後，再卸仔肩。能有這樣一批台大教授不顧流言，堅持扮演其教授角色，在困難的環境下，繼續在這段時間內貢獻其時間與心力，希望能有所成。

既然教授聯誼乃時勢之所趨，其所要求、所欲致力者，也無踰越之處，而且在學術整合、情緒紓解、多識大事、謀求校園安寧與同仁福利等項上，循正當方式發揚群性，也皆有助於大學教授對社會做出更大的貢獻，那麼，一時的波折不應造成此事的流產。

台大一向在本國享有學術聲名，台大的教授也分別在各行各業中做出卓越的貢獻，在理論與實務上，皆有其特殊專長之處，尤其是知識分子自然而樸實的風格，為各方所共同體會，因此，我們實在很難相信已有四分之一以上專任教員加入的台大教授聯誼會，居然反而會把事情做得亂糟糟，而不能做有效的危機處理。希望在發生這件事後，各有關團體及社會大眾，能體認教授聯誼的積極面，並鼓舞其發揮潛在的問題解決能力，襄贊第一個全面性與有組織性的教授聯誼會之成立。讓我們大家都以「平常心」來看待這一類的民間聯誼性組織。

（一九八七年六月《民生報》）

學運與國運

台灣的學運從四年多前，以地下化方式在校園內爭自主權開始，之後在校園中公開代表學生群體，接著試探跨校聯盟，並在去年大規模走上街頭為大學法做一日轟轟烈烈之請命。演變至今，學運規模益形擴大，抗爭的時間趨久，抗議主題則已遠超越校園內的改革，直指全民關切的重大問題。此次由於中央國代在政治交易下所暴露出的無恥行徑，更兼擬自行延長任期並欲行修憲大事，激起大學生的憤怒，已在中正紀念堂持續了五天的靜坐抗議，要求政府「解散國民大會」、「廢除臨時條款」、「召開國是會議」及「訂定政經改革時間表」，形成一股沛然莫之能禦的氣勢，各界縱不能親至，亦心嚮往之。蓋中央民代問題已至舉國皆怒斥為「無恥」之地步，但很多人也開始擔心學運演變的可預測性似乎愈來愈低，雖然嘉許其抗議主題，但卻更擔心一些難以控制的變項糾纏其中，是否會使國事益形蜩螗，學生群更因之受害。

觀察學生跨校組成的抗議陣線，已有明確可資談判的訴求目標；其做法則以學生為主體、教授為支援，謹慎的不沾黨派色彩，捐款則已做小心的限制。看起來這次學運雖然氣勢驚人，但仍走單一訴求的路線，具有充分合法性的目的與手段。憂心人士不免以天安門事件來類比這次單純得多的學運，苦思如何避免導致類似的結局。任何有良好用心的憂慮，我們皆願予以肯定，但這種類比可能太過脫離現實。合理的判斷應該是當台灣學運已有相當經驗，而政府在解嚴後一連串抗爭運動的磨練下已漸成熟時，雙方大概都會把天安門事件當為足資警惕的案例，並尋求途徑以避免之。另外在人數規模、社會結構、學生特性等項上，皆與天安門事件所表現者有極大差異，本國記者也有相當分寸在報導上已略盡平衡之責。因此社會上不宜以天安門事件來類比之，更不宜逼使其往天安門事件之類似結局邁進。

但在此次學運中，不可諱言的仍有些暗流值得大家警惕，並據以修正應對之方。學生靜坐抗議表面上是為了那些不入流的國代，但實際訴求的對象則是總統府與國民黨的中央黨部。在此微妙的局勢下，更兼因總統副總統提名過程中衍生出的主流派與非主流派對抗，由今日尚殘留的效應觀之，自然亦可合理推測可能有人會利用此次學運，當為延續政爭的籌碼。雖然學生乃基於理想與熱情而投身於此次學運，但有人藉機搧風點火並從中取利勢所難免，若因之使此次學運參與者的正當用心，因不當之揣測而滋生困擾，是很令人無可奈何的事端。另外由於此次學運迄未自主提出明確的抗議開始及結束的時間表，在此不穩定狀態下又陸續有不同的學生群加入，使此次學運的指揮領導系統益形困難，跨校之間無猜疑心的合作也面臨考驗。

學生們確有困難，他們的困難是這個社會丟給他們的。集整個國家之力居然沒有辦法逼迫這些資深中央民代退職，地方也沒有發動足夠多的活動去罷免那些不稱職的增額國代，最後又沒有辦法解散國民大會。學生在愈來愈深的無奈感下，由於不耐煩遂在其具同質性的學生背景下，發動了進退維谷的大規模持續性抗爭，當我們了解了學生的困難，了解到他們正背負著我們應該做的使命時，就可以知道下列的方式，才是真正能產生幫助的做法：

1. 連日陰雨下的日夜靜坐，昨天並有二十餘位學生禁食，學生身心的煎熬不言可喻，學校（至少對有附設醫院的台大）應速組醫療小組，到現場提供醫療服務或後送。

2. 學校的教授在抽得出空的情況下，宜至現場支援，以免學生益形孤立（心理上）。校方主管縱不能親至現場，亦宜立即表明態度支援學生對國家大事的正當要求。如此可使學生雖然人在中正紀念堂，但精神上仍與其熟悉的校園時有聯繫，可助其做出更佳之決策。

3. 政府在對應上已很謹慎的不引起緊張氣氛與不必要的誤解，但更重要的則是要訂下近期內召開國是會議的確定日期，並允諾至少將明確的探討「解散國民大會」、「廢除臨時條款」、「訂定政經改革時間表」等項問題。

學運的呼聲若能獲正確且迅速的回應，正可象徵日後國運的開闊發展。我們期待這次忐忑的呼聲與痛苦的回應，能早日完成，讓學生們趕快結束這幾天的風雲變色的日子，回到校園重溫上課的溫馨感覺。

（一九九〇年三年二十日《自立晚報》）

主持幾個高爭議性的校內會議

繼一九九〇年中正廣場的三月學運之後，一九九一年也是台大的多事之秋，我就親自主持過底下三個有高爭議性的全校性大會：

1. 一九九一年五月十五日，因為學校同仁陳師孟、葉啟政、林逢慶等教授於五月十二日下午在中正紀念堂靜坐時，遭保安警察暴力毆打（他們是為了所謂「獨台會四人案」擅入大學校園逮捕事件之不當而靜坐抗議），十二位教授發起召開緊急聲援大會，教授同仁約有一五〇多人參加連署，並做成幾項決議，包括要求總統指定成立特別調查委員會、廢止懲治叛亂條例與刑法一百條內亂罪規定、情治與軍警調人員非經校方允許並經正當程序不得擅入校園等項。另外並於五月十八日邀集台大、清華、交大三校教授，會見教育部毛高文部長，就獨台會四人案所涉及之校園逮捕、暴力毆打與調查人員入校祕密蒐證等事，交換意見，毛部長承諾成立委員會，就學校緊急事件之處理，訂立校園事件處理特別辦法，並可考慮在國父紀念館設立言論廣場。

2. 一九九一年十月十六日台大學生會（會長賴中強）與研究生協會，為了軍警未經學校同意即進入醫學院院區驅離架走靜坐抗議刑法一百條之師生，舉辦「軍警入侵校園聽證會」，參與者有孫震校長、郭光雄教務長、李鎮源前院長、陳維昭院長、陳師孟、張忠棟、黃芳彥、許森彥（醫學院學代）等人。這是一場保守派與自由派針鋒相對氣氛高亢的會議，孫校長在會議中如坐針氈，有人要他負起讓軍警入侵校園之責任並有人要求他辭職，另一派師生則全力支援，孫校長則解釋他在此過程中所作但沒成功的努力，並說明已在校務會議中提報「校園緊急事件處理辦法」，並委由楊國樞、黃武雄、與黃榮村三位教授研議（該案於一九九一年十一月二日校務會議中通過，後來寫入學校組織規程「除校警外，軍、警未經校長請求或同意，不得進入校園，但追捕現行犯不在此限」）。其實台大強烈要求軍警不得進入校園的呼聲與行動，遠自傅斯年校長與台大四六事件時即已開始，但過一段期間就要再重提一次。

3. 一九九一年十月二十四日，十七位教授發起緊急大會，係為了十月二十二日郝柏村在立法院答詢時，公開斥責台大校長高高在上，處理十月八日至十月十日台大校園抗議行動時，放棄職責不負責任、不到現場、不知在哪裡，且以非常不滿意等嚴厲字眼予以強調。學校有很多人是一九九〇年五月十八—二十日在台北新公園博物館靜坐抗議，「知識界反對軍人組閣行動」的主要成員（楊國樞為總召集、黃榮村總協調、瞿海源發言人），聽到這種言論都大吃一驚。此時孫校長已提辭，並表達「個人可以默爾而息，但作為台大校長不能受辱」的立場。在緊急大會中一五一位教授簽署做成幾項決議，強烈要求郝院長道歉，而且不只針對個人，更應有尊重台大、尊重大學、尊重學術的道歉與承諾。會中也有輕鬆的一面，我建議於十一月十五日校慶時邀郝院長來演講「我為什麼會罵台大」。該日傍晚，學生會則於校門口召開說明會。隔日早上，教育部出面宣讀郝院長之道歉文，這一點我們在那時也不太了解，為什麼會變成是教育部的事。

有意思的是上面三個充滿高情緒強度的大會，都在台大校總區活動中心大禮堂召開，每次大會都有幾百位師生參加，部分參加現場連署。會議中經常有理念與立場之爭，有時對話太過激烈，互相指責比手畫腳的場面在所難免，還有被勸離會場的。我則是因緣際會，在一年之內連續主持了這三個會議，既非事件現場亦非做公親，更像是一種為了維繫台大傳統與學風應該表達的姿態，這種姿態這種立場在我看來，是台大不可或缺的元素，也是促成台灣社會持續進步的重要驅力。

台大哲學系事件二十周年與平反

我在一九九三年四月繼楊國樞與瞿海源兩位教授之後，擔任第五任澄社社長（一年一任）及執委，其他執委是：瞿海源、蕭新煌、林忠正、朱敬一、張茂桂、鄭瑞城。結果馬上碰到台大哲學系事件二十周年，該一事件的源頭起自一九七二年十二月四日，大學論壇社在森林館舉辦「民族主義座談會」時發生誰是職業學生的指認與辯論，而引發從一九七三到一九七五年之間的一連串事件與解聘風波。我當年在座談會現場，事件受害人也有很多是認得的人，一碰到該一事件二十周年，那是非大大的辦一場討論會不可了。

五月十六日在台大思亮館國際會議廳舉辦「台大哲學系事件二十周年」討論會，邀請當事人陳鼓應、李日章、趙天儀、胡基峻、王曉波、錢永祥前來當講員，會中並分送台大哲學系事件始末文件，另由楊國樞、李鴻禧、葉啟政評論，整個討論會就由澄社三位前後任社長共同主持。此次會議特別請了代理校長郭光雄前來全程參與，在該次討論會中很多人提出應由台大主動平反，同年十月二十三日台大校務校務會議決議成立台大哲學系事件調查小組（已由陳維昭新任校長）。一九九五年五月二十八日公布調查報告，澄社在六月二十八日發表聲明「學術社群的反省與前瞻：解讀〈台大哲學系事件調查報告〉」予以聲援。我則寫了一篇文章〈走出歷史悲劇，重建學術自由〉登在報紙上，附在底下，以說明當年澄社間接協助平反的往事。

走出歷史悲劇　重建學術自由

台大哲學系事件調查小組經過近一年半調查，在欠缺調查權的困境下，雖然拿不到該事件據稱「有台大第一會議室那麼大的房間」的安全資料，但仍能以校內檔案、報章雜誌文章，及當事人訪談為主，做了幾項重要的認定並提出若干應可酌情施行的建議，可謂勞苦功高，台大同仁應給予高度的敬意。調查小組之成員中，楊維哲、李永熾、柯慶明三位教授，當年皆親睹該事件之發生，張清溪則在國外求學，吳密察與葉俊榮二人依其年紀則尚在高中階段。這種組合兼具歷史現場與歷史距離的優點，得以從不同的觀點來重現當年面貌，也因此每位成員之撰述風格，多少反映出歷史參與度的不同。調查報告中可以看出該小組盡可能統整的努力，但我們看報告仍應以大體著眼，不宜從片段字句中挑其各種「影射」含意，以致因此迷失了主題。

底下分就三項予以解讀：

一、認定

1.台大哲學系事件是迫害殷海光事件的延伸，主要是衝著台大「應該加以糾正」的學術自由學風而來。基本而言，這是在當時時代的惡劣環境、威權體制與人事鬥爭的基礎上，經孫智燊、系內、校內訓導處與校內部分人士的配合之下，大力炒作。校外保守勢力則藉機事先主導或乘機整肅，越演越烈。台大文學院諸君與關切教授，雖曾質問與抗議「不續聘」（功能上是實質的解聘）等案，行政會議與校務會議亦曾討論與說明，但終究不能避免該一學術悲劇的發生。設若當年如今日，則必不能如此過關，可見當時政治環境之險惡與對教育學術界之威逼，而當時校長未能堅守立場，終致全盤潰敗，棄守大學自主，台大學術自由因之受到致命的戕害。

2.台大哲學系事件當然是政治事件，而非來自教學與學術理由，當年受害人所遭之指控，如調查報告所言分為三類，一為曾參與政治活動者、一為派系集團、另一為被牽連在內之其他教員。今之視昔可以冷靜區分，當年則全打為一類，所造成的寒蟬作用（chilling effect）不可謂不巨大，使當年台大校內演講成風（當時殷海光先生雖已「保釋」在外，但仍回台大聽演講）、小團體研討熱絡（如〈屋角閒話〉）的盛況，一夕之間全部瓦解，而文史社會科學的研究題材亦大幅的自我設限。

3.受害人二十餘年來輾轉反側，慨嘆社會公義未能還其清白與補償其所受冤屈。

對我們這些已在台大待過三十餘年，有機會從旁觀察該一學術悲劇發展的人而言，上述幾點都是相當清楚且自然的結論。大體上，調查報告的資料收集、分析與總結方式，都是可以接受的。

二、建議

調查所提之善後處理，雖共有十點，但基本上可分為四類：1.大學自主之宣示：如建議正式譴責黨政軍特介入校園事務之不當、將哲學系事件編寫入台大校史。2.當事受害人賠償：建議回復受害者名節或教職、撤銷對大四學生錢永祥之懲戒。3.對肇事者之警告：取消當時校長之名譽教授頭銜；行文孫智燊、黃振華與馮滬祥之任教就職單位，告知其過去作為。4.制度改善：檢討校內教師與學生之人事及懲戒制度，就程序保障與救濟途徑提出改善方案。

該報告並期待有法定職權之權責機關（包括已承諾要接手的監察院），在此報告的基礎上繼續行使調查權，做更完整之調查，以補該小組無調查權的遺憾。基本而言，這些建議的細節是可以在台大校務會議中，做進一步的討論，但其所揭櫫之大體方向，是值得認可並促諸實現的。

三、感想

1.程序問題：在歷史事件的調查上，真正重要的程序問題是有沒有讓事件本身獲得充分發言的機會，而非現在的當權者（如校務會議代表）有沒有給予事先表示的機會。在台大校務會議中，將重點引導向該報告有沒有先在校務會議中討論通過再發表，是一種以技術細節來模糊歷史事件應大開大闔方式予以檢討的做法。何況，該調查報告之公布係事先由校方通知應出席校務會議代表，且由台大校長主持的發表會，將之視為實質上的臨時校務會議又有何不可？

2.該調查報告的建議，尚待日後組成專業委員會來付諸實現，並非代行真正有決策權之專案委員會的職權。追著調查報告的建議予以攻打，也是模糊了事件的正規處理方式。這些建議縱使在「正式」校務會議中討論，亦有新聞傳播界採訪人員在場，並無所謂事先洩漏之虞，而且這些建議亦非最終方案，我們實在無法理解有些人何以如此敏感。

3.日後另組之專案委員會所做之決議，亦有超越系所意願的地位，且其所處理項目應為台大整體之發展及建立台大歷史傳統之有關事項，如裁兼併系所、聘用特優教員與回復公義等項事務。

4.政治事件需政治解決。當年的共犯結構，導致社會與校園公道正義淪喪，這種氣氛今日仍然延續，迫害人的人可以在二十幾年後，是非結果已然清楚下，仍然回台繼續指控且卸責給所謂的「五人小組」，由此可見回復社會正義之路途仍然坎坷，社會公義力量仍然薄弱。

5.受害人提出「無條件復職，有條件續聘」的原則，以回應調查報告所提讓歷史事件回歸原點的建議，應屬可行。期望台大若組成專案委員會，可以就用哲學系名額、用校方名額、用基金回復等方式中，找出一條可行又不失理想之路。

6.在台大哲學系事件中，我們明顯的看到了學術自由如何受到戕害、大學自主如何棄守，這場悲劇不僅導致受害人二十餘年來，在人身、精神、家庭與就業上之嚴重困擾，且使台大一向誇稱的自由學風蒙羞。若校史避談，將使下一代學子無法引為殷鑒，我們希望台大校史能好好處理這段已經清楚的歷史公案，擇其大要編寫進去，讓台灣的大學與受教學生，能清清楚楚的感受到學術自由與大學自主，在惡劣的環境下曾經遭受過多大的折磨，它們的恢復又要經過多少漫長的努力！經由這些努力，也許還可讓我們這一世代及下一世代的人，有所警惕，不至於又在不知不覺中重演歷史的悲劇！

以二二八事件如此大規模之補償都可在官方主導下回復，台大「官方」若有心解決哲學系事件，又有何難！

（一九九五年六月二十九日《中國時報》）

調查台大四六事件

民國八十四年六月十日台大校務會議成立台大四六事件調查小組，由各學院教師代表李永熾、黃榮村、黃宗樂、于博芮、畢恆達、楊建澤、黃達業、詹長權，學生代表黃博群（後由吳宗蓉接替）、王友慈、鄭雅倫、周宜勳等人擔任委員，成鳳樑擔任祕書，指定由我當召集人，我則找系裡博士生與助理林耀盛（現為政大心理系教授）、廖苹雅（現任教香港中文大學心理系）、蔡松純（現任教文化大學國企系）與徐慶雯（現為繆思出版總編）等人，協助進行諸苦備嘗的調查與訪談。十一月二日召開第一次會議，迄民國八十六年五月二十日止，共召開三十五次會議與多次調查及訪談，於八十六年六月七日在校務會議中提出「台大四六事件考察」總結報告，首先說明傅斯年校長曾在民國三十八（一九四九）年四月七日台大行政會議中，報告台灣省警備總司令部拘捕台大學生經過，並指示校方行政人員與警總接洽相關事宜。當年出席行政會議的主管與院長還有：錢思亮、鄭通和、余又蓀、沈剛伯、沈璿、薩孟武、杜聰明、彭九生、陳振鐸、那廉君、魏火曜、蘇薌雨、呂之渭、黃仲圖、邱賢添等人。

事件始末在下文中會一一呈現，在此先列出總結報告在校務會議中所提出之建議：(1)建請將四六事件中與台大相關之資料紀錄於校史。(2)對於本事件中與台大相關之後續事件，請校方另行調查，俾建立完整之校史。(3)建請校方要求政府公開四六事件中對學校二十一人名單及其他遭逮捕學生之處置方式，並要求予以恢復名譽及做必要之補償。(4)建請校方訂定四月六日為「台大學生日」，以誌不忘並表警惕。(5)建請本校出版中心將本小組所提出之報告於校務會議通過後予以出版。校務會議的決議是：(1)將本報告函送監察院調查。(2)本報告做爲撰寫校史之參考依據。(3)本報告由本校圖書館存藏。(4)本報告得由小組以個人名義引用出版。(5)是否定四月六日為「台大學生日」，由學生會討論。

底下將依本人寫作或報告的時間順序，分別在下列三篇敘述中說明四六事件的大要與社會反應。

四六事件還不能走入歷史

民國三十八年四六事件的平反，係在兩年多前首由台大與台灣師大學生社團聯手發起。終於在今年（八十六年）六月，師院與台大四六事件的報告正式定案，不約而同的指出四六事件是校園白色恐怖的開端。正如師大歷史系退休教授王家儉先生所說，四六事件祇是當局對校園的第一道棒喝，一九五〇年代的白色恐怖才是台灣的更大災難。四六之後的同年五月二十日實施全省戒嚴，六月二十日公布懲治叛亂條例，軍警情治人員密切監視校園，在校園白色恐怖期間，被交付感訓、判牢刑、誅斃者不少，這些真相的平反，才真的是四六事件報告之後應做的事。

因此，若干報紙熱中的「誰受害較深誰是主角」議題，其實是相當誤導的。師院與台大在這一長串歷史中，都是無可比較無可替代的受害者。雖然當年的黑名單台大有二十一名，師院有七名，但四六當天師院學生被逮人數遠超過台大，且師院在事後又組「整頓學風委員會」，對師院自由學風的打擊亦遠甚於台大，校園白色恐怖時期，則台大遭害人數多於師院，但亦應考慮台大人數多於師院之事實。若再考慮民國三十八年的「三二一」千餘名學生大遊行、三二九青年晚會、四六事件營救會等事件，則師院與台大又皆有受害者。何況，歷史悲劇的還原與檢討，豈是數數受害人數就可解決的！因此綜合來看，我們可以嘗試對四六事件作歷史定位，但卻不宜去比較誰才是事件的最大受害者，也許我們更該關心延續下去的校園白色恐怖事件才對，而台灣社會更應全面關切整個白色恐怖事件的受害者及其平反。就前者而言，師院與台大已分請監察院協助，至於後者則省文獻會即將全面披露。

就台大而言，在得知李伸一與趙榮耀兩位監察委員已申請主動調查四六事件後，我們已請求兩位委員發揮其調閱權與調查權，協助調閱當年省政府、警總、台北地方法院的檔案，以澄清四六事件被逮學生（不限於黑名單上的學生），究竟有多少人遭受到不當處置與判刑。依據台大的調查報告與師院七人名單中之趙制陽教授所言，四六事件遭逮學生中有不少人（三十來人？）送台北地方法院偵辦。至於校園白色恐怖時期之受害情形，更是校史上的一大片空白，需要更大的努力才能了解。我們有求於兩位委員的，更有涉及恢復名譽及補償的部分。《戒嚴時期人民受損權利回復條例》，自民國八十四年一月二十八日公布實施，但已於本年一月三十日截止聲請，涉及四六事件與白色恐怖的無辜受害者，是否仍可比照賠償，以履行社會正義？

其實我們需要再努力之處仍多，台大與師院的調查報告不全與待修正處甚多，兩校學風的振起，有待於繼續努力的更多。過去台大的小組因限於校務會議「不得在送會討論之前公開」的決議，未能與台灣師大一齊合作，殊覺遺憾，但希望日後能在兩校的密切合作下，繼續展開更重要的校園白色恐怖時期之歷史還原工作。

（一九九七年六月二十日《聯合報》）

四六事件五十周年大事記

民國八十八年是四六事件五十周年，台大為此四月三日早上在校總區行政第四會議室召開記者會，議程如下，接著則是我所做簡報之大要：

時間	議程	附註
10：30～10：40	台大陳維昭校長致詞	
10：40～11：00	前台大四六事件小組簡報後續發展與相關議題	由前召集人黃榮村教授簡報
11：00～11：20	台大全校學生自治會聯合會、麥浪歌詠隊、耕耘社等代表說明對四六事件後續處理之期望	請烏蔚庭教授、張以淮先生、路統信老師等人說明
11：20～11：40	四六事件之歷史定位及其與二二八事件、白色恐怖時期之關聯	請吳密察教授與藍博洲先生說明
11：40～11：50	展示（含書報、信件、文件、照片、訪談資料等）說明	
11：50～12：10	討論	
12：10～12：30	茶敘	

四六事件場景與相關大事記

1. 事件場景

台大四六事件

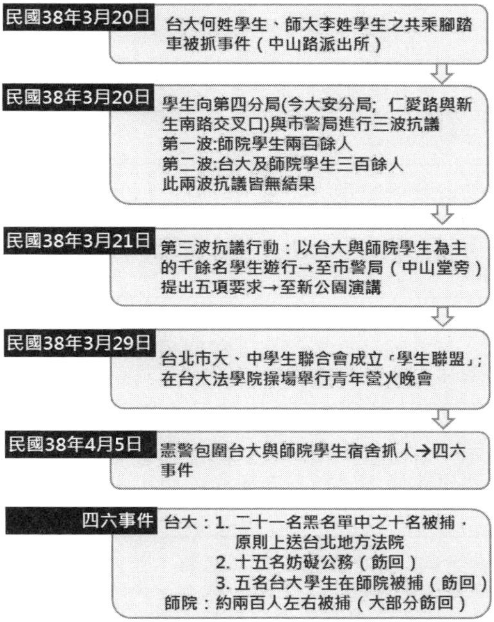

民國38年3月20日	台大何姓學生、師大李姓學生之共乘腳踏車被抓事件（中山路派出所）

民國38年3月20日	學生向第四分局(今大安分局；仁愛路與新生南路交叉口)與市警局進行三波抗議 第一波:師院學生兩百餘人 第二波:台大及師院學生三百餘人 此兩波抗議皆無結果

民國38年3月21日	第三波抗議行動：以台大與師院學生為主的千餘名學生遊行→至市警局（中山堂旁）提出五項要求→至新公園演講

民國38年3月29日	台北市大、中學生聯合會成立「學生聯盟」；在台大法學院操場舉行青年營火晚會

民國38年4月5日	憲警包圍台大與師院學生宿舍抓人→四六事件

四六事件	台大：1. 二十一名黑名單中之十名被捕，原則上送台北地方法院 2. 十五名妨礙公務（飭回） 3. 五名台大學生在師院被捕（飭回） 師院：約兩百人左右被捕（大部分飭回）

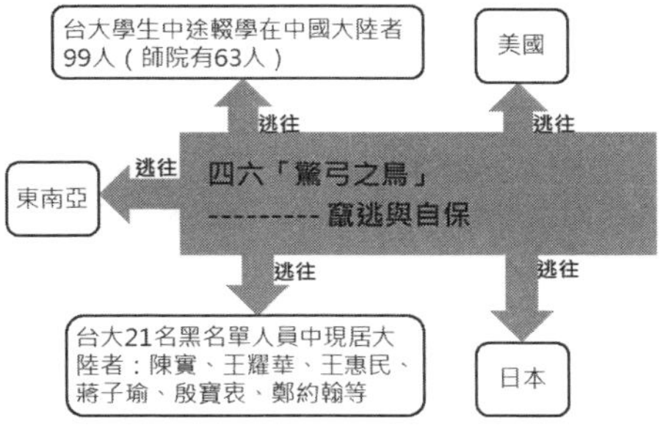

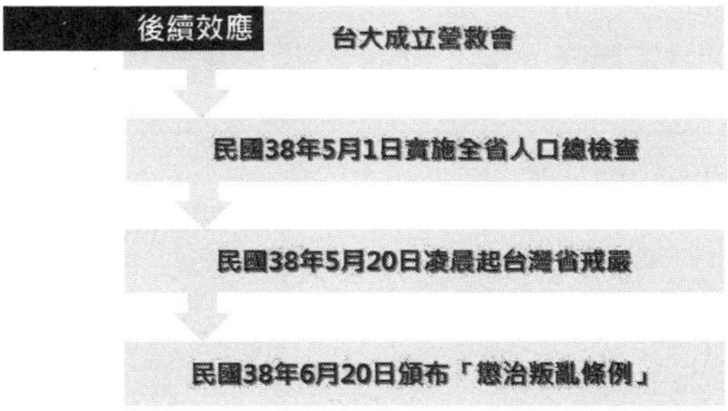

台大學生中途輟學在中國大陸者99人（師院有63人）

四六「驚弓之鳥」
---------竄逃與自保

台大21名黑名單人員中現居大陸者：陳實、王耀華、王惠民、蔣子瑜、殷寶衷、鄭約翰等

後續效應	台大成立營救會

民國38年5月1日實施全省人口總檢查

民國38年5月20日凌晨起台灣省戒嚴

民國38年6月20日頒布「懲治叛亂條例」

時間（民國）	事件
35.07	中共成立台灣省工作委員會及其後之學生工作委員會
36.02	二二八事件
36年底	在香港成立台灣民主自治同盟（台盟）
38.03.20	台大與師院學生共乘腳踏車事件；學生數百人向第四分局抗議。
38.03.21	學生上千人遊行（台大王惠民等十二人，師院趙制陽等七名為主席團）到市警局，在新公園博物館門口由陳錢潮等人演講（或稱三二一事件）。
38.03.29	台北市大中學生成立「學生聯盟」（口號：結束內戰和平救國、爭取生存權、反飢餓反迫害等）。當夜在台大法學院操場舉行青年營火晚會，由台大葉城松主持。
38.04.05	警總致電台大與師院，要求交出黑名單中台大二十一名師院七名學生；當晚，麥浪歌詠隊在台大福利餐廳開音樂晚會，慶祝環島演出與音樂節；台大與師院學生自治會幹部在師院男生第一宿舍大飯廳召開緊急會議，並擬兩校罷課與聲援南京四一學運。
38.04.06	凌晨圍捕師院男生宿舍，逮捕聲援學生，可能數逾二〇〇人；分頭到台大宿舍逮捕學生二十餘人。
38.04	陳誠宴請台大與師院教授，尋求「整頓學風」之支持。 台大成立營救會並召開聲援記者會，包括任先哲（會長）、盧覺慧等人，其中參與者如樊軍、張以淮、姜民權、汪穠年、王士彥、詹照光等人，在白色恐怖時期被捕。營救會若干成員被台大校方記過，並在布告上有「殊感痛心」字樣，希望以後大家「開誠相見」。 師院重新登記學籍，成立「整頓學風委員會」，劉真為主任委員；台大未成立。
38.05.01	實施全省人口總檢查

時間（民國）	事件
38.05	警總發文向台大要求拘捕三名學生
38.05.09	公布「動員戡亂臨時條款」
38.05.19	宣告台灣省戒嚴令，五月二十日零時起生效。（立法院於三十九・三・十四追認）。
38.06.20	頒佈「懲治叛亂條例」
38.07.01	通緝漏網人犯二十名，其中十四名為四六案黑名單學生。
38.08	基隆中學光明報與鍾浩東事件（包括林榮勛、詹照光等人均被捕）。
38.12.07	國民政府播遷來台
39.06	訂頒「戡亂建國教育實施綱要」，加強三民主義與反共教育等政治課程。 韓戰爆發；之後美國第七艦隊協防台灣
40.06	美援與軍援
41.07	規定高中以上學校設軍訓室（救國團成立於四十一年十月三十一日）
42.03	汐止鹿窟案（屬台灣省工作委員會組織）
42.11	教育部派第一任教官到台大
43.09	制定「專科以上學校軍訓教育計畫」，必修軍訓課程；教育部派第一任總教官到台大
43.12	簽署中美共同防禦條約；之後白色恐怖行動稍戢（後續仍有多起相關案件）

逮捕、流亡、判決與通緝

1. 逮捕。

(1)警總分別以台灣省警備總司令部特字第二、第四號代電，令省師院與台大交出黑名單學生。其中台大共二十一名：周自強、盧秀如、楊石盆、黃金揚、陳實、鄭約翰、許華江、王耀華、簡文宣、申德建、王惠民、蔣子瑜、曹潛、林火煉、陳琴、盧伯毅、朱光權、殷寶衷（殷葆衷）、宋承治、許翼湯、孫達人；師院七名：周慎源、鄭鴻溪、朱商彝（朱實）、趙制陽、莊輝彰、方啟明、劉茂己。

(2)四六事件被捕坐牢或移送地方法院審判者，依張光直（民八十七；《蕃薯人的故事》，聯經出版社）的說法，共有十九人，其中台大十一人，師院三人。

(3)據師院整頓學風委員會：朱乃長、宋承治、莊輝彰、薛愛蘭、毛文昌、王俊廷、魯教興、郎立巍、樓必忠、方啟明等人，皆在法院審訊中。

(4)另據當時其中一份報紙報導：被捕學生一二四人，其中十九人案情重大，移送法院，另外一〇五人令家長領回。

(5)台大調查：四六黑名單台大二十一名學生中，有十人被捕（二十一名中祇有六名事後畢業於台大）；另有十五名因妨害公務被捕（包括在張光直的十一名台大名單中的，有陳錢潮與藍世豪），大部分放回（十五名中七名事後畢業於台大）；在師院被捕之台大學生五名（四名於台大畢業）。

（6）台大學生陳琴（已自美西康州大學教職退休）因與黑名單同名之誤被捕，冤獄八個月。

2.流亡。

（1）台灣省政府以卅八卯魚府綜機字第二〇二五二、二〇二五三號代電，訓令師院與台大整頓學風；又以卅八卯虞府績字第二〇二八五號代電，要求師院組織整頓學風委員會，整肅經過見台灣師大（民八十六）與監察院（民八十七）調查報告書。

（2）據鄭約翰（鄭以平）於本年三月提供之資料：受四六事件影響中途輟學赴大陸之台大學生有九十九人，師院六十三人，台中農學院四人。

3.判決。

（1）台北地院三十八年度訴字第二一〇三號刑事判決書（監察院八十七・五・二十一調查報告書）：台大藍世豪、陳錢潮、許冀湯，師院趙制陽、方啟明，各處十月或一年徒刑，緩刑二年。另，三十八・十二・三台灣高等法院檢查處對陳錢潮做不起訴處分。

（2）四六事件當時尚未實施戒嚴且尚未有懲治叛亂條例，故四六涉案者最後幾全部飭回，但之後則多人復遭逮捕獲判刑。

（3）汪濬年在四十一年可能因曾參加台大樂群音樂社之故被捕。

（4）四十二・四・八台灣省保安司令部四十二 安度字第〇六五四號判決：張以淮、萬家保、華宣仁、汪穠年、吳京安、張曉春各交付感化，另有王士彥（台大方向社社員）移送管轄法院審辨。其中除張曉春係師大附中學生外，餘皆為台大畢業或肄業學生。判決主因可能是因參加蜜蜂文藝社、麥浪歌詠隊、樂群音樂社、自由畫社涉嫌，最後以閱讀左傾思想書籍判刑。可視為四六事件之延續。

(5)省文獻會指出在白色恐怖時期遭判刑者有二九、四〇七人。其中據判斷約四千五百餘人死刑，八千人重刑。台大學生在四六事件時並未有人被判死刑或重刑，但在之後數年，可能因與四六案或台大學生社團有關聯而涉嫌者，應有相當人數，但因判決書主文鮮有明確指出四六事件者（參見李敖編《安全局機密文件：歷年辦理匪案彙編》，民八十年），故難以斷定。

4.通緝。

(1)三十八．七．一台灣省政府代電：通緝曹潛等二十名，其中與四六黑名單重複者，計有台大：曹潛、盧伯毅、陳實、殷葆衷、朱光權、簡文宣、王惠民、鄭約翰、蔣子瑜、林火煉等十名；師院：劉茂己、周慎源、鄭鴻溪、朱實等四名。這幾人應是四六時未遭逮捕之黑名單學生。

(2)因四六事件被通緝台大學生目前在大陸者：陳實、王惠民、蔣子瑜、殷寶衷（殷葆衷）、鄭約翰；另有不在通緝之列但於四六被捕之學生黑名單王耀華。

台大學生社團的活躍與沒落

1. 四六事件前台大學生社團約二十餘，包括有麥浪歌詠隊、耕耘社、合唱團、攝影社、棒球活動、蜜蜂文藝社、Glee Club（聖歌合唱團）、方向社、向光社、台大人（法學院刊物）、新生劇團、海天歌詠團、東南風、燈塔、自由畫社（指導老師：師院黃榮燦）、台大話劇社等。且有台大及師院之學生壁報區（師院學生戲稱為「民主走廊」）。原本社團及壁報區皆甚活躍，四六後轉趨冷清。

2. 社團概況。

(1) 台大全校學生自治會聯合會（自聯會）。三十六年下半年台大各學院先後成立學生自治會，三十七年秋組全校學生自治會聯合會，成員共十二人，其中六人為各學院代表一人，六人為各學院自治會會長（文：王耀華；理：?；法：辜寬敏（四六時人在香港，旋轉赴日本）；醫：?；工：楊斌彥，四六後為宓治；農：陳實，四六後為盧覺慧）。推選陳實為自聯會主席（見三十八．七．一台灣省政府通緝代電），任期一年，但陳實在四六之前（三月二十日）赴大陸，四六之後由宓治任自聯會主席，以迄三十九年。當時自聯會有三項主要工作：三十七．十一反對續招大陸來台轉學生並召開記者會；三十七．十二．二十七組織麥浪歌詠隊在中山堂演出，籌募全校福利基金；三十八．三．二十九成立台北市學聯（包括台北市大中學生，當時建國中學自治會主席為黃永祥）。

(2)麥浪歌詠隊。於三十七年秋在台大黃河合唱團之基礎上成立，「麥浪」一詞係由張以淮與陳錢潮取名。約八十多名隊員，以台大外省籍學生為主，三十八．一後開始環島公演。其組織如下：

領隊：陳實

隊長：陳錢潮　副隊長：林義萍（林一平）

胡世璘（胡琳）

指揮：林文俊　鋼琴伴奏：李濱蓀（師院教授）

教舞：湯銘新（助教）

燈光：馬志欽（時為第一宿舍總幹事；台大教授）、李醒民

其他隊員（可能不全）：王耀華、殷寶衷、王惠民、蔣子瑜、史靖國、陳克臻、陳錢潮、吳聖英（上述皆回大陸）、張以淮、萬家保、黃涵（台大教授）、周韻香、陳明軒、許華江、錢曼娜（錢歌川之女）、臺純懿（臺靜農之女）、周自強、葛揚先、烏蔚庭、許陽、汪禯年、許華琴、許冀湯、王輔、葛知方、劉登明、劉登元、壽紹漢、汪崇耀、李繼輝、樓維民、陳明坤、林文達（林木）、林民瑞、欒苐、謝培基、馬宏華、陳飛、張瑞松、侯愉、華宣仁、謝啟淮、陳維廉、藍世豪、康潤芳、舒國瑩、陳詩禮、吳京安、陳宗亮、曾令宗等人。另有師院沈蘇斐（音樂系）、黃榮燦（藝術系副教授）、黃湘，與小學生楊資崩（楊逵之子）、許肇峰（在台中市上台演唱〈補破網〉）等人。

麥浪歌詠隊以〈祖國大合唱〉（馬思聰曲，金帆詞）與〈黃河大合唱〉為招牌曲目，並演唱民歌、跳民牧舞與秧歌舞等。四六事件後改由馬志欽教授任隊長，嗣後解散，部分成員成立樂群音樂社（孫德芳教授指揮）。

(3)耕耘社。社員有于凱、張慶、蘇君（皆在白色恐怖時期遭槍斃）、姜民權、路統信（台大技正）、石小岑、來德裕、吳崇慈、夏淑仙、康有德（台大教授）、黃雲燦（以上皆曾被捕或判刑）、秦維聰、宋麟風、程德森、林丰卿、王兆基、諶靜吾、李醒民、王德春（台大教授）、方祖達（台大教授）、何國鐸、李卉（張光直教授夫人）、郭仕樵等人。另，台大考生服務團、台大新生劇團、台大海天歌詠團，皆由耕耘社社員發起成立（秦維聰先生提供資料）。

(4)方向社。社員有蘇建航、雷震霖、王集桓、鍾世勤（逃赴大陸）、王耀華、王士彥（五十年代被捕）等人。

(5)銀鈴會（非台大社團）。三十一年由台中一中張彥勳、朱實、許世清以《邊緣草》名義出版刊物；三十三年改名銀鈴會，戰後會員十名（師院九名，台大一名）；三十六年張彥勳、朱實、林亨泰、詹冰、蕭翔文復刊並取名為「潮流」。四六事件後解散。

(6)《新生報》「橋」副刊。三十六・八・一正式發刊，三十八・三・二十九停刊。編輯歌雷（史習枚）於四六事件時被捕；主筆作者孫達人（台大學生）名列黑名單被捕；作者邱媽寅（台大）三十九年被捕；蔡德本、林曙光、黃昆彬等人受牽連或被捕。

校園教官制度與思想教育

前述相關大事記已指出在三十九．六訂頒「戡亂建國教育實施綱要」，加強《三民主義》與反共教育等政治課程；在四十一．七規定高中以上學校設軍訓室，四十三．九制定「專科以上學校軍訓教育計畫」，必修軍訓課程。這些措施應與四六事件之發生有相關聯在，當然也與三十八．十二國民政府撤退來台後痛定思痛，想在校園內杜絕學運剷除地下組織有關。

台灣解嚴將屆滿十二年，終於要在明年（民八十九）大學聯考時停考《三民主義》（大學亦已停授《三民主義》共同必修課）；八十七．三．二十七大法官四五〇號釋憲案，判定大學法強制大學應設軍訓室及配置人員之本法條文及施行細則無效。然時光荏苒，已歷五十年矣！

四六事件尚待研議要點

1. 傅斯年校長的角色。

傅校長三十八．一．二十正式接掌台大，三十九．十二．二十腦溢血病逝於省參議會議場。在目前之台大校史紀錄與傅孟真先生年譜（民五十三，文星叢刊四十三）中，皆未見有四六事件之任何敘述。但三十八．四．七台大行政會議曾決議由傅校長再向陳誠接洽，提下列四點要求：(1)凡載在名單內之被捕學生，迅即移送法院審訊。(2)凡不在名單內而被捕之學生，即予釋放。(3)以後如不發生新事件，絕不再行拘捕學生。(4)准許學校派人探視被捕各生。另，台大校方亦去函報社要求更正台大配合提供名單並協助逮捕之報導。

張光直（民八十七）就其四六後獄中所聞指出「……所以凡是台大的學生都相信學校（校長傅斯年）與警備司令部合作，供給他們名單和宿舍住址。」該說影射傅校長角色曖昧，但據本小組調查，受訪人員間或表示台大校內可能有人協助提供名單並帶領認人，但鮮有認為傅校長涉此指控者。

2.台大與師院誰是主角？誰受害最深？

四六黑名單中，台大學生多於師院（二十一：七）；四六當日則逮捕者大多為師院來聲援的學生，可能數逾二〇〇人；三十八．七．一通緝名單中台大學生多於師院；戒嚴之後的白色恐怖遭逮且下場悽慘者泰半為台大學生。對師院而言，四六後遭學風整肅，對學校發展創傷甚鉅，且師院四六事件中有十一人除名、二十一人甄審不合格、四人法辦。兩校四六後流亡海外（包括大陸）者夥，可謂皆是難以治療的傷痕。

悲劇強度不是靠數人頭即可決定的。誠如師大歷史系退休教授王家儉（一九五〇年代與許遠東、張光直、尤英等人同獄）來信所說：「誰受害最深，誰是主角」之說，皆屬餘論。

3.四六事件究係白色恐怖的開端，或是因震驚於四六事件才開始大規模進行白色恐怖鎮壓？

該問題是最大的謎團。考諸事件發展，依黑名單擬逮捕在先（依其性質可分：平日言論反動、反對續招新生、涉匪諜罪行、領導三二一事件，似非皆與三二一、三二九事件有關），四六事件可能係因逮捕過程不順利所發生之「擦搶走火」案件。

當時局勢詭異，情治單位已對中共在台地下組織與平日言論左傾學生，作有系統之監視；且當時傳聞台灣學生呼應四一南京學運，擬在四月十日參與全國總罷課，部分學生則被控參與編印《光明報》、《方向文叢》等刊物。在此風聲鶴唳下，將黑名單逮捕行動視為白色恐怖之開端亦屬合理。四六事件可能促使台灣省提前戒嚴，但依其進度（大陸已有多省實施戒嚴），則台灣省開始戒嚴應也是遲早之事。

若以一暗一明來說明，則當時暗中已對涉嫌學生進行蒐證與監視，而聲援學生（大部分與政治事件無關）恰在此時介入，橫遭逮捕，事後又遭整頓學風，日後又有人因參與該事件之故遭逮，可謂天外橫禍，下場不堪聞問。

4.何以在二二八事件後，學生仍如此敢於介入集體行動？

對多數未參與經歷四六事件者，此事誠難理解。二二八事件前後中國情勢緊張，民變學運多，國共內戰方熾，社會經濟困頓（通貨膨脹在三十八年初相當嚴重）。凡此因素，可能使年輕學生不滿國民黨政府，且普遍接觸社會主義與左派書籍，部分學生則祕密加入地下組織活動。在此一明一暗之發展下，社會存在著極大的張力，遇有事件在情緒高漲下，可能因此易演成集體行動。

四六事件的歷史定位與後續處理

1. 目前各項台大大事記中，皆未列及任何與二二八、四六事件、白色恐怖有關之紀錄。
2. 八十六・六・七「台大四六事件考察總結報告」：建請校方要求政府公開四六事件中對本校二十一人學生名單及其他遭逮捕學生之處置方式，並要求予以恢復名譽及為必要之補償。
3. 八十七・五・二一監察院（八十七）院台教字第八七二四〇〇一七八號函之調查報告，要求相關學校對台大及師大有關四六事件之研究小組所提報告之建議事項，應予重視採行；且要求行政院「似有必要研究恢復渠等名譽及給予本人或其家屬補償之方案」。
4. 八十八・一教育部擬定四六事件處理建議案，建議行政院比照「二二八」模式（「二二八事件賠償及處理條例」與獨立基金會），針對四六事件受害人進行名譽恢復等平反、補償，並送請行政院核定。
5. 白色恐怖事件之處理已在進行，但並未包括四六事件在內。八十四・一・二八公布實施《戒嚴時期人民受損權利回復條例》，規定於戒嚴時期因犯內亂、外患罪，於受無罪之判決確定前曾受羈押或刑之執行者，得聲請所屬地方法院，比照冤獄賠償法相關規定，請求國家賠償。但該條例適用範圍未包括不起訴處分確定前後曾受羈押、逮捕等各項情形，經八十八・二・一二大法官會議四七七號解釋，可延至民國九十年二月十二日以前提出賠償請求。另，八十七．六．一七公布《戒嚴時期不當叛亂暨匪諜審判案件補償條例》，八十七．一二．一六成立「戒嚴時期不當叛亂暨匪諜審判案件補償基金會」，亦未包括四六案件在內，因為台灣省戒嚴開始在四六事件之後。

四六事件其實是「明著來」的學運，與情治機關布線想抓的地下組織學生成員，重疊性小，但因處理不當擦槍走火，愈演愈烈，之後則有藉此當為偵訊與逮捕之依據者，故四六事件不僅是學運的終結，亦使四六事件可能提早成為白色恐怖的先聲，使四六受牽連者在白色恐怖時期受害之幅度變大變深。雖然四六應可視為白色恐怖之濫觴，且後續影響大，但在歷史定位上，卻居於尷尬之「歷史空檔」，在檢討與平反二二八及白色恐怖時，皆未將四六事件納入考量，使當年因之受害的眾多當事人，既無平反之機會亦無補（賠）償之措施。教育部送請行政院核定之平反與補償方案，應是一個很好的開始，也許有助於我們有朝一日能在歷史中將四六這一頁翻過去！

誌謝

從八十四年六月開始，我們即在校方與小組成員（見八六．六．七〈台大四六事件考察〉總結報告）的通力合作下，翻查台大、國家圖書館、相關單位的檔案資料，在有一初步印象後即展開訪談與通信，一直到本小組解散後仍賡續至今。我們願在此對底下所有提供資料的朋友，致最高的謝意與敬意。

台大四六事件資料蒐集訪談名單

受訪人	受訪日期	備註
史明		學者
賴光隆		關係人
王君琦		社團代表
歐龍雲		當事人，通信聯絡
康有德	1996	相關當事人
蔡德本	1996.06.07	師院相關當事人
蕭翔文		關係人
楊寶旺	1996.07.05	當事人
陳雪卿	1996.07.09	關係人
楊碧川	1996.07.15	諮詢學者
朱實、涂炳榔、陳重光	1996.07.28	師院相關當事人與關係人
葉麗水、蔡德本	1996.07.29	師院相關當事人與關係人
許嘉鶯	1996.07.29 1996.10.26	當事人
邱媽寅	1996.07.29	相關當事人
馬驥伸	1996.08.13	關係人
林亨泰	1996.10.25	關係人
文崇一	1996.11.4	關係人
楊資崩	1996.11.23	關係人

受訪人	受訪日期	備註
路統信	1996.12.07	相關當事人
辜寬敏	1997.01 1997.02 1997.04.22	關係人
吳聰敏	1997.04.25	諮詢學者
楊石盆	1997.05.17	關係人
李伸一、趙榮耀	1997.07.04	監委
樊軍		相關當事人，多次通信聯絡
陳實		當事人，多次通信聯絡
馬志欽	1997.09.19	當事人
孫達人	1997.09.22	當事人
張以淮	1997.09.23	相關當事人，多次通信聯絡
周韻香、烏蔚庭、姜民權	1998.05.20	關係人與相關當事人
盧兆麟	1996.09.19	師院當事人
那廉君	1996.08.08 1996.09.12	前台大祕書
林參	1997.05.09	前台大保管組股長，提供當時台大關係人宿舍狀況

四六事件與台大學風

馬上就是四月六日了，民國三十八年發生了一件令人痛心疾首的大事，史稱「四六事件」。在該事件發生之前有二二八，之後則有白色恐怖，使四六事件的歷史定位備受關注，因為它既不適用二二八事件賠償及處理條例（因二二八在前），又不適用「戒嚴時期人民受損權利回復條例」（因戒嚴在後）。四六事件影響深遠，但卻居於這種尷尬的「歷史空檔」。

民國三十八年四月五日警總致電台大與師院（今之台師大），要求交出黑名單中台大二十一名、師院七名學生。台大與師院學生自治會幹部在師院男生第一宿舍大飯廳召開緊急會議，擬議兩校罷課與聲援南京四一學運。四月六日凌晨圍捕師院男生宿舍，逮捕數逾兩百名學生，並到台大宿舍逮捕學生二十餘人。之後師院成立「整頓學風委員會」，台大則成立營救會並召開聲援記者會。五月九日公布「動員戡亂臨時條款」，五月十九日宣告台灣省戒嚴令，六月二十日頒布「懲治叛亂條例」，這些事件宣告了白色恐怖的到來。

四六事件是白色恐怖的濫觴，殆無疑義，但究係白色恐怖的啟動，或是因震驚於四六事件才開始大規模進行白色恐怖鎮壓，仍是一件歷史公案。

台大因其特殊的歷史位置，在一些重要事件上幾乎無役不與，從二二八、四六、校園白色恐怖、自覺運動、釣魚台事件、民族主義論戰與哲學系事件（民六十一—六十二）、中美斷交、解嚴前後的自由之愛與教授聯誼會（民七十五—七十六）、參與全國性三月學運（民七十九）、反軍人組閣、一〇〇行動聯盟廢除刑法一百條、四一〇教改行動（民八十三）等，這裡面普遍反映出對弱勢的關懷、對不公不義的起而抗爭，你可以說是左派或南方觀點，也可以說是反抗既有的威權體制。該一精神曾是台大傳統中珍貴的一部分，不因誰執政而有所變更，亦即所謂「一致性」。

這是一種祇論是非，不論顏色的風格，參與台大四六事件調查（民八十四—八十六）的李永熾教授，曾笑稱他是獨派的來為左派平反，我不能全然同意這種看法，但他看向歷史縱深，祇找真相的做法，是值得贊賞的。台大教授聯誼會在民國七十六年歷經動盪之後成立，已故的張忠棟教授接手第一任理事長，隨即親自造訪所有的理監事（不論藍綠），並致送他剛出版的《胡適三論》一書。他們兩人在人道關懷與處世氣度上是值得稱許的，類此的前輩與友人甚多，這也是構成台大珍貴傳統的一部分。

當事情是錯的時候，雙方無法制衡，當事情是對的時候，雙方無法合作，該兩者可說是最壞的組合。過去的台大在事情是錯的時候，出來制衡，當事情是對的時候，雙方盡量撇開立場尋求合作。台大現在面對的對錯議題，雖然已與以前大不相同，但其基本因應態度應該是一樣的，這就是所謂「台大學風」。回看現在社會上藍綠對抗成風，他們有想到向過去的台大汲取經驗嗎？還是現在的台大也已經在不知不覺中快要成為社會現狀結構的一部分，以致棄守當為社會觀念新坐標這樣一個沉重的使命？

（二〇〇五年四月三日《中國時報》）

再談台大二三事

台北帝國大學在日治時代於一九二八年建立，前有東京、京都、東北、九州、北海道、漢城，後有大阪、名古屋。該一建置對台大在台灣高教體系居龍頭角色與台大傳統之建立，有絕對性之貢獻。二〇一三年十一月十五日台大慶祝八十五周年校慶，就是將台北帝國大學這段歷史計入之故，因此在研究譬如台大理學院歷史及其學統時，是不可能不把當時的理學部事蹟與學術傳承納入的。

傅斯年與孫震校長

很多人一定無法理解這兩人是如何並列在一起的，但真正曾經面對時代重大變動的兩位台大校長就是傅斯年與孫震。一九四九年國共內戰國民政府播遷來台，傅斯年任校長，主張辦大學就是辦大學，政治不應介入學術。觀其在一九四九年對台大四六事件之因應，在當時即將啟動戒嚴與白色恐怖時代的氛圍下，應算是言行合一。他另引荷蘭哲學家Spinoza的宇宙精神（真理）之意，提出「貢獻這所大學於宇宙的精神」之說法，也闡釋了「敦品勵學，愛國愛人」之校訓。他過世之後，台大史無前例也應是後無來者的，為他立下傅鐘與傅園，表彰了他在亂世之時所扮演的精神領導與貢獻。

孫震則擔任解嚴（一九八七年七月十五日）前後之台大校長，解嚴前一年中，台灣社會開始有了巨大解放，社會運動逾百件，為台大校園一向主張校園自主學術自由的校風，找到了實踐的場域，出現了自由之愛與教授聯誼會。一九九〇年的三月學運與一九九一年的一〇〇行動聯盟（反刑法一百條之思想入罪），皆由台大師生發起。反刑法一百條時，於雙十閱兵前在仁愛路台大醫學院前靜坐，由陳師孟與林山田等人主導，李鎮源則是精神代表。當年十月二十二日行政院長郝伯村在立法院責罵孫校長，孫震寫了一封「個人可以默爾而息，身為台大校長不能受辱」的辭職信，台大師生則支持孫校長，要求郝道歉。我在醫學院前靜坐之檢討與聲援孫的兩個大會上，都出來擔任主席，得以充分體會台大在造反以及與當政者對抗時的精神力量。十一月二日台大校務會議在我們連署提案下，通過「軍警不得進入校園」的基本原則，當局也表示尊重。

台大在這些事件上，發揮了當為「正義堡壘，觀念燈塔」之時代轉型功能。台大沒有棄守應盡之時代責任，孫校長亦未阻止這些事件發生，這在當時是很不容易的。有一次鄭心雄在台大前面碰到我，說國民黨中常會剛通過孫校長的任命，所以孫校長在那種時代所受之黨政壓力一定相當巨大，而他能體會台大校長的角色，學習做一位台大校長應該表現出來的分寸，是很不容易的，看起來有向傅斯年學習的味道。

綜歸而言，台大初期遭遇二二八、四六事件與白色恐怖時期，守勢居多，傅校長所做的是精神面之建置。主動出擊的事件，泰半發生在孫校長任內，這是時代與社會變遷所致，孫剛好在這個節骨眼上當台大校長，可說是不得了的時代機會，但也可能是厄運一場，孫校長選擇了不干涉與穩住策略，在當時算是恰當的做法。台大很幸運，縱使每位校長並非都很亮眼，但都做了該做的事。至於學術環境與表現，錢思亮在相對長期安定期間，建構了穩固的基礎。陳維昭與李嗣涔在國家推動一流大學計畫時，沒有漏掉競爭機會。祇不過在後段時期，台大一直流失正義堡壘與觀念座標之角色而不自知，雖然學術成就一直精進，仍若有憾焉，而在二〇一二年為了研究計畫報銷問題，不經意地讓檢調大舉進入校園，亦未能轟然回擊，則有愧於台大二十餘年前所做的精神展示！

大學應該檢討

我在二〇一三年全國大學校長會議上表示，當大學內部在教學與研究上出了問題時（包括各種計畫採購與核銷，以及各項研究與學術倫理之破壞），應由大學與補助機關先來發動，做好內控與自律，若有必要再依程序移送檢調，而非像現在由檢調來發動來主導研究計畫之核銷問題。該案雖已進入法律程序，不宜就個案表示意見，但在進行法律訴訟時，大學應透過教育部與國科會協調，爭取補救措施，設計統一窗口，以大學為單位進行訴訟，以免株連過廣，喪失比例原則。

大學應啟動學術法學界與實務法界之聯合會議，進行具建設性之討論，釐清包括教師在何種條件下方得稱之為授權公務員，以及執行研究計畫是否為執行公權事項等具爭議性之實質議題，以取得均衡之通說，並規範影響重大之後續法律實務。該事件切忌淪為在法令層面上打轉，見樹不見林，更應注意其對台灣長遠學術發展及人才留任與進用之嚴重影響，記取包括二戰期間德國在內的歷史教訓，視之為嚴重的國家大事，並建議國家領導人應盡速在適當時機給個說法！

在國際指標大學的選擇上，若干領頭大學不免有期望水準誤置之情形，台大也不能免俗。該誤置當然也發生於台灣其他大學，如政大選哈佛（哈佛的理學與醫學執世界牛耳，人文與法商亦非國內大學所能望其項背），成大從名古屋大學轉換為京都大學（以文理聞名於世，未能完全呼應成大在工程科學上的專長與名聲）。台大之指標學校，過去十年來從澳洲Melbourne大學改為美國UIUC（伊利諾大學），這兩間都是世界一流大學殆無疑問，但都低估了台大當為國家人才搖籃與學術龍頭以及社會領袖的角色。台大培育的應該不只是博士與教授，而是未來各行各業的領導人，包括國家領導人在內。在這點上台大真的要特別小心，免得轉型成為一所看不出來有多大志氣的「世界一流大學」。

重視人文傳統的建立

在台灣的高教領域中，人文社會科學領域師生大約各占總額的一半。台大人文社科學生約占總學生數三分之一，專任教師約占四分之一，不及平均的二分之一，可能係十多年來台大擴張研究生數量時（已占總數一半），未能跟上之故；後者則係在五年五百億推動時，未能及時搭上列車之故。至於分配到的公務經費，那是更不成比例了，也許還不到五分之一。

揆諸國際經驗，真正的國際一流大學鮮少無第一流人文社會科學名聲者，像牛津、劍橋、哈佛、東京大學、京都大學等，這是台大應該放在一起比較的大學，台大對此應有警覺心、視野格局及相對應之做法，台大在國內全面爭第一，或說自己在國內已經是最重視人文學科的大學，已經沒什麼意義，最好是站到國際高度，設定目標與期限以全力促成之。這是一位旁觀者的看法。

二

大學與知識分子

一所大學與當代社會記憶之傳承

通識教育與社會變遷

大學藉著通過全校訂定與施行的通識教育課程，讓學習者得以透過修習其專業以外之學術領域，一方面補足廣泛認識上的不足，以培養跨領域之眼光與較深入之全面掌握；另一方面則須對當代社會的變遷有所體認，以養成具有適應力與反省能力的宏觀視野。至於擬藉由通識教育的實施以提升「教養」（nurturing）的高度，則需另有不同有效做法方能促成，台灣醫學院教育評鑑（TMAC）就是站在該一立場上，推動以「博雅教育」為核心的通識教育，並將慣行的一年延伸為兩年的醫預科教育。但不管如何，它仍須立足於較廣泛之知識基礎，與對當代社會變遷之體認上，才能落實「教養」（如品德、倫理與關懷等項基本能力）之培育。

今祇就如何體認台灣當代社會變遷，提出一些看法。對當代社會變遷要有所體認，須放在兩項基礎上立論，一為當代社會的特質必有所傳承；另一則須在世界脈絡與變動中，釐清台灣當代社會所站的位置。就後者而言，美國哈佛大學刻已將過去實施約三十年的核心課程（core program）改為通識教育課程（general education program），且新增「美國與世界」的領域，其本意即在於將美國放在世界的脈絡中，以明其社會變遷在世界脈絡中的意義。同理，要了解一個社會變遷之背後意義，除了做水平方向的比較分析以求其定位之外，以台灣社會為例，尚須在垂直面向上，與過去六十多年做好聯繫工作，以追索其演變的根源，方知該一傳承對當代社會變遷是否已產生深遠的影響，不此之圖，則將難以整理出有用的教訓，我們對社會變遷的體認也將難逃浮光掠影的結局。其中，社會記憶的傳承與流變，可以當為通識教育中的一個範例，既不失之散漫，又是首尾相扣，可說與哈佛大學新修訂課程中的「文化與信仰」，有若合符節之處。

台灣目前面臨兩大論述上的議題：(1)就橫切面看，全球化衍生了複雜的政經與社會文化議題，包括如何面對M型社會的公義問題，台灣必須在全球論述、亞洲論述與在地論述上，提出相關的主張以資定位。(2)就縱切面看，歷史透視及其詮釋議題，台灣不可避免的在此軸線上，必須涉及台灣定位與台灣論述的歷史性問題。台灣身處該二軸線交織之論述網絡中，既要放在當代全球脈絡中予以定位，又要在歷史中予以定位，兩者定位如何共容，走出自己一條路，乃是當代台灣的重大議題。從時間軸線上，已可清楚看出台灣在過去一百來年中經歷過很多人還記憶猶新或正在進行中的殖民經驗、去威權與民主化、全球化，以及在地化的四重糾葛，仍難以抽刀斷水，各就各位。受教育中的年輕人，一方面是年代久遠，另一方面是仍無通說，因此普遍缺乏認識，認真的年輕人則陷入混淆之中。這是台灣教育上亟待矯正的工作，但要無偏而且有效的釐清，則須好好解讀上述各項背後不同群體的社會記憶，方可期望有一均衡的教育內容。

台灣的社會記憶

所謂「社會記憶」（social memory），指的是對大部分當代人仍記憶猶新，感受深刻，且對今日社會變遷特質有重大影響的事件記憶，如第二次世界大戰中的納粹主義與集中營經驗。大學生身處現代，有權利亦有義務了解台灣社會過去的糾葛與演變，方能深入體會社會變遷中的重要元素，並形塑對未來的看法。大學通識教育則是其中最具根本性的做法，本國大學生在中學階段並無機會亦無餘裕（因為升學主義之盛行及多元教學之難以落實），多做系統性之了解，而通識教育則是大學的「入門網站」，也是最後僅存的能就總體社會變遷做完整學習與啟發的機會。在大學通識教育中，若能發展出模組化教學（當然要先有模組化教材），針對相關議題，以事件為基礎，以大學生切身經驗為核心，來交代統整台灣社會過去六十多年來的社會記憶（後列文章中再予詳述），當能獲得相當巨大的教育效果。

「社會運動：台灣歷史回顧與展望」課程之設計

針對上述之討論，應能發展出系統化的模組教材，並規劃當為通識教育自由組合之課程。在此基礎上，大學可依其特色及師資，分別探討這類事件所涉及的政經社會結構因素（以做根源性的詮釋）、事件發生之個體與集體行動動態因素（以檢討促使誘發之情境性與民意因子），以及因應過程中所涉及之壓迫與反抗、社會公義、人性、多元與效率等理念，並為現代的社會變遷及未來的社會發展，提供一套可供大學生深入了解的分析架構，進而充實可培育其具有未來適應能力的教育歷程。這是大學通識教育不可迴避的責任，因為大學精神的發揚，不可能在沒有社會記憶傳承的基礎上完成，而大學精神的發揚，則是大學通識教育一日不能或忘的主旨，也是它應該實踐的最重要功能之一。

基於該一理念，我與蔡順美教授在會同大眾教育基金會董事長簡明仁教授，一齊籌辦「台灣農民運動特展：簡吉與李應章的農運路」（二〇一一年三月七日）時，即同日在中國醫藥大學開授「社會運動：台灣歷史回顧與展望」的第一場通識主題課程。該課程已事先在中研院社會學研究所蕭新煌教授之協助下，規劃出一整個學期的演講主題（二〇一一年二月二十一日—六月二十日），其大要如下：

週數	教學內容（演講主題）
1	導論：課程解說
2	農社運動（簡明仁教授與交通大學蔡石山教授）
3	台灣社會運動的挑戰（蕭新煌教授；中研院社會所所長）
4	原住民社會運動與台灣多元文化社會之形成（紀駿傑教授；東華大學民族語言與傳播學系主任）
5	婦女運動：台灣女性團結與努力（陳曼麗女士；台灣婦女團體全國聯合會常務理事）
6	台灣環保運動的回顧與展望（施信民教授；台大化工系）
7	醫療人權運動（陳永興副教授；羅東聖母醫院院長）
8	司法改革運動的回顧與展望（黃國昌副研究員；中研院法學研究所）
9	媒體改革（管中祥助理教授；中正大學傳播系）
10	從台灣紀錄片看台灣環境運動的發展（邱貴芬教授；中興大學台灣文學研究所所長）
11	大公民、小立委：國會監督的實踐（顧忠華教授；政治大學社會系）
12	教育改革運動（黃榮村教授；中國醫藥大學）
13	討論
14	台灣學運的歷史與時代意涵（范雲副教授；台大社會系）
15	期末考試

該課程主旨在於讓修習學生得以了解台灣社會運動的歷史意涵與價值，探討社會運動如何驅使台灣社會向前演進，並深入研析社會運動在台灣社會多元化與政治民主化進程中所扮演的角色。社會記憶的傳承需要先有學習與反省，大學是最適合做這件大事的推手，而最理想的切

入點則是放在通識教育課程中予以講授及討論，我們期望這類課程能夠在台灣有系統的發展出來，庶幾能體現大學應發揮的燈塔功能。

大學與社會共識及核心價值之建立

人心思變，包括意圖（行為後的目的）與行動，並非祇關政治，而是涵蓋各類需要改革事項。台灣過去因政治目的而形成的幾個關卡，包括對既成事件（如二二八、白色恐怖）之經驗所產生之恐懼、戒嚴、懲治叛亂條例與刑法一〇〇條等項，卻擴延到對非政治領域的廣泛制約，對言論、結社與國際聯繫上造成諸多限制。以解嚴（一九八七）前後為例，即可明顯看出民間人心思變表現方式的大幅變化。在台美斷交，《美麗島》雜誌銷售屢創新高後，一九七九年十二月十日（世界人權日）在高雄發生美麗島事件，隔年美麗島大審是一場解嚴前大規模的社會民主法治教育，政治後果則是使得當年的黨外運動，成為今日的常規政黨輪替。回看美麗島事件的主訴求，如反對戒嚴、反對萬年國會、主張開放黨禁報禁、總統直選，現在看來都已經是沒有爭議的事實，但在當時，卻是害怕恐懼與憤怒亢奮情緒交雜下的大拔河，社會上風聲鶴唳氣氛肅殺恍若一夢。短短十年後的一九九〇年三月野百合跨校學運、五月知識界反軍人組閣，與一九九一年十月的一〇〇行動聯盟，改由大學領軍，已是解嚴之後。兩者作一比較，前者是情緒緊繃多點齊發，後者則是意興風發單點突破，精神雖仍一貫，表現方式與所獲待遇大不相同。

台灣過去六十年來，走的是政治↓社會↓教育的變革與改革路線。簡略而言，可採下列事件作一分類，從過去重大社會記憶的觀點，說明台灣所面對的變革與改革：

1.日本殖民統治、國共內戰、二二八事件與國民政府播遷來台。這是一系列台灣社會迄今永不能磨滅、不能不釐清、也還在發揮影響力的歷史與社會經驗。

2.四六事件（一九四九；台灣白色恐怖之濫觴）、公布《動員戡亂臨時條款》、宣告台灣省戒嚴令、頒布《懲治叛亂條例》、訂頒《戡亂建國教育實施綱要》（一九五〇）、規定高中以上學校設軍訓室（一九五二）、教育部派第一任教官到台大（一九五三）、白色恐怖（一九四九—一九五四？）。這是另一段影響台灣政治、社會與教育相當深遠的大規模事件記憶。

3.政治禁忌在衝撞下的解除與政治事件的平反，與黨外運動的崛起、一九七七中壢事件、一九七九美麗島事件，以迄一九八六民進黨成立之關係相當密切。

4.一九八七年六月解嚴前後一年期間，社會運動（含自力救濟、環保、社福與弱勢等類）多達百餘件，反映出在管制去除之後的社會力解放與社會公平正義觀點的表現。

5.大學在社會記憶事件中之介入。以台大為例，不僅是二二八、四六、校園白色恐怖、民族主義論戰與哲學系事件（一九七二－一九七四）、參與解嚴前後社會運動、學運（一九八六校內自由之愛、一九九〇年三月跨校學運）的主要當事人，也是政治事件平反（如台大哲學系事件之平反，一九九三－一九九五；台大四六事件之平反，一九九五－一九九七）之主催者。大學在標舉與實踐社會公義理念、平反、保存與詮釋歷史及社會記憶等項重大工作上，以及思想改革上，都占有不可或缺的角色，並成為社會記憶的一部分。但大學是否在這類事件中缺席，也是須被評價的一件工作。

6.司法／行政／教育三大改革、九二一大地震及重建、SARS肆虐及其因應、十年教改爭議、全球氣候與環境變遷、全球化競爭及M型社會的來臨及因應，則是較晚近的重大事件。台灣在這些事件中如何自處獲得教訓，並帶動改革，則反映出台灣社會是否已發展出良好或亟待改進的基礎結構及心態。

由上述事件的簡單排列，可看出政治一向是先行者，教育通常是改革的最後灘頭，社會則是在中間擺盪，但主宰著政治與教育改革的成敗，可說是最基礎的結構。

社會與教育改革的幾個論證

社會改革的原動力大概不外三類：(1)恢復人性尊嚴與人民作主；(2)對社會不良慣性及不合理既存制度的反動，並要求本質之恢復；(3)提升國家與社會的競爭力。這三類表現有其先後次序，大約是前述的政治↓社會↓教育三種改革。

屬於第一類的包括對過去重大政治事件之平反、政治反對運動。第二類包括具有實際不滿源頭的社會運動，如自力救濟、環保運動與消費者保護運動；具現代意義之抽象原則（如社會福利、平等、公平正義、人權）的改革須求，如三月學運、司法改革、教育改革與性別平等運動；理念先行的運動，如反核、媒體改造。第三類則屬晚近的議題，包括有災難後與自主性的社區總體營造、基因科技下的人權維護、全球氣候與環境變遷之因應、M型社會之防止、教養與人才培育之推動。

社會改革背後往往要有思想與信仰予以支撐。左派觀點強調壓迫與被壓迫的困境，需透過重大改革或革命予以改變；社會中各個角落經常存在著異化現象（alienation，不一定局限在勞工與資本家之間），人在資本主義社會中變成不能自主、自我實現的個體，這種不理想困境亟應有所改變。

自由主義觀點則提倡社會的民主與自由，這點幾乎已成台灣社會的共識，但在實際運作過程中卻常有難以兼得的困難。Alexis de Tocqueville 在其*Democracy in America*（1835）書中，認為民主應是平衡自由與平等的做法，關切群體但也關切個體，但在公民人人生而平等時，個人力量不夠強到可以抵擋權力之侵略性而維持自主，人的自由因此難獲保證。志工主義（volunteerism）則是晚近興起的潮流，凡事做了就是，晚做不如早做，強調社區與社會將因住民的關切與動手而改善。

這三種觀點都曾經或正在分別影響前述之三大類社會改革。早期的政治改革與平反要面對龐大的政黨與政經體制，但改革的正當性也最強，需強而有力的論述與行動，正是左派觀點可以好好發揮的場域。社會改革所涉及的制度性變動，則需要民主與自由理念的闡揚與聲援，而且第二類改革往往來自有具體對象但又缺乏溝通與中介的平台，如環境運動、學生運動、司改與教改，都需要專家、教授與老師的參與，這些支援者經常都是受過現代教育倡導民主自由的陣營。第三類的改革常無具體的抗爭對象，需自主參與一步一腳印，有的透過捐款並加入當志工，參加庶民改革平台（如佛教的五大教團、紅十字會、世界展望會、聯合勸募），有的直接到社區蹲點（如九二一災後的一百多個長期蹲點志工團體），這時志工主義就是最重要的草根哲學。

總體而言，當人民的歷史應平反、人民要作主、專制蠻橫的政治政黨要改革時，抗爭對象與改革目標明確時，左派觀點會扮演重要角色，而且在台灣早期的改革史中確已發揮其一定程度的時代功能，但現在則受制於現行社會與政經體制，難以充分發揮。自由主義則常由知識界主催，以理念為主制度改革為輔，抽象原則之闡揚多於行動，在過去因緣際會做了很多實際的聲援與仲裁工作，對台灣民主化貢獻良多，但基本上是遲疑的力道不足的。志工主義之適用場域則常無明確之抗爭對象，因此無法確保自主行動可以全面化或持續到什麼程度，但因出身草根，又日益國際化，反而是晚近最蓬勃的一股力量。這三種觀點雖各有其適用與發揮的時代與場域，但若匯流，對台灣建立公民社會之目標則有很大幫助。John Locke曾對公民或市民社會下過定義，他說這是一個自由人組成的社會，在法治下人人平等，不受共同目的之束縛，但互相尊重他人之權利。以此觀之，台灣要建立出一套公民法則來規範私部門與公民事務之空間，還有待這幾種觀點的整合，因為至少它們都曾經或正在台灣社會運作過，也分別影響了不同的個人與群體。

改革觀念與做法之演進

台灣的各類改革經常不是一次性的，在時序上有不同的訴求與其背後的理念。今以四大領域為例說明如下：

1. 教育領域的改革階段：正義與公平↓鬆綁與多元↓效能與卓越
2. 校園與學生領域：特別權力關係之解構↓教授與學生參與校務、成立學生會與學生議會、校園民主↓校園歷史事件之平反↓追求卓越

3.環境與永續領域：自力救濟→環境正義與南北緊張論證→政府與市場失靈→環保與經濟並重→追求效率與市場化→跨世代福祉、生態環境的轉圜空間與永續

4.社區領域：災難後或自主之自覺與重建→社區我群之發展→社區總體營造

在這些不同領域的不同發展階段中，皆可看到兩種特色的演進。一為改革皆尚未完成，所以都有繼續「往前看」的特色，各自都在建構自己的定位，想從傳統與歷史、社會現況與國情，以及國際比較中，找到往後發展的路線。另一特色則為在理念上有混合交雜的特質。以教育與校園領域為例，左派（或社會主義）觀點強調特別權力關係之解構、貧富差距之消弭與社會正義之回復；自由主義則標舉民主與自由之價值，以及寬容與個人之功能；自由派（既非左派也非自由主義）則強調鬆綁多元與市場機能。但台灣是一個特殊處所，上述三種觀點有時可以相容而無激烈對抗，更奇特的有時在一人身上可看到不同觀點之融合，形成特殊的均衡現象。

以行政院教改會在一九九四—一九九五年間提出的「教育鬆綁」為例，就提出了三種看法：(1)基進觀點：除國民教育與社會正義之履行（如身心障礙教育、教育優先區）外，國家力量不應介入教育過程。(2)自由觀點：教育鬆綁應以解放人的心靈及潛能、實踐社會正義等項，當為最高指導原則。(3)權宜觀點：最好在考量各項限制條件並找到良好的配套與解決方案後，才進行鬆綁。相關做法則融合三種看法，所以經常在推動上不易有大破大立的格局，背後的理

念面貌也不易清晰凸顯，需要較長時間的累積與溝通。但這就是台灣教改的特色之一。另外，由於台灣社會藍綠對抗嚴重，在教育的部分教材上，也常為了如何融合「中華文化」與「台灣意識」而頭痛，短期間難期望有進度，這也是台灣教改的另一特色，理念上也許可透過溝通獲得短暫的均衡，但實際編訂教材時，又恢復不均衡的混亂，這是世界上其他國家難以看到的奇特現象。

下一波改革的必要

台灣還有很多需要繼續改革的工作。如在政治上，族群／藍綠／統獨議題雖在日常生活上，並沒有造成什麼重大困擾，但一到選舉，就如同信仰保衛戰，當然族群議題是其中最無辜的一部分，雙方都會盡量避免炒作。在社區與社會改革上，最能有信心可以表現出台灣特色的項目，大概就是具有社區與住民自覺及願景的社區總體營造。兩岸互動之間本可從長計議表現善意的事項，也常因政治性與策略性的急躁做法，帶來社會的擾攘不安。

所以台灣不可避免的還要進行下一波具有特色的改革，方足以因應未來。但是在社會上進行改革，不可避免地有如何獲得共識，以及如何在此共識基礎上建立核心價值的問題。這兩個問題的解決，在台灣都是大得不得了的困難問題。

分群思考的盲點阻礙社會核心價值之建立

在上述六十多年來之系列事件中，教育與社會文化結構一再被同一股強大力量攻擊，經常處於防衛狀態，事件中相當部分的參與者是從教育體系（尤以大學為主）內部出而突襲，大學兼負社會正義最後的堡壘與提供社會觀念座標之燈塔的雙重功能，所以大學在當年因歷史的意外，有意識而且自主的充當了社會啟蒙者的角色。今日的大學在追求學術卓越與多元發展上，確有長足進步，惟已不自覺的喪失其曾扮演過的正義堡壘與啟蒙燈塔之歷史性角色。但當時的大學雖在社會與民主法治事務上，沒有缺席而且扮演改革者角色，惟在大學內部仍被層層捆綁亦自我設限達數十年，連大學都如此，遑論中小學，此所以教育部門成為是最後的改革者。台灣的教育文化結構在本土環境中，雖被層層監督捆綁，但仍具有在壓迫下主動出擊發揮特色的獨立表現；惟在因應國際潮流或事務時，卻顯得被動與跟隨，從早期西方存在主義、地下文學與搖滾樂之引進，到當代針對基因科技與全球氣候變遷之因應，不容易看出參與者之主體性，可能係因缺乏知性傳統底蘊（或核心價值）之故。兩者之對比，值得再予析論。

另外值得觀察的是，對應於這些世代事件，台灣六十多年來在教育與文化層面上，出現不同階段的集體情緒狀態之轉折：(1)緊張（台灣人的悲情與外省人的焦慮、二二八、白色恐怖）；(2)壓抑與沮喪（不安時代下的教育與文化）；(3)紓解（解嚴與行為解放、校園自主與知識分子角色之發揮）；(4)希望（政黨政治啟動循環治理）；(5)失落（從左派與社會正義觀點過渡為追求多元與卓越）；（6）不確定感（兩岸關係解凍與統獨爭議下的未來）。

每種集體情緒向度上幾乎都有多元對抗，為分群思考奠定了發展的基礎，其中最明顯的就是日益突出的藍綠與統獨信念的對抗（族群其實並非問題）。該雙元對抗似為超穩定結構，可能來自理性與感性互動中的情緒面機制所造成。是非判斷應屬理性運作，社會正義信念則來自情緒。情緒所型塑之信念常難因時間或資訊之輸入而變化，因此，藍綠與統獨信念之對抗，相對於是非判斷，應屬不同向度。由情感所引發的信念，或信念中有很強的情緒成分時，會有底下兩個特性：（1）不隨時間而變化，d/dt（信念）＝0；（2）不因證據或資訊而變化，p（信念｜data）＝p（信念）。該一現象在精神疾病的症狀中（如妄想與偏執）經常看到，在實務上（如核四溝通、統獨對話）亦屢見不鮮。劉錦添與V.K. Smith在一九九〇年發現台電為核四建廠所做之溝通努力，對受訪者的態度改變幾乎沒有影響，亦即事前事後依然故我。

類似的觀察也可輕易發現。如在統獨之爭中常見引用三類例子：東西德之整合、瑞士德語系獨立於德國、美國獨立於英國，當然也包括其他歷史上的分分合合，但這類「以古為鑑可以知興替」的遊戲，其實誰也影響不了誰，對抗雙方已先有定見，再舉例支持己方信念，迥異於一般或科學上的歸納思考。若在此狀態下，遽予拋出兩岸和平協議，則在國內還未找到出路也未具急迫性時，如何做跨國協議？所以當辯論雙方說對方已先有定見，再也談不下去時，就可看出以情緒為基礎之信念的威力！好在經過長期的努力，台灣在統獨或藍綠談不攏的領域之外，還可發展出對民主法治的共識，顯見在社會互動中還是有理性成分的運作，值得珍惜。

在大變動與大解放之後，社會期望有大和解與大重建，而非放任讓是非觀念與信任逐日遭受侵蝕，也體認到若未培養出德性（virtue），何來禮義廉恥，因此教育被視為是可以做出大調整的力量，雖然可能耗時良久。但教育長期以來除被政治橫加干預，介入教育內容，以致淪為附庸外，另一方面則又大幅限縮其可發揮之主動的公共政治功能。過去教改確曾努力做到了與政治分離，但並未能恢復其應有之韌性，以增益其可以主動從事核心價值重建的能力，現在又要在高中課程中強制納入過度的古文與四書，而非基於世界文明考量的均衡經典閱讀，以為這是可以找到的出路。

和解與重建陳義甚高，但可能是空話一句，除非我們能真正以實例或體驗，來說明同理心與是非觀（以及其應具有之判斷與行動優先性）的真義，惟我們的教育與文化在實質的內容中，已另行獨立發展出一套關心的主題，迴避容易引起爭議的課題。或許是教育領域工作者將其視為「政治」而予以切割，久而久之就走出一條價值孤立或價值虛無的路，但明眼人已看出這些攸關重要的信念，已在教育之外實質影響了大家的生活。如何在教育與社會之間，從起始點處理這些信念，並找到出路，在在考驗著我們的智慧。

當代教育文化難以建立與履現社會核心價值

當代教育與社會文化經過近二十年的銳意改革，顯然已有進步，但仍存在有尚未克服的老舊問題，又有現實面臨的課題需要因應，還有若干隨著時代變化所衍生的新問題，皆需調整心態重新審視。

這十多年來，教育表現的國際指標一直在進步甚至名列前茅，如TIMSS與PISA之數學與科學課業成就、WEF的人才創意排名、國際奧林匹亞與各項著名的技能及創意比賽。但一如過往，國人對教育的心理實質感受看不出有變好的趨勢，且不因各項平均指標之改善而改變態度，該結果與上述所提以情緒為基礎之信念的表現，並無二致。可以想見的是國人仍以個人過去垂直流動的奮鬥經驗，與素樸的公平正義觀等類情感性因素，來介入自己子女的教育，不使輸在起跑點上。其結果之一就是一個仍然過度管教與管理的教育文化，雖然已非為政治服務。如在家教上過度保護，以致在子女長大後仍有很多直升機父母（helicopter parenting）；在中學與大學則為過度烘焙；政府部門內還是有過度規劃與監督情事。學生的學習興趣一路窄化，從小學的才藝多元在網界學校（Cyberschool）競賽上的多元創意，過度到國高中在TIMSS、PISA、國際奧林匹亞上的優異表現，大學則世界排名屢有斬獲但分科瑣細功利性質濃厚，自主與批判式學習不足，整體而言，其多元性一路窄化到課業上，致使啟蒙變晚，人生與專業認同延後，延誤了知性與教養的關鍵期，尤其在高級中等教育的年齡時。社會在理念上雖廣為接受多元特色發展的理念，但水平交叉與一生垂直的監督網做的是窄化的工作，形成矛盾，一方面要多元自主，另一方面則要求卓越競爭學習有料，所以多年來在卓越上有相當大進步，但在多元發展、早期認同與跨領域創意之成長上，尚有甚多努力空間。這些過度的監督管理是過去教改倡議社會改革的一環，但在教育文化從實質捆綁解放之後，還殘留著揮之不去的心態捆綁，應再花點心力調整往多元特色與跨領域學習之肯定與學習設計，方是當務之急。

關鍵時刻下需要盡快跳脫慣性困境

教育與人才培育在特別困難處境下，需要有跳脫慣性困境的特別手段。國立教育機構如大學所面臨的特別困難所在，厥在國際競爭。因有規模不夠大與特殊優秀人才須破格破例聘任或留用的問題，所需的是彈性與財源，因此行政法人化是可走的方式之一，這是日本已推行有年的機制，雖仍有甚多被批評之處，但在國家無力提供更多資源時也是一條出路。行政法人化中最難的就是原屬國有財產管轄的土地與建物，讓其歸屬於公立大學並作彈性運用（包括處分與營運使用），若能如此並配合學費自主，則大學就有能力處理教職員之彈性薪資與退休提存問題。在私立大學校院與私立高中職五專則因少子女化，而有救亡圖存的危機，但少子女化所造成之生源短缺，是一種甚大的結構性力量，不是靠努力就可順利過關的，所以一定要修改法令促其轉型，其中最難的，莫過於是否可變更校產之土地利用方式，或由政府以基金型態託管。但上述所提這兩種做法都有公共性問題，也與現行的大學法及私校法之立法精神難以相容，這就是當前難以解決的慣性困境，也看不出短期內有可以解套的方法。但若不朝該一方向跳越，祇有讓政府籌措更多經費因應，或到了無力競爭與收拾時，再來處理，顯然也非大有為政府該做之事。優秀人才培育與進用則是國家永續發展之基礎，其重要性不下於產業發展，當產業有困難或須破例扶持以增進國家競爭力時，我們有「產業發展條例」，則人才培育與進用須作特別處置時，也有制訂「人才培育條例」的必要性。凡此種種都非常困難，但已到了不得不跳越慣性困境的時候，則我們應如何快速啟動特別的問題解決做法？

擺脫淺盤與反應式文化　建立主動知性傳統

體認淺盤與反應式文化所造成的問題，努力建立主動式的知性傳統。台灣社會基本上是一個有動能（但常做過頭）、尊重專業分工、民間力量（第二與第三部門）強大、人際溝通及互相照顧良好、容許有多元發展的大環境（但常被諸多小環境所捆綁）、各項社會經濟指標有一定高度、勤儉有活力有秩序的社會，台灣也是一個有良好文官體系，但政黨與地方派系對立嚴重的地方。這些特質之中有進步、有魅力、有矛盾、有理性與感性的衝突，所以在需要共識建立社會核心價值時，特別困難。

台灣社會在教育文化層面上，是一個被動、反應型、不均衡的地方。教育已如前述，文化界還算是較自由的，因受到各層監督較少，但參與者大部分是系統內的叛逃者，而非在社會上一開始就扶持的主動自覺者。再舉基因科技與全球氣候變遷為例。

在基因科技與優生科學爭議、網路倫理與私密性，以及性別平等的討論中，有關針對人性尊嚴之挑戰與回應，皆有其歷史、宗教、文化與實際遭遇（如納粹集中營、基因屠殺）之長遠傳統作基礎，台灣則欠缺該類背景下所醞釀出來之意識與禁忌，亦未主動培育這類覺知，因此很難形成堅實的哲學基礎。在美國，James Watson（DNA結構發現者之一，冷泉港實驗研究院院長）因在倫敦對黑人智能作不當發言，引起軒然大波，Lawrence Summers（美國前財政部長與哈佛大學校長）因在校內對女性的數理能力有所批評，被校內外連番攻擊。他們兩人很快都因言賈禍，倉皇下台。以前十九世紀有一位知名的法國醫師Paul Broca說女性腦殼容量比較小，所以智能比較低，他過世後捐出遺體，好事之徒解剖其腦殼容量後卻發現低於當時的平均水準，我本來很尊敬他，知道這段故事以後，每次看到他名字就像看到小丑一樣。台灣也不是沒有名人或家庭計畫機構，說過類似的話或做過類似的事，但從沒付過類似的代價，社會中更缺乏類似的行動張力。這與台灣因為若干政治迫害事件而影響深遠，形成堅定的集體意志與行動，是有很大不同的。在沒有歷史文化傳統下，針對人如何對待與被對待該一主題，是很難建立起一套思想體系與行動張力的，這點由基因科技與優生科學在台灣的表現可約略看出，我們顯然有檢討並建立思想傳統的必要。

全球氣候變遷涉及未來之巨大災害，對台灣島國影響巨大，尤其在西海岸地區。台灣因有過九二一大地震與八八水災，尚有短期的災害意識，但對未來可能發生的災害（未來世代的福祉）則會大打折扣，政府行動緩慢不具體，民間相對於西方國家亦反應冷淡，祇是被動的在跨政府國際氣候變化綱要架構下配合向前，未能真正發展出台灣島國版本的永續觀點，因此在規劃減碳期程時發電量其實又呈線性成長，難以看出未來產業發展之因應哲學與有效政策。

這些議題皆可看出台灣在很多面向上的淺盤與被動特質，但本國在有經驗基礎（如屈辱與迫害的歷史）時，亦曾發展出重大的生命觀與精神面向，並具體化為集體力量促成政權移轉，所以台灣應有信心與使命感來發展出自身具有主動性的知性傳統，方能真正因應未來之重大難題。

出路與展望

相較於過去兩百年來的悲觀論調，現代社會的生活好像愈來愈好（雖然未來如全球氣候變遷的嚴重後果仍然存在），諸如社經條件、存活期、疾病與嬰兒死亡率下降、暴力頻次下降、IT與通訊技術大幅改善豐富人類生活的向度等。我們沒有理由自外於這股潮流。另外，我們經歷了一連串重大事件與改革，竟能集體而言不流血少暴力，現在則是專業與國際接軌的社會，這種在地訓練出來的技巧與智慧，是否可以有效因應未來的兩岸與國家認同問題？可以有效因應全球化與在地化的糾葛？

前述已指出有些內建的情緒難以改變，只要讓情緒介入，就一定會出問題，但有些情緒是由於模糊不確定與互相不信任所產生的，因此建立尋找共識的開放平台，去找出最基礎的共識與起始點仍有其必要，而且可以用在教育系統之中且不致引起太大的爭議。國家法令的基礎常來自情緒面（如社會正義與公共性），但在面對大變局時則須有特別手段予以調整，這時就需要有信任，體認到私心與政商勾結可以經適當手段排除，所以在這種狀況下，國家領導團隊的效能與良善是非常重要的驅動元素。我們對未來的不確定性，都須有願景來提出規劃與策略，因此培育優秀的跨國流動人才與思想家是非常重要的。最後，分群唱衰與唱衰下一代，都是很可怕的教養，社會應有愛心與溫暖，扶持大家互相成為未來的舵手。我們年紀大的也不要唱衰年輕人，要讓年輕人早日有信心站出來支撐這個大局。

一個社會不怕有問題，因為解決方案就在問題中，對問題有自覺並期待有所改進，則出路與展望自然就在其中，我們對社會文化與教育面的未來應作如是觀，則一旦條件成熟，具共識性社會核心價值的建立，亦可逐步開展。

（修改自二〇一〇年九月與二〇一二年三月，余紀忠文教基金會舉辦研討會之論文集）

公民培育與讀書人的分寸

過去六十年，台灣至少見證過下列三件事：(1)從壓制到解除管制：社會力的解放；(2)在野勢力的興起：政治行為的解放；(3)成就、自信與自主：思考格局與個人實踐的解放。因此，台灣開始具體而微的在社會中表現多元、去威權、去歷史負擔、務實、自信自主的特質。但在這段期間，「歷史——自主論證大移位」（The Great History-laden vs. Autonomy Shift）也在隱然成形，兩岸分治下的統獨爭議及其變形議題愈來愈多，現在還在尋找最大公約數的過程中擺盪。但是，不管台灣經驗有多寶貴，台灣還是無法關起門來走完全程，因為全球化的壓力近十年來可說是戰鼓頻催，逼迫著台灣一起與國際同步思考，甚至在教育文化部門與人才培育上，都要被放到國際平台上一齊競爭。

在此交織的架構下，衍生出兩大主題。一為在這種脈絡下發展與變遷的台灣社會，如何培育公民的議題；另一為在此脈絡中，讀書人如何自處並掌握分寸的議題。

1. 台灣社會要永續發展，首須培育具有競爭力的國民。以今日國際互動之頻繁與互相依賴及競爭而言，所謂競爭力當然要定位在國際架構上。依此而言，則要學習的是人類過去重大的知識遺產與當代重要的知識產出；同時要習得所謂「學習如何學」（learning to learn）的態度與技巧，以及發展多元創意的特色。就這幾項而言，國際化當然比在地化更為重要，而且要優先看待。這就是所謂的回歸基本面（back to basics）。我國高等教育走的大體上是這條路，雖然有的走得不太好，但不會有太多爭議；反觀中小學教育，雖有識之士也是如此看法，但卻走得辛苦，因為很多人都想強加自己的價值在年輕人的培育過程之中。譬如政經社會文史的了解，本就應該加強由近及遠、略古詳今的原則，也應強調對重大事項之了解與演進，但涉及史觀及詮釋觀點，則宜由民間在其不同版本中去斟酌考量，行政力量不宜過度涉入，至於追究責任則是成人世界的事，等弄定了再考量放入學習過程。教育主管部門與社會大眾更宜關切結構面問題，諸如城鄉與貧富差距、M型教育、教育資源的籌措與分配、遊戲規則（如辦學目標與實踐），至於內容則宜放手由專業與學校來自主主導，這才是回歸教育基本面的做法。

在培育具有競爭力國民的過程中，有一些問題需提出討論。我們一直興致勃勃的宣稱中學生在TIMSS（國際數學與科學成就調查）、PISA（Programme for International Student

Assessment）與國際Olympia上的成就，但很少嚴肅看待並檢討下列問題：(1)過去對教改的不當論斷，以及對九年一貫課程與建構數學的過度批評。(2)有城鄉與貧富差距的學業成就。(3)小學時的多元創意逐漸窄化成中學的學業成就。(4)與國際四、五十個國家比較，國中生的數學與科學成就都在前五名（甚至前三名），但也表現出沒什麼真正的興趣，認同亦低，啟蒙過程顯然延後。這些問題反映的是教育政策的可延續性、社會公平正義、多元創意發展的隱憂與卓越之可延續及發展性，我們不能不正視這些問題，並進而尋求解決方案。

2.當代的公民培育還有一環是教養層面，這才是真正應該做好在地化的課題。在行為上學好應對進退，遵守必須的法律與倫理準則，是最基本的要求。在理念上，學習如何具有人文關懷的心胸，照顧弱勢，具有同理心，是知易行難的事，但人才培育本來就是一個漫長的過程。在台灣社會更需協助學習者如何平衡理智與情感。我們這個社會有太多情感性的議題，需要在人才培育過程中給予正確的教導，包括有如何提升對人類與同胞苦難的體認與敏感度、對社會公平正義不可遏止的關切。另外，我們經常處於不確定狀態中，如何做好判斷與選擇？這些不確定狀態經常涉及濃厚的情緒（如焦慮、恐懼、憤怒），如統獨爭議、歷史詮釋、反核與擁核，學習者若在培育過程中，未能學到如何容忍不明確、尊重別人感情、做延遲判斷的能力與態度，則經常會陷入雙峰穩定結構，隔著山頭叫罵。處理不確定狀態下的決策，往往需要在多重判準中取得共識，才有均衡解，但是若學習過程缺乏上述的元素，將難以用喊話的方式來達成協議。

教育部門已研議品德教育方案（或者也可稱之為教養方案），但仍無可替代過去品德教育及四維八德的教育目標與方式。我們有藝術教育白皮書，學童也開始多才多藝，但顯然仍欠缺藝術教養及品味，也未能反映在日常生活之中。我們往往講的一篇好道理，但缺乏實踐，又兼校園內與社會上的role model（角色典範）功能日益式微，因此所謂教養教育祇得其形未得其髓，未能發揮真正的教育成效。同樣的現象也在高教中複製，專業訓練尚具效果但通識精神之培育難謂成功；研究與教學有進步，但評鑑指標繁多，大家在此日益狹窄的指標架構中，逐漸迷失教育本質，對人類知識未知領域之投入日益迴避，對量化的追逐遠過於對影響力的重視。

3. 綜上所述，在全球化壓力下，強調多元競爭力的培育是一條不歸路，但社會制約太多，校園仍未真正獲得解放，自主辦學還未理想。在地化與本土化可以強調，但應與國際化取得協調，且應居於輔助地位，不宜凌駕，教育主管單位也不宜過度介入主導。至於教養教育是可以大力在地化本土化的部分，但目前反而流於形式，教育文化的本質尚未獲彰顯，亟待教育主管部門加一把力。

由此看來，競爭力人才培育與教養教育雖在全球化與在地化的交叉影響中，具有非常重要的角色，但顯然不是一件容易做的事，也許我們應該積極促成以此兩者為主軸的國家人才培育白皮書，好好的把未來十年該做的事鋪陳出可有效促進的藍圖，這才是開大門走大路的做法。

讀書人的分寸

接續教養問題的討論，在當代台灣社會的變遷過程中，讀書人如何自處並掌握分寸，可以說是一個相當受到重視的「本土化」議題，也應該在本土化與在地化的基礎上多加討論，但這種看法並不表示就不需考量國際在特定時空背景下，讀書人如何自處與進行批判的經典案例。

當我們討論讀書人應表現的教養時，顯得比討論學生的教養更為沉重，因為會涉及更多學術與政治的分際。談讀書人的教養，首先會碰到所謂的decency（高雅寬容）與integrity（表裡一致正直廉潔）之表現，這兩種特質都會被放在關鍵事件中予以檢驗，往往涉及貫穿一生的評價。另外，讀書人的分寸也經常表現在對社會集體記憶之解釋與批判上，大家想知道的是這個讀書人，是否具有無偏的眼光、是否表裡一致、是否始終如一（當然容許合理或具說服力的修正）、是否在關鍵時刻具有勇氣。或許比較苛求的是，讀書人的自處與分寸掌握，是否真的站在對的一方，而且對國家社會的未來做出正面貢獻。

這種分寸的拿捏其實是相當困難的，因為我們經常處在不確定的狀態下。但正也因為這樣，讀書人的分寸與判斷，才具有啟蒙的作用。如由讀書人組成的民間論政社團，假如它確實是出自專業與良心的組合，則其唯一應該做的就是anti-establishment（與體制維持緊張關係），除此無他，因為要做好這件事大概就要付出全部的心力，何況還不一定能做好。Anti-establishment並非祇要是既有體制或當權者所做的都要反對，而應是針對如Lord Acton所指稱的

「Power corrupts, absolute power corrupts absolutely」（權力使人腐化，絕對權力絕對腐化）之敗德的權力結構。民間論政成員應有銳利的眼光與使命感，不讓黑暗帝國的教父橫行，不讓國民成為黑暗海洋中漂浮的卒子，這就是讀書人的分寸。

但是，我們也很難理解一個讀書人能夠在隔夜之中，就成為以上所談能夠掌握分寸的人物，除非他本身就已經是一位具有競爭力與真正接受過良好教養教育的人。當然，一位不是讀書人的公民也能表現出上述的特質，假如他有另外值得珍視的人才培育過程。這樣看來，讀書人分寸的養成，顯然也與良好的公民培育息息相關。假如我們覺得讀書人的自處與分寸，對當代社會的正面演進有重要影響，則國家人才培育的促進方案，真的值得大家給予更多的重視。

（二〇〇八年二月，余紀忠文教基金會研討會論文）

知識分子不見了？

二十七年前深秋初次造訪哈佛大學，一眼就看到《波士頓環球報》的頭條標題「最後一片葉子懸盪在樹上」（The last leaf lingering on the tree），配上一幅即將凋零的葉子似在風中做好告別的姿勢。過幾年到維也納，一翻開報紙，頭條報導的是「小澤征爾到城裡來了！」這是一種城市的風格，一片葉子、一位指揮家都是這些城市敘說理念鋪陳故事的頭條題材。我們不免會羨慕這種境界，但是不要忘了，城市與社會展現的風格其實是一種結果，兩個城市都是知識分子聚集之地，長期在理念與行動上的經營，匯聚成一種傳統表現出特殊的風格。

回看台灣，這裡也曾是知識分子在苦難中發聲與行動的平台，也曾塑造出一種以為可以長長久久流傳下去的風格。但曾幾何時，大家都在問說「知識分子到那裡去了？」這種質疑對台灣社會，一個在這麼短期間內經歷這麼多民主政治變革的社會，是一項致命的根本問題！二十幾年前中國時報曾在宜蘭棲蘭山莊舉辦過一次有名的聚會，是現在余紀忠文教基金會與余範英董事長心中永遠的鄉愁，返鄉的路可以更短，二〇〇七年底籌辦草山會談，邀集了十九位朋友來「盍各言爾志」，一方面有回應「知識分子不見了？」的味道，另一方面則是探討知識文化圈能扮演多大的社會智庫功能。在會談中，大家的心情是期望多於譴責，希望民進黨執政能回復解嚴前的民間理想，重現黨外精神，不要再繼續沉淪；在野的國民黨要揮別歷史，洗面革新。更多的時間則在期許對社會各項正在擴大中的差距得以消弭，不要製造褊狹的假議題，國家領導應該開大門走大路，讓國家競爭力得以真正提升。更期待能建立優質多元的社會，讓教育文化開始有座標，從政治中脫身，走出一條能夠豐富心靈的活路。

草山會談彙整出版之時，正逢立委選舉，我們好像在選後的前幾天，看到執政的民進黨誠懇的向全國人民致歉，也看到國民黨抱持戒慎恐懼的心情。祇不過，不知他們這種正確的姿態，能夠維持多久？我們關心的不祇是這種姿態是否能維持到總統大選，更在意的是長遠的未來！我們關心的是台灣社會除了勝負之外，難道就沒其他道理值得講？

愛爾蘭詩人葉慈（W.B. Yeats）是台灣知識分子應該深入瞭解的人。他在年輕時候即預感到愛爾蘭即將來臨的困頓，寫了〈給未來歲月的愛爾蘭〉；經歷恐懼的歲月，他又寫下〈再度降臨〉，戰慄的是更可怕的未來。當年華老去，開始在火爐旁打盹，他在恍惚中看到的是愛的容顏在群山繁星之中隱藏。但是在不同時代不同發展之下的國家，我們要用不同的方式來見證台灣。我們大部分不必是詩人，所處的也不是過去苦難的愛爾蘭，也許可以幸運的不必如此不安轉趨深沉，但是我們還有一大堆應該做的事，如何趁大局還沒真正轉壞，在還來得及的時候，多做點事情，期待下一個世代民主、多元、公義與永續的大台灣，將台灣放回兩岸、亞洲與世界，看向台灣的大未來，啟動各層次的良性對話，走出一條活路，以免路愈走愈窄，愈走愈險。

草山會談之後，社會各界的回應指出台灣的知識分子不再祇是傳統上所認知的理念型與批判型而已，有愈來愈多的人以行動展現，投入社會，從事社區營造、環境改善、SARS與災後重建，以及各類教育文化與弱勢的關懷。這正是台灣社會火苗未熄，期待熊熊大火的基礎。但是，我們若能及早營造出良好的氛圍，這股推動台灣社會往上提升的希望之火可以燒得更早燒得更旺！知識分子應善用其專業與熱情，積極研議各類事關重大議題的分析觀點與解決方案，甚至帶領風潮，讓國家發展能因此提升知性與道德的高度與視野，更要給下一代接棒的年輕人留下啟示錄（祇要他們願意）。這是台灣當代知識分子不可逃避的責任，也是該再度奮起的時候了，希望到了我們開始會打盹的年紀時，看到的是愛的容顏在山頂在雲間如煙火般的燦爛。

（二〇〇八年二月，余紀忠文教基金會研討會論文專輯序文之一）

三

大學師友人物志

引言：記憶像一張網

前一陣子與詩人渡也、陳敬介主任、陳東榮主任、聯合大學許銘熙校長、過去同事李振清及許朝添兩位院長等人，一齊到苗栗明德水庫聚會，在坐落於山丘花園的庭院中，談起了過去，發現幾乎都是與人有關的回憶，好像沒有人就講不出故事，沒有故事就成不了記憶一樣。我寫了一首詩來記述這種心情：

〈山丘的記憶〉

往事順著一行人的意志
攀爬上坡，等待談論
但是風化的記憶就像一張
殘破的巨網

惟有空氣中混雜了桂花與薰衣草的花香
歐風庭園才能誘發失落的歐洲經驗
一路織補，沿著巴黎航向梵諦岡。

當年華老去，葉慈說
你開始在火爐邊打瞌睡
而年輕的愛意與夢境在半夜逃逸
步上山巔，多變的面孔
在群星中掩藏。
亮麗的山丘是我們的救贖
當花香的餘韻猶在
那張大家重新織成的往事之網
已經搭滿了通往群星的階梯
互道晚安，在風聲中尋找失落的意義。

本章主要在描寫數十年來大學師友與人物所織成的記憶之網，網上的人物進進出出是說不準的，有些一離開就永遠也回不來。寫法是從緬懷到年長再到年輕，從專業寫到行外再論校園鄉愁，而且盡可能從國內寫到國外，不過第一篇比較特別，就不遵守這個原則。寫這個小小專輯的意義，在想給下一代年輕人知道，這世界還真有一些人在過著值得典藏的人生！一路寫來，發現對大學師友人物的來往與懷念，真的有如一張記憶的網，網住了心情的變化，網住了即將來臨的遺忘。

一張永遠忘不了的笑臉——張肖松老師憶往

二〇〇〇年我從待了三十多年的台大心理系（從求學到任教）離職，到行政院與教育部經歷了四年震盪期後，二〇〇五年到中國醫藥大學出任校長，忽然在二〇〇七年三月十五日，接到附設醫院林正介院長轉來他二姊林禮惠學姐告知張肖松老師的電郵帳號，還有一張張老師在一〇五歲生日聚會時的照片！

一張突如其來的照片勾起二十五年前的回憶

這張照片馬上讓我回到二十五年前的時空，在一九八二—一九八三年時與李美枝（十四屆）剛好都在哈佛大學進修一年，李在哈佛燕京社，我則在心理系。已經忘了是如何知道張老師住在Waltham一間老人公寓，我們就安排從Boston南站搭巴士去拜訪她老人家，印象中去了兩三次（但李美枝衹記得那一年一齊去過一次），其中一次包括與台大數學系張海潮（當時在哈佛數學系）到Walden Lake玩時，也造訪過。我一直到現在都還對記憶的當代研究，保持極大興趣，除了因為在負責九二一災後重建時，災民PTSD之「短期」干擾性記憶，讓人印象深刻外，也與這段「長期」記憶老搞不定有關。與張老師一別到現在快三十年，她的笑臉與口音，現在定神回想都還歷歷在目，這又是另一種令人驚奇永不消褪的情景記憶。就在二〇〇七年三月十五日這一天，我馬上寫信給張老師。

開始得晚結束得快的通信（由英文通信中摘錄）

二〇〇七年三月十五日：親愛的張老師，一晃二十五年，我仍清楚記得與李美枝到Waltham看您時，您總會在巴士停靠的小公園等我們，而且共進午餐。我們同班同學打算在二〇〇九年安排畢業四十年同學會，蘇堯柏與王裕等同學都希望由吳英璋與我在台灣主辦，在這時最容易想起我們以前的老師，因此特別先向您問好。首先向老師報告我近十年來的狀況（略）。這段故事不是很長但是充滿變化，雖然我不見得喜歡但它就是人生，我一向羨慕有些人可以按預期的方式，安排自己的生活。很想知道老師的近況。

二〇〇七年四月六日：（張老師女兒趙明華修女代回信）我花了幾天的時間將你的信放大

給母親看，她最近呼吸道有些問題。在住院時母親抓住信紙一看再看，我問她還認得這位學生嗎？母親說當然記得！她仍然不太舒服，要我代她回信給你，她也很高興你們同班同學即將有四十年之後的重聚。

二〇〇七年四月八日：真高興又聯絡上了，我仍清楚記得以前上張老師比較心理學課時的溫暖氣氛，她總讓我們體會到學心理學不祇是一件專業，也是一種愉悅。張老師是一位負責任的mentor，她不祇在課堂也在走廊上、研究室中，與我們分享學習與生活的苦樂。我們現在也學習她的方式，繼續教育下一代。在漂亮的春天中，我們都在想著她。

二〇〇七年五月十三日：今天是母親節，趁此機會向張老師表示深深的感謝，過去在大學中她像天下的母親一樣給我們美好的日子。我母親過去總是提醒東提醒西，要我為人處事循正道為所當為不當為則不能為，不要忘記別人的善意對待，要心存感激，縱使我已經在當部長了，她仍不放棄初衷繼續教育我。母親在我轉任教育部後幾個月就辭世，因此一到母親節總會想起她以及其他讓我有母親感覺的人。請代轉達張老師母親節快樂！

二〇〇七年七月二十七日：寄一張母親的近照給你，她在今年七月十四日歡度一〇七歲生日！

二〇〇七年七月二十八日：真是一場一〇七歲的生日盛會，我希望能趁明年分批造訪幾所大學談雙邊合作時，也到紐約市見見老同學，而且更希望能在暑假時到Waltham向張老師請安。

二〇〇七年七月三十日：很歡迎你能來造訪，蕭世朗也提起過你。

二〇〇八年二月五日：春節快樂！我過幾天要到西岸拜訪UW、UCSD、Scripps與UBC，正安排這個暑假的一個私人行程，我與我太太希望到東岸看妳們。

二〇〇八年二月六日：很高興你們暑假能過來，希望母親的健康狀態在那時還可以，最近她有呼吸窘迫問題。

二〇〇八年二月十六日：很遺憾得知張老師辭世的消息。請告訴我能做些什麼。

二〇〇八年三月十九日：謝謝你的關心。母親終其一生身體狀況良好，祇有在最後一兩個禮拜情況轉壞，上帝慈悲！在告別式上，親友們告訴我，她們被母親對人的大愛感動到掉淚。母親愛每個人而且從不口出惡言，縱使有人對她並不好，她也回報以善意，還會帶她們去午餐，假如她沒到天堂去，很少人能夠成功的。你的信件給我母親很大的歡樂，這就是足夠的幫助了。

二〇〇八年四月二日：張老師辭世帶給我很大的悲傷，希望我們還是能夠在今夏到東岸去看她。

二〇〇八年四月二日：你今夏到東岸時會到Boston嗎？假如你能過來，我會安排。

二〇〇八年四月五日：我在Boston住過一段時間。今年七月我在荷蘭Utrecht大學有個會，之後可以轉到Boston。

二〇〇八年五月二十三日：很高興你們能到Boston來，七月二十四日可以嗎？

二〇〇八年五月二十五日：那就七月二十四日（星期四）。我在紐約市的聯絡同學是蘇堯柏。

二〇〇八年七月十日：我一個多禮拜後將從Amsterdam飛往JFK機場，先在紐約停留幾天，之後與妳在Boston見面。前不久我碰到鄧大量院士，知道妳們（與李眉教授）在LA將有聚會，妳一定也很忙。

二〇〇八年八月十日：寄上幾張那天去看張老師拍的照片，謝謝妳的安排。（附圖三張）

二〇〇九年十二月十五日：從舊金山問候你。今年四月我終於將母親五一五頁回憶錄手寫稿定稿（從清朝開始寫起），在美加的金陵校友會也成立了「張肖松博士紀念獎學金基金」。我現在用很多心力參與反人口走私的全球性工作，除了宣教外，我在今年五月也完成了第二十次為飢餓而走的每年一次活動，以協助貧困國家的朋友。

二〇〇九年十二月二十九日：蕭世朗有意將母親的自傳投到《傳記文學》刊登，不過可能太長了。我倒是想將在母親一百歲生日時，自己所寫的五頁文章（曾送給你與玫瑰）拿出去投稿。但是我還是很高興將母親的回憶錄手寫稿搞定了，因為過去幾年母親的學生們都盯著我做這件事！

懷念是一張織得密密的網

像張肖松教授這樣的老師，就是有那種魅力讓她周邊的人，將時空的縫隙填補起來，織成一張密密的網，每一個人都可以在這張穿越時空的懷念之網中，說上一段故事。

寫完少少這幾頁憶往的文字後，更懷念起張老師淺淺的笑容與溫暖的口音，好像她在我記憶中可以綿綿長長。我在二〇〇二年為了懷念母親，曾寫過一首譜過曲的〈假如清唱可以走完一生〉，我想張老師一定不會介意，就送給她吧：

假如清唱可以走完一生
那山間的小路一定綿綿長長。
飛鷹在前引路，
群山的落石伴著月光
尋找流向大海的溪流。

路旁野薑捕捉曠野的歌聲
上山的意志在暗夜中隱藏。
當風切順勢而下，
目光迎風望向遠方
那裡應有生命的源頭。

假如清唱可以走完一生
歌聲與月光在飛鷹的穿梭中，
一定唱得綿綿長長。

（原刊於二〇一二年十月台大出版中心出版之《張肖松博士手書回憶錄》序文）

黯黯瞭望的人生

最後一次碰到小危是在她辦公室門外，臨別之時所看到的眼神，正是我在幾個患了絕症已經辭世的友人身上，同樣看到的眼神。當時，我的心情是相當複雜的。

猶記得在一九七八年暑期，趁赴多倫多開美國心理學會年會之便，順道探望即將獲得發展心理學博士學位的小危，她同時也是我太太在台大心理系與雪城大學的好友。她那時的心情雖然緊張但卻是喜悅的，與我談及為何研究孩童impulsiveness的本質，那時的她顯然對人類的情緒現象有著極深的好奇，而我從她娓娓的細述中也看到了在這些研究中，潛藏了她自己不少的影子，看起來她是一位想將研究題目與生命體驗結合起來的研究者，當時我想到：這確實是一條無限寬廣的路。當年九月會後到劍橋哈佛大學造訪多年不見的友人，正是殘存的紅楓尚懸掛在樹梢的季節。適逢小危已獲博士學位轉進到哈佛大學做Lawrence Kohlberg的博士後研究員，一齊合作道德發展與道德判斷的研究，間亦到心理系了解Roger Brown的兒童與幼兒語言發展的研究，該一經歷與她回台大後的興趣重心應是息息相關的。但在這段時間，她正處於人生的驚駭期，情緒處於極度緊繃狀態，因為也是一件生離死別的意外事件，攪亂了她的步調。

小危也是喜歡音樂的真正行家，因此趁此機會，一齊去聆聽小澤征爾指揮的波士頓交響樂團演奏，並於隔天到波士頓花園觀賞Jethro Tull搖滾樂團的演出，當夜該樂團擅長以單腳吹橫笛的Ian Anderson，有極其淋漓盡致的表現，小危顯然受到感染，也跟著抽起菸來，那時我才知道她已經真正的在黯黯瞭望著人生。

尚值一記的是雷霆從系裡畢業後也到Kohlberg那裡攻讀博士學位，應也是小危所種下的因緣。Kohlberg後來造訪過台灣，由於他父親當年是China Lobby（中國遊說團）的主要成員，並捐贈榮總設立柯伯館（現在的醫學研究中心），因此小危與雷霆協助招待，並幫忙處理一些事務。欣戊兄與我也曾陪他逛萬華夜市喝啤酒，但仍不掩他落寞的神情。Kohlberg返美不久即聞他以非常奇特的方式，走完其燦爛的一生（一九二七—一九八七）。人生，難道真的祇能黯黯瞭望嗎？

小危於一九七九年返國任教，並與我聯合擔任當時大一學生的導師，適逢一九八二—一九八三我一整年在哈佛進修，他們畢業之時全由小危打點，這些學生已有幾位獲博士學位，還有一位在國際上極為出色的指揮家呂紹嘉，相信小危一定感到欣慰的。在台灣的日子，小危終於克服了一個女性研究者在這種學術環境所處的困境，積極的開拓她在道德發展、語言發展與臨床（自閉症）上的研究領域，不僅自己夙夜匪懈的整理資料，務求完美，也結合一些心智何怨言。專注為人具奉獻精神的研究生與大學部學生，一齊投入發展心理學的教學與研究，未嘗有過任何怨言。

小危是一位智慧型但一點都不炫耀的人，她從修習現代物理、琴藝、生理，一直到投入發展心理學，從來就不曾宣揚自己做過什麼偉大的事，她的貢獻祇有瞭解她的人才能慢慢的理解。記得有一次與她談起曾在小憩中聽完鄰居彈完全首舒伯特的〈鱒魚〉，她很有興趣的歪著頭問：「真的？你喜歡嗎？」當時，我知道她以前一定也愛彈這首大曲的。

小危雖然出身環境優渥，但卻一生坎坷，從出生就有艱難，所以才名為「小危」，這點台大化工系的退休教授趙榮澄就知之甚詳。及長就讀聖心女中，大學畢業後又回母校任教一年，相信天主教學校的學風對她是有若干影響的。這些因素與其個人特質，使她變成一個往往祇看到別人的好處、熱心幫忙別人、不麻煩別人，又壓抑自己的人。她的學生是如此的喜愛她，因為她幾乎付出全生命在拉拔疼惜他（她）們；她的朋友常感痛心，因為她幾乎從來不肯鬆懈下來也從不在意自己，她替很多人用盡心力又把自己壓擠到看不到的角落裡。幾年前，我曾與她提起升等的事，她每答以不急，等她確實做出自己滿意的研究成果再說。當一個學術專業研究者，選的是自己確實喜歡且與生命經驗相結合的問題，又將Piaget與Freud的體系性成就懸為其終身目標，認真去做，則升等畢竟是芝麻小事一樁。當我瞭解到她絕對已有資格申請升等，而她仍壓抑自己不去碰這件事時，不免有所感慨，對這樣一個人我還能再說什麼呢！去年九月系裡舉辦一場略具規模的國際會議，請小危負責接待與部分議程事務，她與助理琪翔全力投入，安排得甚為妥當，中間也有些不如意事，她祇淡淡的說了一句：「大家都想有所表現，自然不免意見不同，但是把事情做好是最重要的，我們不必擔心啦！」

小危對家庭的投入與對式淵兄的奉獻，也是有目共睹的。她與阿人的母子聯繫強度是她的學生們知之甚詳的。當阿人在小危辭世的隔天，到她辦公室、實驗室，與門外櫃子翻閱小危替他購置，並陪他度過童年的圖書、電動玩具時，他知不知道他曾擁有過一個其他同齡小孩未曾敢夢想過的豐富童年？小危常取笑式淵，說他忙成這個樣子，什麼時候會有辦法來全力照顧阿人。在這語氣中，可以聽出母子情深與對式淵的體諒之情。假如不是已經完全想通，她豈會在未到最後關頭之前離阿人而去！

小危參與政治的意願不高，但她卻為了式淵兄成為第一個加入民進黨的台大教授。為了式淵兄競選嘉縣立委，更是辛勞打點全面照顧，在台北時還到KTV替助選的學生打氣，聽學生排演〈咱若打開心內的門窗〉，與其他演唱歌曲，而且還堅持不讓別人來付這些開銷。

往事依然歷歷在目時，小危已選擇了一種有尊嚴的方式離開我們。小危在罹患絕症並做化療之時，不得不略作修飾，而在修飾中益見其優雅。在離去之前，甚至已將研究室略作清理並做好還書之事，當我們在事後發現時，心情是極為沉重的，這麼一個連要辭世都不想麻煩別人的人！對我們身為多年同事的人，心中實有說不出的挫敗感，我們去那裡找到這樣的同事與朋友，再共度另一個十五年？我們竟讓這種事情發生而無能為力！在這麼一個瘦小的朋友身上，我們慢慢琢磨出珠玉的光芒，但是上天竟不能多予眷顧，夫復何言。

在世的我們，正是：

陽光在額際逐漸隱退
虛浮的腳步揚起漫天
不規則的風沙

但對小危而言，她選擇了這一種方式走完人生，淡出背景，正是

日暮鄉關無限遠，旅人黯黯調管弦。
笑問何處向歸程，回首閒雲在人間。

小危，且讓我們陪妳走一程，雖然我們零亂的腳步，已經逐漸趕不上妳那黯黯瞭望的眼神。

（一九九四年七月）

明宏，你要一路好走

明宏是我三十來歲剛在台大心理學系任教時所收的第一位研究生，當時我對精神病人，尤其是精神分裂症患者的知覺與思考機制，特別感到興趣，因此先要他研究精神分裂症患者在視覺與觸覺上究竟有什麼不同的機制。明宏過去很少接觸過真正的精神病人，為了要做這個題目，他就到台北市立療養院紮紮實實的在病房先熟悉兩個多月，有時晚上還會住在那邊，也與患者一齊住在病房，等到他認為已對精神分裂症患者有初步了解後，才著手研究的進一步實驗設計。我想很少有研究生能做到這個地步的，以前沒有，以後我也沒聽到過。明宏就是這樣一位特立獨行，又能觸及要點的人。之後他完成了《精神分裂症患者的班達反應扭曲》的碩士論文，發表後被認為是國內第一篇研究精神病人認知機制的原創性論文。在他繼續念博士班一年後赴德州大學攻讀博士學位，曾在系討論會上報告這篇論文，被他的教授們稱許是一篇創意十足的研究。雖然他拿到博士學位後改行做統計與系統分析的工作，但活力與創意一直是他的招牌，在美國社會，這是被視為最珍貴的特點，他也因此一路高升，做了很多重要而且被高度評價的工作。

在台大那段期間，明宏也大力協助英璋兄與我建立起國內第一個環境影響評估（EIA）指標的工作，尤其是航空噪音的測量與推估模式之創建。明宏是當時我們研究小組的重要成員，不改其本色，經常住到中正機場所在地的大園鄉，也因此認識了他後來的夫人。

在他赴美念書，一直到在那邊就業結婚，我一直思念著他。他難得幾次回來，我們一定會找機會碰面，同時與他的好友，像文耀、財丁與培勇，一齊去吃飯聊天。他是個很顧念舊情的人，當我負責九二一震災災後重建與在教育部的四年期間，常會打電話來聊天；在網路上看到有關我的專題報導，還會請淑惠轉來影本。他就是這樣一位經常會惦念著你，又會真正表達關心的人。我相信明宏的太太與小孩，更能感覺到他這種真實的情感及表達方式。

在沒有預期到的一個晚上，明宏太太打電話到我家，跟我太太說明宏突然腦出血就這樣辭世了，希望我能寫些東西讓明宏的小孩能多了解爸爸在台灣的一些事情。我聽了以後實在很難接受，這樣一個充滿活力與溫情的人，怎麼說走就走了！我現在看著他二十幾年前寫的論文，想到過去那段時間經常到我家與我談這說那，想起在外面經常一齊聚會進餐的時光，真的很想一一的告訴明宏家人，我是多麼的喜歡他、懷念他。但是明宏，你竟先我們而走。真心的希望你一路好走，好好的看著家人一路平安，小孩快樂的成長。

（二〇〇五年十月二十六日）

懷念張昭鼎

相忘於街頭

與張昭鼎教授結識是一件再自然不過的事，一為我們在科技政策與科學教育上有很多交集，他是科學月刊代表人經常要出席主持，我則年輕時就參加科月，經常要出席發表意見撰寫文章或主持會議，對當時諸多待改進事項與人物臧否、想法有甚多互相契合之處。另一則為在台灣解嚴前後，社會運動與相關改革活動甚多，我們都是這些場合的經常出席者甚至要角，在這種相忘於街頭聲氣相投的全民運動下，要不熟悉也困難，這段時間大約在一九八〇年代前後一段很長的時間，至少十年。

在一九九〇年三月野百合學運、五月反軍人組閣靜坐與反軍人干政，以及一九九一年十月反刑法一百條的一〇〇行動聯盟，在台大醫學院門前之靜坐等事件，我記得都看到張昭鼎的身影，他一方面是關切並協助民主的進展，另一方面應該也有將李登輝的意見拿出來討論的意思在內。這樣的角色在我來看，在當時剛解嚴之後，諸多不確定與肅殺抹黑之風仍盛時，張昭鼎確實是發揮了一些正面促進的功能。

一九九三年四月二十三日（週五）晚上，剛卸任行政院院長不久的郝柏村應台大學生會之邀到舊活動中心演講，當時他被很多朋友（包括我在內）鼓勵參加台大校長第一次開放遴選，而他那時已在積極籌備位於台大校總區的中研院原分所，因此特別關心在台大發生的大事。我則因在一九八六年黃武雄倡議設立、賀德芬協助籌組台大教授聯誼會時，因緣際會在我手上完成於一九八七年設立，而且在一九九〇年五月的反軍人組閣行動中擔任總協調（總召集人是楊國樞，發言人是瞿海源），因此張昭鼎特別約我四月二十三日晚上七點到活動中心大禮堂，聽聽郝柏村會講些什麼東西。結果那天晚上我久等不到，那時也沒有像現在這麼方便的手機可以聯絡，直到隔天才知道他星五晚上急診隔天就過世了，真是一場完全無法預測的災難！

一九九四年李遠哲因張昭鼎的辭世說了一句「也是該回家的時候了」，回台擔任中研院院長。那年我是台大心理系主任也是澄社社長，剛陪黃武雄一齊發起四一〇教改行動之後，行政院教改會就接著成立，找李遠哲擔任召集人，他找我到原分所給些意見，我們那時的最大公約數就是張昭鼎，因此一直談得很順利，一直到現在。我想，張昭鼎在辭世之後，還一直以這種方式在影響很多種重要事情的發生。我從頭開始就長期擔任張昭鼎紀念基金會的董事，親自體會了什麼叫做張昭鼎精神以及這種精神的體現方式。

張昭鼎教授的傳記就要出版了，趁此機會多講兩句。前面已說過，台灣在一九八七年解嚴的前一年社會運動勃興，解嚴之後則是一個苦難之後開始混亂，混亂之中可以看到希望的時代，很多人懷著熱情要求改變，上街頭變成是一件莊嚴的儀式行為，不知道會發生什麼後果，但覺得有責任走出來，我就是在這段時間在街頭上認識張教授昭鼎兄的。一九九一年的一〇〇行動聯盟（反刑法一百條之思想入罪），於雙十閱兵前夕在仁愛路台大醫學院前靜坐，由陳師孟與林山田等人主導，李鎮源是精神代表，陳維昭則是醫學院院長。我當時也在那邊，就看到昭鼎兄在醫學院進進出出，顯然有很多要折衝之事在進行。

科學家成為一位知識分子

我好奇的是，時代變化的力量究竟有多大，可以讓一位科學家逐漸轉變成一位具有影響力的知識分子？我一向喜歡閱讀愛爾蘭大詩人葉慈（W.B. Yeats）的詩作，他在〈第二度降臨〉*The Second Coming*中說，這是一個可怕的時代，上焉者失去信念下焉者充滿激情；在〈航向拜占庭〉*Sailing to Byzantium*中則說，我飄洋過海來到這座拜占庭聖城，要為大家述說過去、現在與未來的真義。我覺得葉慈這兩首詩，無意中交代了張教授所處的時代與他的作為。

張昭鼎如何察覺出時代的轉變，而且又能呼應時代的召喚，最後決定縱身一躍？歷史既不等人也不勸人加入，我想一個人在關鍵時刻做了關鍵行為，又能終其一生不悔其志，一定是有淵源的，包括從小到大的閱歷，如小時對獨裁高壓統治內心反抗之信念、左派閱讀、科學家求真的風格、不妥協但善予折衝之台灣老紳士個性，都是有關的背景，如此才能真正體察時代的變化，而亟思有所作為，剛好時機成熟，又與李遠哲及李登輝在這段時間形成功能互補下的三位一體，去更好的呼應時代的召喚。令人感慨的是，這樣一個難得的、功能互補的三位一體，在台灣轉型的過程中發揮過很大的功能，也成就了一段良心的民主志業，但歷史是弔詭的，今日讓你明日令人悲，說不準的，張昭鼎雖然善用了那段歷史上最好的時間（剛解嚴後），縱身一躍，成就了當時不做日後就會後悔的志業，但這件歷史的偶然，而今安在哉！

我們要想評價一個人，經常需要做很仔細的考量，尤其是像張昭鼎這樣一個人，要真正知道他何以決定在大時代的變局中縱身一躍，而且永不回頭，是一件困難的功課。但要懷念一個人，尤其像張昭鼎這種人，是相對簡單的，因為只要跟著感覺走，他是一位令人隨時有感的人。他在念初中時就知道將愛因斯坦當為典範學習楷模，半懂不懂的閱讀富含社會主義情懷的巴金小說，大學就知道閱讀湯川秀樹的社會批判文章，這些看起來都有很濃厚的浪漫情懷，兼有理想主義與社會主義的精神在內。張昭鼎一生重然諾，如上所述，曾與我相約在一個週末晚上聽郝前院長到台大演講，他一定很好奇郝大將軍在這個民主自由的啟蒙校園，會講些什麼。但他不得已的失約了，永遠無法赴約了。我因為一直在舊活動中心講堂外等他，所以也沒聽到郝講了什麼。就這樣，一位台大校長候選人與一位反軍人組閣的主要成員，永遠沒弄清楚郝究竟在當天講了什麼。不過，這些都不重要了，我們當時心中的共同期望是，跑來跑去永不止息，祇是想親眼看到民主自由的箭，還在台灣上空飛！就是這樣一種浪漫情懷，讓大家連在一起，過去是這樣，希望現在與未來都可以這樣。

（後半段取自二〇一三年十二月出版《變動時代的知識分子：張昭鼎教授的一生》序文）

穿過三十年的時空——紙上風雲第一人

當我還是台大研究生時，記得是被蕭蕭（高中同學）與芳明拉去參加龍族詩社。之後就經常碰到三位具有強烈性格影響力，但皆已辭世的朋友。年紀大的兩位是陳秀喜（人稱阿姑）與陳庭詩（用紙筆交談），年紀較小與我們沒差多少的就是高信疆（高上秦）。

一九七〇年代還算是一個藝文活動受到重視的世代，存在主義、地下文學、搖滾樂的遺風猶在，大學生還知道在校園中追尋自己的位置。那時的高上秦已是龍族詩社的要角，像個遊俠似的信疆，替大家編了一本龍族詩社所曾出版過，最厚最大本的龍族詩刊評論專號，流傳甚廣且受好評，由此即可見其不喜做沒沒無名之事，有機會即揮灑大手筆之性格特徵。

一九七三年信疆開始負責時報人間副刊的出版，開啟其「紙上風雲第一人」的大格局生涯。他不祇安排出版陳若曦的傷痕文學作品《尹縣長》，也刊登了李敖與柏楊出獄後所寫的文章。這段期間與他言談，會發現到世無不可為之事，祇要事涉文學文化，任何批判也應該是不用有太多禁忌的。這種「有力」的感覺，已像是本世紀中剛好失去的quality。這個時代有夠自由有夠亂，但絕稱不上有力。

信疆經常有一種想與社會脈動結合的渴望，有一種想貢獻想成就某種大事的心情，這就是一個人的「影響力」特質。這種人，除了自己創業或者待在像余紀忠親自經營的《中國時報》裡面，有那些人與那些地方能讓他大伸手腳？他離開時報之後，還帶動風潮弄了造型象棋展出，去了慈濟、明報、中國大陸，一晃就是數十年。

信疆的老二高英軒與我兒少雍是中小學多年同學，時相往返，因此消息仍然不斷，但中間居然未再與信疆及元馨謀面，恐怕都有三十年了。雖然是這樣，現在回想起他的面容與講話神態，仍歷歷在目。他講話的聲音仍能清楚感覺。最近花了一點時間在想這個問題，為什麼三十年了還能這樣？我的想法是這樣的：信疆一輩子都努力用心的活著，就像燃燒自己一般，所以雖然祇有短短幾次聚會，但他的容顏與聲音充滿在他所經歷過的時空，在每個時空的片段中，都有他努力活過的蹤跡！祇要抓到他所活過的時空，那裡就有他飛揚的一生！

（二〇〇九年五月）

懷念黃崑巖教授

我本已預定好要出席三月二十九日（二〇一二年）在成大醫學院的黃崑巖教授追思會，奈何當天不預期的入院治療，希望能用文字來表達一點懷念之情。

黃教授是醫界前輩，跟他比較熟悉是從二〇〇二年初我到教育部之後，那時他受聘為教育部醫教會常委，又負責TMAC事務，當年三月赴美答辯通過台美兩套醫學教育及評鑑可相比擬之審議，黃教授快樂之情溢於言表，並於四月在國賓飯店以教育部名義召開記者會對外宣布。台大醫學院早期並未能全然認同TMAC實驗階段之做法，但依黃教授本意，我知道他心中實有「台大醫預科」之座標在，以前台大醫科前兩年須住在校總區，並由理學院代訓，所以共同課程與基礎科學訓練，都與我們當時理學院學生前兩年之教育相當，此稱為台大的醫預科（與美式學士後醫學系之pre-med有些不同）。所以台大當時若深入黃教授的內心，其實可發現水火說不定是同源的。

黃教授在醫教會時，也與我一齊促成了台大法醫研究所及馬偕醫學院的成立；在二〇〇三年SARS風暴時，由於曾任防疫總所所長的吳聰能任教育部主祕、楊泮池院長任顧問室主任、黃崑巖教授是醫教會常委，所以居間協調整合，在很多作為上包括實地五千多人次的各級學校訪視、在全球張羅進口N95口罩、訂定班級與全校停課標準、安排全國性聯考發燒檢測等項，都走在衛生署前面，不像後來面對流行疫病之做法。

黃教授最令人震撼的，莫過於在二〇〇四年二月時因教育部之推薦，當為總統候選人政見發表會之提問人，他拋出一個其實是很難回答「什麼是教養」的問題，結果真的讓兩組候選人窘態畢露，我想那時阿扁與連戰以及他們身邊的幕僚，一定沒有警覺性來事先準備，再加上政界中人真的也少接觸教養課題，一下子全敗下陣來，不過也因此讓教養議題發燒，黃教授當年趁熱出版《黃崑巖談教養》一書，短短兩年不到就十五刷，恐怕是黃教授所未曾預料，也算是兩組候選人對台灣社會的重大貢獻。

黃教授最為人稱道的，除了創辦成大醫學院與TMAC之外，還因為他全力推動的兩個信念，一為「先學做人，再做醫生」，另一則為「教養有如一陣風」。其實這兩個信念應皆有所本，以前者而言至少有三件事與它相關：(1)日治時期台灣總督府醫學校校長高木友枝已說過「要做醫生之前，必須做成了人，沒有完成的人格，不能盡醫生的責務」。(2)William Osler說「醫師不祇在治療疾病，更在醫治一個獨一無二的人，一個活生生、有感情、正為疾病所苦的人」、「行醫是一種藝術而非交易，是一種使命而非行業，在這個使命當中，用心要如同用腦」。(3) *Flexner Report*中提出改革美國醫學教育方案中，建議先念大學四年的醫預科（亦即採學士後醫學院制度），以提升進入醫學院學生的成熟度。台灣採用的不是美式後醫制，所以常須在前兩年來壓縮處理這類要求（如醫學人文課程、博雅教育、基礎科學），但經常由於醫學院系教師囿於專業本位，學生尚未能在高中階段即有通識啟蒙，以致偶有成效不彰抱怨TMAC之事，希望有志與有心人士能回歸原意回歸醫學教育本質及傳統，不要讓黃教授的一片苦心與期許，真的變成「哲人日已遠，典型在夙昔」！

至於「教養有如一陣風」，包括SARS時期面臨嚴苛考驗的醫業倫理與醫學教育成果，SARS就像一陣風，風吹樹動，有的是迎風勁挺，有的是落葉片片或連根拔起。黃教授引用十九世紀英國女詩人Rosetti〈誰看到風〉的詩句，類比無形但在接受考驗時即會現形之物，以說明扎根教育與身教之重要，我想他的思慮既深且遠，有不忍人之心。很多人常以「文藝復興人」（Renaissance Man）形容他之淵博好學，其實不如強調他的不忍人之心。

黃教授是一位文雅但堅持之人，文雅是因有教養且觸接傳統，堅持是因有聚焦之理念，關心社會公義事務。他有一次在中國醫藥大學醫學系一年級生的課堂坐了一整節，提出一個問題：「為什麼奉獻自己而服務的是基督教醫院裡的人員為多？……為什麼來台行醫的醫師多半是蘇格蘭來的傳教士，而且是長老教會的占絕大多數？……」這個問題與我後來推動「重返史懷哲之路」，也有一些關係，而這類問題黃教授在其一生中一定是多所提問，包括教養問題在內，它們反映了黃教授的品味，也因此影響了整個世代的人。

Elton John曾為Diana王妃的離去，譜唱〈風中的燭火〉，我略作修改就當為懷念黃崑巖教授的片段吧：

風中之燭在你的優雅離去中
逐漸淡退
但你的傳奇仍然乘著熱情的翅膀
飛揚在多雨的家園。

（二〇一二年三月二十九日）

追思王廷輔院長

今天大家在這裡緬懷王廷輔董事、王院長、王醫師與王教授，每個人總有一大堆的話要講，我謹代表中國醫藥大學講幾句話。

王廷輔董事在他五十一歲正是壯年之時，應陳立夫董事長之盛情邀請到台中中國醫藥學院擔任教授，而且創辦大學附設醫院，連院徽中的醫學標誌都與他長期服務的空軍總醫院相似，也就是蛇盤繞在權杖上的方向與裝飾用的雙翼都若合符節，可見當時王院長的用心之深，也讓中國醫藥學院第一次成為有附設教學醫院的醫藥學院，這對日後中國醫藥學院的健全發展有決定性的正面影響。

在王董事擔任附設醫院院長十七年期間，他還在六十歲時代理過學校校長半年，興建了互助藥學大樓與基礎醫學大樓。六十八—八十六歲期間擔任中國醫藥大學董事會董事，持續關心中醫現代化與中西醫結合的相關問題，貢獻良多。

王董事近年（二〇〇九、二〇一二）出版兩本回憶錄《白袍生涯一甲子》與《回顧中國附醫的最初十五年》，都是情深懇切不做虛言之作，也充分表現他的無己無私，謙卑服務的精神更是顯露無遺。王董事自謙杏林老兵，又說他的一生不過是歷史洪流裡的一片落葉，但回顧他的一生，益顯其謙詞背後巨大的身影。謹代表中國醫藥大學再致追思之意與懷念之情，並願他住在耶和華的殿中，直到永遠。

（二〇一三年四月二十四日）

聖嚴師父與單國璽樞機主教對談錄

聖嚴師父與單國璽樞機主教是大家敬愛的導師，也是我一向尊敬與喜愛的前輩大師。我剛好與他們有些小機緣，趁此機會寫些文字懷念他們。

在九二一大地震的救災與重建期間，李遠哲院長邀我一齊到北投農禪寺，請教聖嚴師父如何協助重建之事。為了九二一，我拜見證嚴上人與其他人的經過，已在《台灣九二一大地震的集體記憶》書中提及，不再贅述。後來法鼓山人文社會學院破土時，我已在教育部任上，與當時台北縣的蘇貞昌縣長一起前往，共同參與破土儀式。聖嚴師父一生傳播佛家理念，更想藉佛學院與人文社會學院做好教化及人才培育之事。老朋友蔡清彥與李伸一都負責過法鼓山法行會與基金會事務，在葉樹姍主持的《禮讚大師》曲目首演時，我也誠心往賀，自覺受益良多。

與單國璽樞機主教的因緣，則始自教廷。我因職務關係與李振清赴歐，到梵諦岡找戴瑞明大使，蒙他安排見教廷的教育部長，並接受教廷電台的訪問。之後教廷教育部長波蘭裔的紅衣主教回訪，單國璽同為樞機主教，與狄剛總主教陪同一齊到晶華用餐，沿路是滿滿驚訝的眼光。後來在教育部研議教養培育計畫時，還請戴瑞明大使陪同單樞機一齊前來提供諮詢意見。二〇一一年五月四日，CMU成為單樞機病後立志前往演講的第五十四間大學，主講「品格：愛與誠信」，單樞機當過徐匯中學校長及輔仁大學董事長，可說與教育界關係匪淺，對學生則是期盼殷殷，希望大家學習以自己的良知來分辨是非體會善惡，因為良知是上天的呼聲。演講後在中山招待所聚餐，乘機請教天主教與科學、英國國教之間的糾葛，以及封聖程序，還有新教宗繼任時台灣是否恰當參與的問題。席間也談起老同學台大歷史系古偉瀛教授治天主教史一事，他瞭若指掌，真乃一文人宗教家也。

就因為這些共同特質，聖嚴師父與單樞機是交情自然而深入的朋友，常分享促成更美好社會的共同理念。二〇〇八年六月十四日在教育部委辦政大承辦「基因科技與人文關懷」研討會中，我得以主持一場「人類複製」對話，邀請兩位真正的生命大師與會，並以主持人身分提出一個假設性問題：「有一群你信得過的科學家，他們來說技術已經成熟了，大家都很景仰你的能力、智慧與品格，而且你也已經成就了燦爛的一生，不知是否能夠同意以基因科技來複製你，繼續陪伴與引領大家走過下一個世代？」

他們的回答都是清楚的No。其理由大致如下：(1)沒有必要讓複製人活在「原版者」的陰影之下。(2)身體短暫，精神與靈性才是久遠的。身體也許可以複製，但靈性、品格、教養與信仰是難以複製的。(3)不可能複製出一個與我完全一樣的人。(4)生死是自然過程，能走完一生已是無上的恩寵。(5)若科技予以干預進行複製，會引起很多難以預測且不能控制的風險。

這樣的回答，相當程度呼應了基於 Francis Crick 所提出中央法則（Central Dogma）的引申：「後天性狀（如品格、教養、靈性與信仰）無法反轉錄到 DNA，並遺傳給下一代或複製的人。」他們兩位都是獨立自主有智慧與慈悲心的宗教領導人，卻都得到極度類似的結論，也許正信宗教有其會通之處吧。中央法則在前文中已有敘述，指的原則上應該是 DNA驅動RNA再製造蛋白質，反之則不然或屬極少之特例。至於蛋白質的表現是無法反轉錄到 DNA，遺傳給下一代的。用通俗的話講，就是後天性狀與學習後的人性表現，雖可以教導學習但卻不能以遺傳方式傳給下一代。再就基因面來說，人類基因數目已知約二萬五千到三萬之間，現代基因研究已發現各類疾病多少都有基因基礎，但在人類行為各種面向上（如暴力、追求新奇、焦慮、智能、信仰、勤儉、自由意志等項），大概是屬於多基因表現或有高權重的後天環境影響，一時之間還不能有什麼確切結論，雖然行為遺傳學也已經是多年努力的學術領域。以自由意志為例，若像基因決定論者堅持任何行為應該有基因基礎，則自由意志便難稱有「自由」，但人文現象中又確有自由意志這回事，否認人有自由意志恐怕不只是一件政治不正確之事，在學術上也難具有公信力。因此，若一定要用基因來解釋自由意志，恐怕就構成了一種邏輯上的詭論。

如此說來，他們的講法不只是有宗教智慧，也可說不違反當代的科學知識狀態。

一生不悔其志的劉老師

劉英茂教授獲推薦為台灣心理學會榮譽理事，身為劉先生的學生，特綴數語，以明其功績。

一、潛心教研四十餘年，多項成就開風氣之先

劉先生是台大心理系第一屆畢業生，在美國伊利諾大學於最短時間獲博士學位後，轉赴芝加哥大學從事博士後研究。當時台灣赴美留學之後留下任職的風氣甚盛，也相對簡單，但他毅然於民國四十九年束裝返台，勤耕於鄉土。一九六〇年代初期即在教研條件並不理想的情況下，發表論文於當時頗富盛名的*Bulletin of Mathematical Biophysics*、*JCPP*與*Psychological Review*，指出工具性學習中有古典條件化歷程存在，並提出條件化歷程的二成分理論。在當年

conditioning與learning的教研仍然席捲全球心理學界時，劉先生於一九六四年在*Psychological Review*所發表的*A Theory of Classical Conditioning*隨即被Gregory Kimble於一九六七年所出版之經典著作*Foundations of Conditioning and Learning*中納入，並與D.O. Hebb（一九五六）的重要論文並列討論。之後並於一九六八年在JEP的論文中指出條件化歷程乃係類化作用的一個現象，該篇論文可謂是他告別conditioning研究的關門著作。

一九六七年Ulric Neisser出版第一本以認知心理學為名的專書，預示了認知心理學蓬勃的未來。劉先生隨即引入教學，並開始調整研究方向，專注於相關的原創性研究，從一九七〇年代迄今，已逾三十年，近期則在條件式推理、中文字詞的頻率效應等項研究上有重大的成果，可說是本國倡導認知心理學教學與研究的第一人。

綜觀過去四十餘年，劉先生以其在國內完成的實驗認知研究成果，陸續發表於*APA*期刊的重要論文共十篇，其中八篇於*JEP*刊登；在非*APA*之重要期刊，如*Cognition*、*Perception & Psychophysics*、*Memory & Cognition*、*QJEP*共有八篇；國外其他期刊另有十八篇。合計在國外期刊發表逾三十六篇。另外在*Acta Psychologica Taiwanica* 與《中華心理學刊》則發表四十餘篇。劉先生也可以說是以國內心理學研究成果為主，將其推向國際學界的第一人。

劉英茂教授於民國五十八到六十四年擔任台大心理系主任期間，創設國內第一所心理學博士班；亦曾於此期間擔任中國心理學會理事長，並於民國六十二年將已發行十五年的《國立台灣大學理學院心理學系研究報告》，轉型為由學會發行之全國性的《中華心理學刊》，唯英文名稱仍沿用*Acta Psychologica Taiwanica*，至民國七十一年才改稱*Chinese Journal of Psychology*，洵至今日已成為TSSCI收錄之優良期刊。

另外尚有兩件事值得一提。劉先生在台灣心理學發展早期，即特別注意數理統計與實驗方法之訓練與教學，樹立了從事心理學實驗研究的高標準。他在民國六十四年主催出版的四萬中文字詞頻率的統計，是早期從事中文字詞認知研究者必備的工具書。

二、研究重在切中要害，在傳統與潮流中找出路

劉英茂教授擅長在傳統問題中找出缺失，並因此而激盪出富有原創性的想法，在此脈絡下進行推論與預測。他總認為一件複雜的心理作業背後，應可抽取出明確的運作機制，且有跟隨而來的效應，因此一個問題應做適度切割以找出獨立運作的機制及其效應。假如研究不能切中要害，任何問題都會因之模糊不清，所以實驗控制以及變項操弄是做好任何研究的基本功夫。但是有了創見有了驗證並不是研究的全部，它還必須關聯到心理學的大問題，並在此基礎上做適度的引申，以衍生出下一波說不定更重要的研究。這一套想法與做法，可以說是心理學實驗研究的SOP（標準作業程序），唯有如此才可望在傳統與潮流中走出自己的路。

三、樹立教研典範，以全面提振國內心理學術發展為己任

劉英茂教授經常在言談之中表露對提振國內心理學術發展的殷切期盼，他對別人尤其是年輕一輩學生的研究永遠是好奇與鼓勵的，他的外表也許是嚴肅的，但他的內心是溫暖的。他默默的做了所有該做的事，包括指導教授、系所主任、學會理事長、學刊主編在內，他也得到過若干仍難以彰顯其全部貢獻的行政院傑出科技人才獎、國科會傑出研究獎以及台大與中正大學的名譽教授等項，但他不以此為滿足，他堅持要結合更多人的努力，讓台灣的心理學研究能夠走出其有普遍性與累積性的特色，其一生職志更希望能促進台灣心理學術成為國際學界中重要的一環。劉先生在台大心理系專任教職二十餘年，之後轉赴香港中文大學心理系任創系講座教授，之後返國續在中正大學心理所任教，在此四十餘年間，研究與生活即在家裡與校園之間往返，連晚上也不例外，可以說是模糊了研究與生活之間的界限，全心奉獻大學教研工作，是一位身教與言教並重的研究者與教育家。

四、永不停歇的心理學家

劉英茂教授在去年七十三歲時仍在*JEP*發表條件式推理的長篇論文，後續的研究與論述仍在緊鑼密鼓進行之中，永遠不知道什麼叫做休息。劉先生現在仍一如往常，散步在中正大學與

台大校園，心中想的手上寫的都是最新的心理學研究。哈佛大學名譽教授Ernst Mayr今年以一百高齡之姿，精神抖擻的在*Nature*上發表回顧過去八十年走過的演化生物學研究生涯。我們祝福劉先生勇猛如昔，走出依舊燦爛的未來！

（二〇〇四年九月二十六日）

楊先生這個人

楊國樞老師一直是一位具有感染力的學術領導人，因此當他在國內一手撐起本土心理學的學術運動時，門生故舊擋不住他持續的熱情與具穿透力的學術洞見，紛紛投入本土心理學的研究。現在看起來好像一切都順理成章，但在推動之時要克服很多具有極大不確定性的投入風險，居然有那麼多人甘冒這種風險（想想學術界有多少升等、論文發表的壁壘需要克服），而且後來真的蔚然成林。假如沒有楊先生把這類學術領導風格發揮到極致，孰以致之！這段歷史讓我想起美國的J.J. Gibson（一九〇四—一九七九），他在生態知覺（尤其是生態視覺）上的洞見與卓越的學術領導能力，獨木抗拒當時行為主義學派的主流派典，帶出一批卓然有成的同事與學生，學術成就不祇在人類知覺領域沒人敢懷不敬之心，也滲透到各相關學科之中，顛覆了舊有的典範，而且以革命性的方式充實了它們的內容，在認知科學、計算視覺與神經科學等尖端領域中，無人敢攖其鋒。他首先楬櫫視知覺的生態分析方法，之後蔚成學派，在該方法的基

廣	告	回	信
板橋郵局登記證			
板橋廣字第83號			
免	貼	郵	票

舒讀網「碼」上看

235-53
新北市中和區建一路249號8樓
印刻文學生活雜誌出版有限公司　收
讀者服務部

姓名：＿＿＿＿＿＿＿＿ 性別：□男　□女

郵遞區號：＿＿＿＿＿＿＿＿

地址：＿＿＿＿＿＿＿＿

電話：（日）＿＿＿＿＿＿＿＿（夜）＿＿＿＿＿＿＿＿

傳真：＿＿＿＿＿＿＿＿

e-mail：＿＿＿＿＿＿＿＿

INK

NK
JBLISHING

讀者服務卡

您買的書是：________________________________

生日：　　年　　月　　日

學歷：□國中　□高中　□大專　□研究所（含以上）

職業：□學生　□軍警公教 □服務業
□工　□商　□大眾傳播
□SOHO族　□學生　□其他 ____________

購書方式：□門市_____書店 □網路書店 □親友贈送 □其他_____

購書原因：□題材吸引 □價格實在 □力挺作者 □設計新穎
□就愛印刻 □其他 ____________（可複選）

購買日期：______年______月______日

你從哪裡得知本書：□書店 □報紙 □雜誌 □網路 □親友介紹
□DM傳單 □廣播 □電視 □其他

你對本書的評價：（請填代號 1.非常滿意 2.滿意 3.普通 4.不滿意）
書名_____ 內容_____封面設計_____版面設計_____

讀完本書後您覺得：

1.□非常喜歡　2.□喜歡　3.□普通　4.□不喜歡　5.□非常不喜歡

您對於本書建議：

感謝您的惠顧，為了提供更好的服務，請填妥各欄資料，將讀者服務卡直接寄回或傳真本社，我們將隨時提供最新的出版、活動等相關訊息。

讀者服務專線：（02）2228-1626　讀者傳真專線：（02）2228-1598

礎上成就了可觀的科學內容，終至卓然有成。今日本土心理學的推動方式，與J.J. Gibson經營策略實有異曲同功之妙，雖然尚未達到類似的高度與廣度，但應是指日可期的。

楊先生也是一位君子型但有堅定看法有格局的教育家。他在台大長久的教育生涯、在參與行政院教育改革審議委員會、在推動大學教育的宏觀規畫過程中，主張政學不兩棲、教育中立，主張應有培育下一代大儒的完整計畫，站在教育與學術的制高點上倡導大學教育應有宏觀的推展方略，凡此種種充分表現出時不我予的急切，以及成功不必在我的胸襟，隱約之中已呈現出老北大蔡元培校長的風範。

楊先生同時也是一位聰明有彈性的人，跟他在一起可以嬉笑怒罵互逞機鋒。至於人情世故的練達，在他那世代並不少見，但很少能像他有那種始終如一的耀眼風格。在創立澄社集結有志之士頻頻發聲的時代，他的穩健與練達，鋪就了一個得以均衡與寬廣論政的平台，海源兄與我分別接下他的擔子，確實共同度過一段美好的時光。但世事多磨，人間不免是非多，之後在理念上與諸君子不盡相侔，但他祇是優雅的淡退，縱使有一陣子踽踽獨行，在向晚時分他的身形仍然巨大。

（寫於二〇〇二年二月楊國樞院士七十歲生日）

回看協助建立的台大傳統

定信兄從台大退休了，我相信他日後還會有一段很長的忙碌日子，不過趁這個機會寫幾句對他的看法，也順便回頭看看定信兄曾經努力過幫忙建立的台大傳統。首先，就我過去所認識的幾位台大醫界前輩，大概是有個順序而且也有一條線可以貫穿，他們是：李鎮源（一九一五—二〇〇一），宋瑞樓（一九一七—二〇一三），彭明聰（一九一七—），林宗義（一九二〇—二〇一〇），黃崑巖（一九三三—二〇一二），陳定信（一九四三—）。我讓相對年輕的定信兄排到這個行列去，也許還太早，不過本意是在說明他也參與了這一條台大傳統的建立，他們都是醫界不同時代的楷模，都反映了底下幾點相同或類似的特色：(1)大多當過醫學院院長或擔任過國內外醫界要職；(2)國際活動多且本土性格強烈；(3)重教養與倫理，對醫學教育的推動具有濃厚使命感；(4)具俗世與淑世性格，好接觸民間俗事，認真參與各項重要會議，不放棄影響各項科技醫療或社會及公共政策之制定。

既然定信兄在其四十年教研行醫生涯中，就如前述表現出一些台大諸多傳統中的共同特性，則可以想見他在參與校務以及進行醫學院內部改革時，會具有什麼作風與堅持。他在因應TMAC的過程中力求能表現出台大醫學院的教育特色，以及在推動醫學院教師升等新制時力求提升教研品質的過程中，很多都是開風氣之先，也有很多是與外界定見互相衝突的，但看起來他是在各類的壓力下，又有堅持又能化解，終於把事情做成了。

最後有一件事亦值一提。我在教育部服務期間，正逢SARS來襲，十所醫學院都有interns在醫院實習，醫學生家長灌爆部長信箱，要求放學生回家以策安全。當時定信兄是領頭醫學院院長，出面主張愈是危難之時愈是醫院現場不能棄守之時，實習醫學生在注意安全之下，應能展現多年醫學教育之訓練與精神。在此同時，台大醫院李源德院長、時任教育部醫教會主委黃崑巖與顧問室主任楊泮池及主任祕書吳聰能，皆齊一步調協助解決，終得完成台灣醫學教育史上的重要一頁，定信兄的功勞不能不在此記上一筆。

（二〇一三年七月）

黯黯瞭望歷史來時路

今（二〇一三）年五月十七日在台北車站誠品書店，看到以前台大歷史系老同學李黎交由印刻出版的文集《半生書緣——一名文學新生與巨擘的靈光之會》，書中所敘寫的都是在半夜星空中可以撞擊出巨大聲響的人物，如茅盾、巴金、沈從文、丁玲與艾青。我這一寫，透露出受文學史影響的偏好，其實是作不得準的，我想在李黎書中的十二人（還有錢鍾書、楊絳、范用、劉賓雁、李子雲、殷海光、陳映真），在她心目中應該都是有類似人生與時代遭遇的一代文人。

我們的老同學台大歷史系古偉瀛教授在上次與我聚會之時，就向我開示過李黎啟動及參與這段歷史因緣的故事與貢獻，沒想這麼快在今年五月就可看到這本具有歷史意義的文集，真是可喜可賀。

寫文學人物又要放在歷史脈絡中，應該是很難的。從書中我們可能會看到文學史中華麗的轉身（借用另一位老同學黃長生的話，又傳神又好用），但當事人可能在當時，只想在歷史的洪流中能夠悄悄地或者困難地轉個小身，想想看，這在文革時期是一件多困難的事情。李黎所做的工作，有點像 Ingmar Bergman 一部電影的標題：*Through the glass darkly*（黯黯瞭望）。

李黎在一九七七年起心動念，成就好大一場文學與文人因緣，而且累積半生留下歷史上大會面的紀錄，真是不容易。我認得幾位七十七與七十八級的朋友、同行與學術領導人，分散在美加與大陸，都是非常談得上話的人（因為我們進大學的第二年就開始了文革，我們是有機會在成長過程中做一些了解的），七十七與七十八級是文革十年後第一次與第二次的高校入學考試，想想看，十年當一兩年考，有多少人已飄零四散，有些人是連高中或中學都沒念就來考的，能考上的當然很難得，但沒來念高教的才是這個時代的通則，所以當時旅美未能回台的李黎有意或無意選上這個時間，應該是有點傷感但又是絕佳的歷史選擇。

我再將 Through the（historical）glass darkly 做個演繹，括號是我加的，其實不是很恰當，因為應該是 historical lens（歷史透鏡，看進去）比 historical glass（歷史之鏡，反射出來）更為切題，不過為配合 Ingmar Bergman 的電影片名，就這樣啦。在我的看法，這本書反映了一些「在歷史透鏡下黯黯瞭望」的特色：(1)作者在結集之後，應不免有向歷史回來處黯黯瞭望的時候；(2)書中十二位歷史人物已有十人作古，捧讀再三的閱書人也不免會有回首一望的黯黯時候；(3)書中人物在那幾段交會之時，一定也有過對自己對過去的歷史來時路，黯黯瞭望的時刻。

也是我們老同學的中研院史語所邢義田院士說，李黎書中所寫全是響噹噹的人物，李黎有緣近距離為他（她）們留下華麗的轉身，不負此生。邢兄自謙年少時也曾讀過書中人物一二，惟記憶已變得模糊，打算買本李黎的書來瞧瞧，為舊夢重新上色。在這種患了歷史健忘症又很難獲得啟示的年代，誰不需要去買一本看上一看！

（二〇一三年五月十九日《中國時報》人間副刊）

拓樸三十年

一九八二年我剛到哈佛大學進修時，在該校跟著Lawrence Kohlberg修讀博士學位的雷霆，送我一份陳霖從UCSD發出的報告影本*What are the units of figure perceptual representation*（February 21, 1982），其中一部分內容發表於當年十一月十二日的*Science*（vol. 218, 699-700）*Topological structure in visual perception*〈視知覺中的拓樸結構〉。

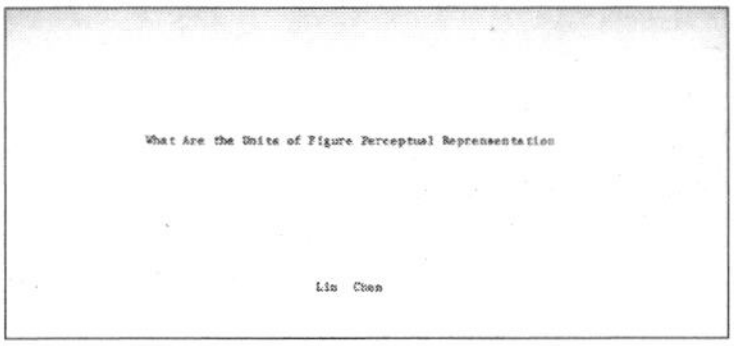

What Are the Units of Figure Perceptual Representation

Lin Chen

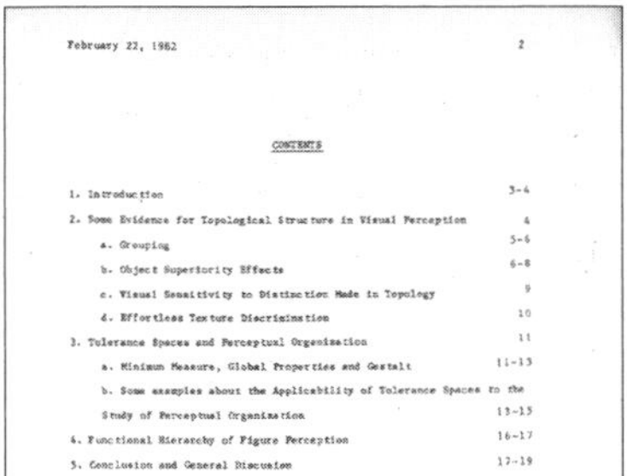

February 22, 1982 2

CONTENTS

1. Introduction 3-4
2. Some Evidence for Topological Structure in Visual Perception 4
   a. Grouping 5-6
   b. Object Superiority Effects 6-8
   c. Visual Sensitivity to Distinction Made in Topology 9
   d. Effortless Texture Discrimination 10
3. Tolerance Spaces and Perceptual Organization 11
   a. Minimum Measure, Global Properties and Gestalt 11-13
   b. Some examples about the Applicability of Tolerance Spaces to the Study of Perceptual Organization 13-15
4. Functional Hierarchy of Figure Perception 16-17
5. Conclusion and General Discussion 17-19

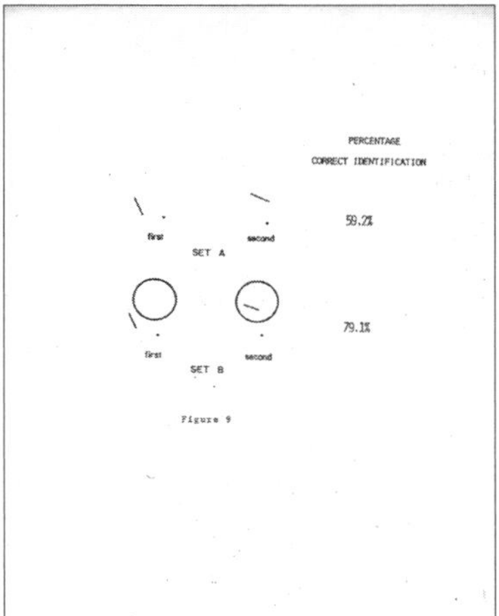

ring) and one with no hole. On the average, the stimulus which contained a circle and a ring was reported as "different" on 64.5 percent of the presentations; the stimulus which contained a circle and a square, on 43.5 percent; and the stimulus which contained a circle and a triangle, on 38.5 percent. The accuracy with the stimulus containing a ring was significantly better than one containing either a square or a triangle [$t(5) = 8.78$ and $t(5) = 6.12$, respectively, $P < .01$]. For the topologically equivalent figures (triangle and square), the difference did not reach significance [$t(5) = 1.37$, $P > .20$].

Zeeman predicted that cataract patients, who could not tell triangles from circles just after being operated on, ought to be able to detect homology invariance, for example, to detect holes or to distinguish a doughnut from a bun (5). Because such patients are rare, this

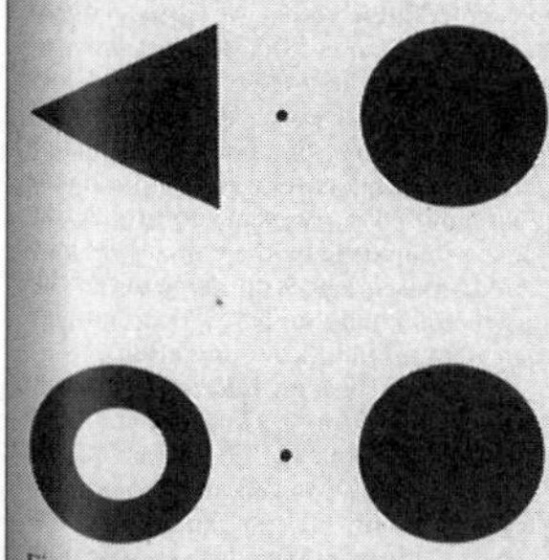

Fig. 1. The three stimulus displays used in experiment 1.

experiment 2.

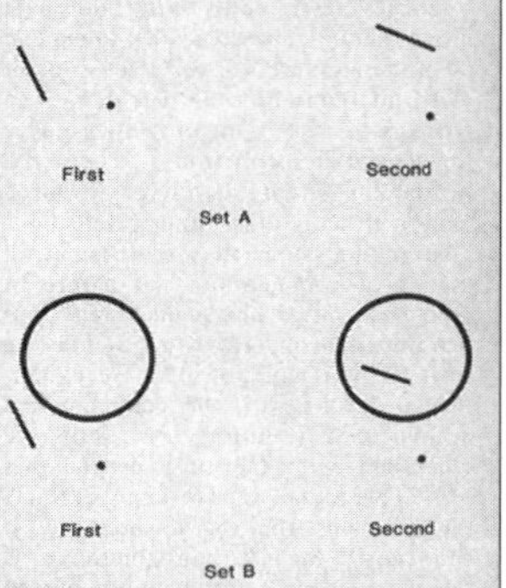

Fig. 3. The four stimulus displays used in experiment 3.

SCIENCE, VOL. 218, 12 NOVEMBER 1982 0036-8075/82/1112-0699$01.00/0 Copyright © 1982 AAAS 699

This book was originally published in 1982 by W. H. Freeman and Company.

MIT Press books may be purchased at special quantity discounts for business or sales promotional use. For information, please email special_sales@mitpress.mit.edu or write to Special Sales Department, The MIT Press, 55 Hayward Street, Cambridge, MA 02142.

This book was set in Garamond by Newgen. Printed and bound in the United States of America.

Library of Congress Cataloging-in-Publication Data

Marr, David, 1945–1980
Vision : a computational investigation into the human representation and processing of visual information / David Marr.
p. cm.
Originally published: San Francisco : W. H. Freeman, c1982.
Inludes bibliographical references and index.
ISBN 978-0-262-51462-0 (pbk. : alk. paper) 1. Vision—Data processing. 2. Vision—Mathematical models. 3. Human information processing. I. Title.
QP475.M27 2010
612.8'4—dc22
2009048460

10 9 8 7 6 5 4 3 2 1

Preface

This book is meant to be enjoyed. It describes the adventures I have had in the years since Marvin Minsky and Seymour Papert invited me to the Artificial Intelligence Laboratory at the Massachusetts Institute of Technology in 1973. Working conditions were ideal, thanks to Patrick Winston's skillful administration, to the generosity of the Advanced Research Projects Agency of the Department of Defense and of the National Science Foundation, and to the freedom arranged for me by Whitman Richards, under the benevolent eye of Richard Held. I was fortunate enough to meet and collaborate with a remarkable collection of people, most especially, Tomaso Poggio. Included among these people were many erstwhile students who became colleagues and from whom I learned much—Keith Nishihara, Shimon Ullman, Ken Forbus, Kent Stevens, Eric Grimson, Ellen Hildreth, Michael Riley, and John Batali. Berthold Horn kept us close to the physics of light, and Whitman Richards, to the abilities and inabilities of people.

In December 1977, certain events occurred that forced me to write this book a few years earlier than I had planned. Although the book has important gaps, which I hope will soon be filled, a new framework for studying vision is already clear and supported by enough solid results to be worth setting down as a coherent whole.

Many people have helped me to live through this somewhat difficult period. Particularly, my parents, my sister, my wife Lucia, and Jennifer, Tomaso, Shimon, Whitman, and Inge gave to me more than I often deserved; although mere thanks are inadequate, I thank them. William Prince steered me to Professor F. G. Hayhoe and Dr. John Rees at Addenbrooke's Hospital in Cambridge, and them I thank for giving me time.

Summer 1979 David Marr

VISION

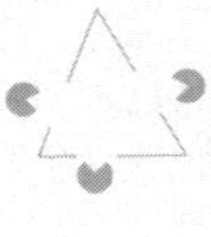

David Marr

FOREWORD BY
Shimon Ullman
AFTERWORD BY
Tomaso Poggio

當年也是MIT出版社出版David Marr的*Vision*一書之時（事實上完成於一九七九年夏天）。MIT出版社於三十年後（二〇一〇）再度印行該書，並分由Shimon Ullman與Tomaso Poggio撰寫前言與後語。

今天慶賀拓扑（拓樸）研究三十年，與*Vision*一書三十年重印，實有互為對照之意，誠如陳霖所說，這是一種「The Great Divide」-David Marr這本一生唯一寫就的專書，實為計算視覺之代表經典著作，主張低階運算，並介紹最著名的「Fundamental Assumption of Stereopsis」（立體視覺的基礎假設）與「Structure from Motion Theorem」（從運動中重建結構定理），在書中迴避提及與其主張不符的「Perceptrons」（Minsky & Papert, 1969），而且對J.J. Gibson（1966, 1979）的生態視覺理論頗多微詞（對光流optical flow的概念例外，因為可以發展出處理它的計算理論），對他主張人係以神經系統共振方式，擷取外界已存在之不變量（invariants）之說法，顯然不能認同。陳霖當時走的是對立面，與新格式塔學派（neo-Gestalists）有精神上的聯繫，主張拓扑不變量與拓扑優先性，三十年來已累積可觀之證據，成為與當紅計算視覺與計算神經科學流派分庭抗禮之最重要知覺理論之一，James Pomerantz（2003, *Trends in Cognitive Sciences*, 7, 471-473）認為陳霖等人的系列研究（尤其是在PNAS 2003以honeybees所做出的拓扑不變量與拓扑優先結果），已指出大範圍特質有時會比局部特性較易知覺，所以有可能是基本的知覺單位。

局部與大範圍知覺

先不考量在學術觀點上是否採取傳統計算視覺的走向，直覺上，在一般正常的觀看條件下，沒有先處理到局部如何會獲得大範圍的知覺結果？亦即就常識而言，局部可以獨立於大範圍但大範圍應會有局部之涉入。該直覺其實並未排除在知覺結果上的拓扑優先，亦不表示局部處理後即可有大範圍的知覺結果，且分別符合底下兩個結果：(1)Minsky & Papert（一九六九）已明確指出，直徑有限知覺器（diameter-limited perceptrons，亦即Hubel-Wiesel研究傳統下的低階視覺特徵偵測器）無法偵測出在人類圖形知覺中可以很快辨認出來的連接性（connectedness）。(2)心理學史上有兩件被普遍認可的知覺現象，一為大範圍首先（global precedence），另一為似動運動知覺（apparent motion）。前者略指未見鋪石但先見橋拱或先見林再見樹；後者略指若先後在左右出現兩個光點A與B，則會在A與B之間的空間上依時間順序出現ACDB之知覺，其中C與D即所謂的假象知覺，應該是被A與B之出現所誘發的，但問題是依物理時間與誘發原理其順序應是ABCD，惟經由心理時間所獲得的知覺結果卻是ACDB，表示人類的知覺時序與物理出現時序不符，該一差距稱之為似動運動知覺的時間詭論（timing paradox in apparent motion）。

上述之似動運動知覺結果，亦可視為大範圍首先或拓扑優先的一種變形，值得在此基礎上發展關於拓扑優先的神經與計算理論。其中一種想法是在物理時間與心理時間之間，考量神經生理時間的處理機制，亦即在光點A出現之後，對B的知覺仍在次意識（sub-conscious）狀態時，A與B的神經反應已可匯聚，在空間與時間上適度誘發C與D。如此則可同時兼顧局部處理與大範圍首先現象。Benjamin Libet（1964, 1979）曾提出「神經充裕量」（neuronal adequacy）的概念，似可應用在上述神經激發混合作用之機制上。該講法亦符合Francis Crick（1994, *Astonishing hypothesis*, New York: Simon & Schuster）所提的特徵聚合（feature binding）理論，他主張不同特徵之知覺在各腦區進行時，會產生關聯激發（correlated firing），在跨腦區作40 Hz波的相位鎖定（phase locking）工作，當各腦區神經活動協調成功產生共振之際，就是意識發生之時。Libet 與 Crick 的理論，都可以對次意識的局部神經活動與最終意識性的大範圍首先，提出兩者互涉的進一步解決觀點。惟該一想法不見得與原先拓扑優先性（獨立於局部處理）之想法一致，現在拓扑知覺團隊越來越重視認知神經科學之證據（如在 *Science* 2003 有關長距似動運動知覺中大腦視覺腹側通路之貢獻，與 PNAS 2007 有關大腦左半球的大範圍拓扑優勢性等），應可在該基礎上做一系統性之比較。

從時空互涉到局部與整體互涉

再舉一個心理上時間與空間互相干涉的例子，當為討論局部與大範圍如何互涉之參考。似動運動知覺是典型的時間介入空間之例子（這是加州理工學院Shinsuki Shimojo的主張），意指因時間之介入，後來的空間不再是原來的空間，時間的扭曲（時間詭論）帶動了空間的扭曲，從無到有，心理時間改變了空間結構，跑出幻覺（可以有神經生理基礎）。另外一個相對現象則是空間涉入時間（這是我的看法），碰到主觀經驗上熟悉的局部空間勾起了過去時間往事的回憶，如 déjà vu（似曾相識）。該例子在說明，當心智mind 介入運作，一般古典物理的時空在轉變成為心裡時空時，時間與空間會互相干涉，開始具有愛因斯坦時空連續體宇宙觀之性質。在知覺上，局部與整體會互相干涉的現象並不難驗證，正如在人類知覺中經常出現的低階運算與高階調控之互動機制，縱使在立體視覺亦不例外（黃榮村等人，二〇一一）。但是要確認在拓扑不變量偵測與拓扑優先性之獲得上，是否要先有局部與大範圍之互涉當為知覺處理之基礎，則是另一不同問題，值得再予探討。這些都可視為人類知覺研究上的困難問題（hard problems）。

幾個學術史上的例子

底下提幾個我們上面討論主題有關的學術論證例子：

(1) Piaget & Inhelder（1956）：在發展經驗上，小孩在認識外在世界的幾何結構時，拓扑為先，先作且熟悉拓扑思考（from global to local），而非分析思考（from local to global），亦即其發展順序是：拓扑、投影幾何（如透視）與歐幾里得幾何（如平面幾何，平行線）。但在數學學習及難度階序上，則先學分析數學再學拓扑。數學知識之發展順序亦同。

(2) 數學上困難之性質可提早發展出加工機制（或訊息處理）的現象，在其他知覺領域中也可看到。聽覺與視覺系統可作傅利葉分析Fourier analysis（如Von Békèsy 所提在內耳基底膜basilar membrane上所做之耳蝸力學cochlear mechanics），或視覺系統可做 Laplacian Gaussian的運算（David Marr 所提對高斯影像之二維偏微分計算），縱使我們一輩子沒學到或沒學會 Fourier 分析或 Laplacian Gaussian 的運算。

(3) 五十幾年前，*Logic Theorist*（Newell & Simon, 1956），GPS（General Problem Solver; Simon, Newell, & Shaw, 1959）與人工智慧AI，可對複雜的人類思考（包括羅素與懷海德之數學原理中若干定理之證明），做合理與一定程度的模擬，但對人類迅速且有效（相對於思考系統）的視覺表現，卻很難做出良好的模擬。前面所提之直徑有限知覺器（diameter-limited perceptron）難以偵測到圖形中所具有的的連接性（connectedness），即是一例。三十年前，Herbert Simon曾就上述問題回答我說：Who knows?（誰知道？）三十年後，情況還是沒有太大改變。

在座很多年輕人，就像三十年前的陳霖，充滿希望與成功的可能性，我們一齊加油！

（二〇一二年十一月十二日；拓扑性質知覺理論三十周年學術研討會，中國科學院生物物理所）

深秋初雪的Harvard Yard

一九八二年深秋下午走在哈佛學院（其所在地一般稱為Harvard Yard），剛好初雪紛飛，陽光直接從上照下穿透薄薄的雪片，煞是好看。這時迎面走來Robert Duncan Luce，忽然覺得當教授也是不錯的行業！他已在二〇一二年過世，我常懷念他。快二十年前當我在國科會人文處工作時，剛好美國國家科學院的人來訪，碰到於一九九五年與Paul Creutzen及Mario J. Molina同獲諾貝爾化學獎的Frank Sherwood Rowland，他在福華飯店餐巾紙上面給我寫了不少臭氧層上發生的化學反應機制，那時劉兆玄是主委，問我以前認不認識他，我哪認識，只是他一腔熱血要告訴我有關臭氧層的種種問題，談起來才發現他們夫婦與Duncan在UC Irvine是比鄰而居的好朋友。

一九八二—一九八三年曾赴哈佛與Carnegie-Mellon大學一年，研究室就在哈佛大學心理系九樓的心理物理實驗室，當時有R. Duncan Luce, David M. Green與William K. Estes等位心理物理學與數理心理學的創始者在那邊，更早期稱之為心理聲學實驗室，是Georg von Békésy（一九六一年諾貝爾生理醫學獎）與S. S. Stevens做出重大貢獻之地。在此也發現Ulric Neisser在其一九六七年認知心理學的開山名著*Cognitive psychology*中，津津樂道的視覺極短期記憶（iconic memory），其主要研究者Saul Sternberg，就是R. Duncan Luce的學生。後來Torsten N. Wiesel（一九八一年諾貝爾生理醫學獎）到隔壁生化與分生系演講（王群那時剛從加州理工學院過來，在生化與分生系當博士後），說起當年要研究視覺，都會到心理系請教Karl Lashley。之後在Carnegie-Mellon大學Herbert Simon（一九七八年諾貝爾經濟學獎）處，了解其在決策行為與複雜消息處理上之觀點，他由研究GPS（General Problem Solver）的經驗，相信模擬一般人認為困難複雜的人類思考（如定理證明）並不困難，反而是模擬人類很輕易做到的視覺能力，卻有很大困難。該一觀點也許是Neisser書中很少引用他們研究的原因之一。在一九七〇年研習Neisser（一九六七）的認知心理學一書之後十來年，到美國東岸的大學，才發現有一條線將很多過去的學習經驗串起來，也發現歷史的轉折與匯聚若能有親身的經歷，是更容易心領神會的，而且不同的革命性進展，如計算視覺，已經在哈佛隔壁的MIT發生了，計算視覺學派對James Gibson的友善態度，比當年Neisser成書的時代好太多了（Marr, 1982）。這又是歷史流變的下一章。（這一段敘述，係引述自刊登於《中華心理學刊》二〇一三年五十五卷三期，頁二四五—二五三，由本人撰寫之論文《從條件化歷程到條件式推理》中的後記部分。）

一九八二—一九八三在哈佛那一年，正在實施核心課程（core curriculum），Duncan Luce

上下學期各開「聲音與聽覺」以及「光與視覺」一門課，在一九七五年出版社會生物學（Sociobiology），與James Watson同系但學術走向大不對盤的Edward O. Wilson也在裡面開課，一般人對Duncan不是很熟，是當時系主任也是接待我過去的人，他曾在NSF負責過行為與社會科學部門（與我後來在國科會做的事一樣），是國家科學院院士及總統科學獎得主。我最早接觸Kenneth Arrow在一九五一年提出「不可能定理（Impossibility Theorem）」的最簡易也是最好的證明，就是來自早期閱讀R.D. Luce & Howard Raiffa 在一九五七年獻給John von Neumann的*Games and Decisions*一書，這個定理經過修正後，適用在後來我很關心的幾個社會與教育議題上面。Luce又是作心理物理學、數理心理學、公設化測量理論的先驅者，所以要去哈佛一年，當然先找他。類似這些大牌又教大學部通識課程的很多，在基礎科學的教學上亦同。台灣一再說通識教育重要，但又抱怨通識教育不受重視，假如向哈佛有樣學樣，這種課都由大牌教授擔任，怎會不受重視？哈佛及其他常春藤名校一向以大學部出名，培養各行各業領導人，因此對大學部的教育莫不卯足全力的。也在哈佛任教的孔祥重幾年前告訴我，不管如何要搶一門大學部的課，要不然很沒面子。Rugers大學一位特立獨行被認為是當代最聰明科學家之一的Béla Julesz，最喜歡教大學部，他說真正最聰明的人一定會在大學部，要趁早把他們找出來。

教育學術界真正最重要的工作就是啟發，大牌學者與科學家有些人可能脾氣特殊，但講起優秀人才的培育，莫不希望能盡早拉在身邊耳濡目染，因為他們所做而賴以成名的工作，就是對整個人類文明最具啟發性的工作，他們當然也有一種使命感要將這種特色傳遞出去。譬如，Francis Crick在利用別人的X光繞射資料，解開DNA的雙螺旋結構之後，花了大約二十年時間在理論神經科學與認知科學上，研究人類意識，雖然他自己知道最終的重要發現與結論，不會在他身上完成，但透過他的努力與影響力，使意識研究以及NCC（Neural Correlates of Consciousness，意識的神經關聯結構及機制），成為學界備受尊敬的熱門領域。另外，像Semir Zeki、V.S. Ramachandran、Margaret Livingstone、Eric Kandel等名家，近年來用神經與認知科學闡述藝術，一時蔚為風潮，拉高了這些研究領域之學術高度。像這些成功的探索歷程，具有巨大的教育與學術啟發性，也反映出開創者的開放、博學與跨領域特質，若能在大學部的課堂上，將這一段具有感染性的學術探索歷程傳遞出去，不一定要是原來研究者的現身說法，透過優良教師的轉述一樣可以達到啟發的目的。我想，Duncan Luce以及他們同一時代在哈佛的人，親身做了很好的示範。

從Lothar Spillman開始連出的舊識新知

歐洲很多國家的退休制度非常徹底，包括大學在內，Lothar就是這樣被儷絹老師在歐洲一場學會年會中認識，安排到學校來客座，間間斷斷已來過三次，每次都在三個月以上。他主編過一本非常出名的專書*Visual Perception*（視知覺），幾乎把當時最有創意最聰明的視知覺科學研究者一網打盡，當年也是我在研究所上課的主要教本。二〇一〇年他幫忙找了兩位很有意思的人，前來參加學校的研討會，一位是Rudiger von der Heydt，另一位是Alan Gilchrist。

Rudiger與Alan

Rudiger目前在Johns Hopkins大學的「Mind & Brain Center」，一九八四年於*Science*上發表他在視皮質部第二區（V2）的lunate sulcus處，找到能對錯覺輪廓做反應的細胞，引起很大的注意，因為在那個年代偵測自然物體與真實輪廓的細胞神經電生理反應研究，還不是很多也不是很有系統，但居然能對錯覺輪廓有這麼明確的反應，確實是第一篇重要的論文。我那時指導研究生操弄雙眼像差，讓錯覺輪廓能在三度立體知覺的空間「浮沉」，其理論基礎就是von der Heydt的發現。道理其實很簡單，真實輪廓的偵測大家都知道有其視覺神經機制，利用立體圖製作技術，很容易在給予雙眼像差後，讓它在立體視覺的空間中上升或下沉。同理，若依Rudiger的發現，則錯覺輪廓（非實際畫出但可以主觀建構出來的輪廓）的偵測，與真實輪廓一樣確實也有其神經偵測機制，祇不過是在不同的視覺皮質區（V2）。既然這樣，想辦法在錯覺輪廓上動手腳，把它當成像真實輪廓一般的處理，則應有同樣的浮沉結果才對。想到那裡事情就會發生到那裡，實驗結果原則上是跟著走的。

Alan則在Rutgers大學，他跟我說David Marr一九八二年過世後出版的名著*Vision*有提到他，因為他也做了一些合作算則（cooperative algorithm）的研究，但卻在書中說不能複驗他的研究，語氣中不無悵然之意，因為永遠沒有辯論的機會了。在聖誕前夕我們有一個聚會，Rudiger夫婦已回美，我就與Lothar安排一個座談會，並做了一個長引言如下：

Because of Alan's visit, I read a portion of his 2006 book *seeing black and white*. I would like to say, to my limited knowledge, that Alan's book is the best perception book over the past decade. His book is of the same caliber as David Marr's *Vision* and Irvin Rock's *The logic of perception.*

Thank you, Alan, for giving me this joy of reading.

For this book, Professor V.S. Ramachandran at UCSD wrote a long foreward to it. In the very beginning, Ramachandran wrote "And God said let Gilchrist be and all was light". He also pointed out a handful of the most clever and innovative thinkers and classified them in the tenet of Neo-Gestaltists. Some of them are Ken Nakayama, Pat Cavanagh, Randy Blake, Chris Tyler, Ted Adelson, Lothar Spillman, Alan Gilchrist, Dale Purves, and Pawan Sinha. Pat Cavanagh at Harvard praised Alan's book as that comparable to Julesz's *Cyclopean Perception*, Cornsweet's *Visual Perception*, and Marr's *Vision*. I fully agree with his comments.

I was also greatly benefited from Lothar's wonderful edition of *Visual Perception*. For all these classics that I mentioned gave me a feeling of joy and hope for the real advancement of psychological Sciences. For a taste of joy on Alan's book, I would cite two paragraphs for your reference: (1). In the Summary of Chapter 11: The decomposition story, it turns out, was too good to be true. Reverse engineering for reviving stereopsis from random-dot stereograms is one notable example of the decomposition story. Similar comments are almost everywhere in the book on machine vision, AI, neuroscience, and psychophysics. I don't think Alan is very popular in the circle of these experts. (2). In the Introduction Chapter: Colr perception concerns both chromatic colors and achromatic colors. These are funny terms: the first is redundant, the second is an oxymoron—

colored colors and non-colored colors. — On the other hand, If you tried to sell a black-and-white television set as a "color" television, it would be considered fraudulent.

Even for these two paragraphs only, Alan's book deserves a Christmas reading delight. You will even know him better, if you begin to read more after the Christmas.

大意：我看了一部分Alan在二〇〇六年寫的《觀看黑與白》一書，這本書應該是過去十年間最好的知覺專書，與Marr的《視覺》及Rock的《知覺的邏輯》二書是屬於同級的名著。UCSD的Ramachandran為這本書寫了長序，他一開始就引用舊約〈創世紀〉的講法「上帝說要有Gilchrist，然後遍地就有了光」，他同時將Alan視為當代最聰明最有創意的人之一，而且將其歸類為新格式塔學派陣營。在哈佛的Pat Cavanagh則稱許Alan的書，與Béla Julesz的*Foundations of Cyclopean Perception*, T.N. Cornsweet的《視知覺》與Marr的《視覺》同級，我完全同意。

我也同樣受惠於Lothar主編的《視知覺》，這些書不只讓我感覺愉快，也讓人對心理科學得以往前進展一事有所期望。在此舉出書中兩段供參：(1)在第十一章的結論中，有一段是這樣說的：分解與聚合的故事聽起來太美好，因此不可能是真的（如，利用反向工程原理製作與觀看隨機點立體圖，可以回復立體視覺）。類似的講法在書中不勝枚舉，也以同樣方式修理了機器視覺、人工智慧AI、神經科學與心理物理學。我不認為這些領域的專家，會給Alan好臉色看。(2)在第一章的導論中他這樣寫：色彩知覺關心有顏色的色彩與沒有顏色的色彩，這些都是很好笑的用詞，前者是重複的說法後者則是矛盾的修辭—— 有色彩的色彩與沒色彩的色彩。——換言之，假如你在賣一台黑白電視時，把它當成彩色電視賣，那可是一種詐欺行為。

縱使就這麼兩小段，Alan的書已經值得你在耶誕節時好好享受閱讀，之後你將越來越了解他。

Richard Held九十歲生日

當Lothar在新英格蘭Dartmouth學院訪問研究時，給了我一封信，希望能在MIT的Richard Held 九十歲生日時（二〇一二年十月十日）共襄盛舉，並將這封信寄給他兒子轉交，於是我很樂意的寫了這封信：

Lothar sent me a mail from New England to talk about a celebration of Professor Richard Held's 90th birthday on this October 10th, 2012. We call this day in Taiwan the Double Tenth Day as our national holiday for celebrating the birth of the Republic. A wonderful day indeed, first with all my blessings!

Next, an even more wonderful encounter with Dick. Professor Lothar Spillmann happened to visit and teach visual perception two times in the Graduate Institute of Neural and Cognitive Sciences at China Medical University over the past few years. Lothar spent a lot of time to search and translate the old-fashioned videotape of Dick's classical experiment in inverted vision. Our faculty and students actually bought a pair goggles that displace the visual scene and got a lot of fun behind the science. In 2009, Lothar sent a mail to Dick to ask if he can send any research documents to satisfy my curiosity on the century-old Molyneux problem. Dick then sent his powerpoint slides of VSS 2008 talk on「Addressing Molyneux's Query: A tentative attempt」(Richard Held, Yuri Ostrovsky, Beatrice de Gelder, and Pawan Sinha, 2008). Attached also included a paper that later published in the *Journal of Optometry and Vision Science.*

The returned mail from Dick to Lothar reminded me of the past memory in Cambridge. I then wrote a letter on 2009 October 1st to Professor Held as the followings:

——————————————————

Thanks for Lothar's help to follow your trail into India. John Locke must be delighted to learn that Molyneux query has been answered in a negative way but positive to his original theory of human mind.

While I was visiting Harvard University under the auspice of Prof. Duncan Luce in 1982-83, I happened to stop by a MIT colloquium and the students proudly introduced the speaker today: Professor Richard Held. Then a series of interesting photos appeared: The kitten carousel and the necessity of self-produced movement in the adaptation of dispalaced vision, and the demonstration of disparity use in infant's stereoacuity. Thomas Poggio was there. I was still young at that time and

Dr. Steve Pinker was still under harsh critical comments in the MIT Cognitive Science Forum, mostly by Prof. Jerry Fodor. It was also the years that Dr. David Marr just published the seminal book on *Vision* posthumously.

Thank you again for your inspiring answer to that century-old classic query. Hope that someday we can also invite you, like Lothar, to visit our beautiful country.

———————————————————

Happy Birthday, a distant and warm regard from Taiwan!

大意：今年十月十日是Dick九十歲生日，特致上恭賀之意。在台灣十月十日是慶賀民國創立的日子，稱作雙十節，是一個很有福氣的日子。

Lothar曾花了不少時間去尋找並翻譯Dick過去所做之經典實驗的古老影片，那是有關翻轉視覺的奇妙經驗，我們學校師生戴上稜鏡之後遊走於校園中，獲得不少樂趣。Dick在二〇〇九年曾應Lothar之要求，寄來一份在VSS 2008會議上做報告的投影片，以及後來發表於視光學與視覺《科學期刊》上的論文，那是一篇有關Molyneux該一古典問題的古問今答。我接著在那一年十月，給Dick寫了一封信，信的大意如下：感謝Lothar的協助，讓我們了解你們在印度所做的眼科治療與實驗。John Locke一定很高興知道Molyneux問題雖然得到負面的實驗結果，但正面肯定了洛克的有關後天才能學習的人性基本理論，感謝你們對這項經典問題充滿啟發性的回答。當我在一九八二—八三年到哈佛研修時，有一次到MIT時恰巧碰到學生主辦系演講會，那天的主題就是你的經典實驗，小貓咪戴著特製橡圈對移置視覺適應狀況的研究，以及像差之使用對小嬰兒立體敏銳度的影響，那天，Thomas Poggio也在。我那時還算年輕，Steve Pinker仍然在MIT認知科學論壇中，遭受嚴厲的批評，大部分是來自Jerry Fodor。那個年代也剛好是David Marr過世後出版經典作品《視覺》一書的時候。最後，祝你生日快樂，這是來自台灣遙遠但溫暖的祝福！

Peter H. Schönemann（一九二九—二〇一〇）與 Gerald S. Wasserman

二〇一二年二月，剛好與Lothar在談論鱟（horseshoe crab）的視覺系統特性時，他提起有一位普渡大學的色彩視覺科學家Gerald（Jerry）Wasserman，正在尋找一些相關的歷史文獻與古繪圖，我說這個人已經有二十幾年未見了，他是我一位更熟的朋友舒彼德（這是當他到台大心理系客座時，大家幫他取的名字，意思是那個快活的德國人之意。Peter H. Schönemann是出名的智能測量與統計學家，經常在期刊上與人打筆仗，他說這是一生嚴肅的志業，尤其是對付那些他認為有種族偏見的IQ與智能研究者），在普渡大學心理科學系的同事，做神經科學的。

之後我很快地寫了一封信給Jerry，提起第一次碰到是在北京參加世界聲學年會（ACUSTICA），並一齊到中科院生物物理所汪云九、聲學所張家騄教授處，交換對視覺光學與心理聲學的看法。因為舒彼德Peter還在台大客座，所以就請他順道到台灣走一趟，沒想一別已快三十年了。我很快從*Wikipedia*發現Peter已於二〇一〇年四月過世，我們雖然為Peter取了個快樂的中文名（應該是徐嘉宏幫他取的），但Peter年輕時一定是非常不快樂的，因為那時住在Dresden，後來被盟軍轟炸得很徹底幾乎全毀，他非常幸運的活了下來。他在學術上利用統計與數學模式當為工具，對抗並攻打邪惡的種族主義，終其一生從未動搖。這兩者之間一定有某些關聯存在。Peter很享受在台灣的生活，我們常一齊上德國館子，聊些天南地北的歐美文化與學術議題，他幫忙翻譯一本法文歐洲認知心理學刊上的論文，只因為上面引用了我們的研究，他同時更熱心的幫系裡同事與研究生修改英文，自己也投稿《中華心理學刊》，就像Lothar一樣。他有一次還神祕兮兮地告訴我，普渡大學有兩位聰明人，一位是Jerry，另外一位不能告訴我。

Jerry很快回我信，覺得一下子就過這麼久，簡直是不可置信，也寄來他在Peter告別式上的頌詞，他說他們可以好幾個小時談任何問題，而且總可以談出個結果出來，現在還很懷念他。我的感覺與Jerry完全相同，這些人在我的成長過程中充實了我的多元面向。

英國的兩位David

過去我因職務之故，經常會與各國主管教育事務的人見面，但各國處理教育事務的方式大有不同，尤其在高等教育上頗為多元。內閣制國家如日本與英國，首長由選舉上來的議員出任教育首長，日本還好有個清楚界定的文部科學省，英國則常依需要調整，有時是教育與人力青年或就業部門結合，有時則是與其他政務部門合，倒是在底下設了一個高等教育部，但高教的撥款又另由向國會負責的撥款委員會負責，撥款委員會又有英格蘭、蘇格蘭、威爾斯（北愛爾蘭撥款系統不同）等地之分，而且不相隸屬。有的國家則是州邦省自治力量大，如美國、德國與加拿大，各級教育尤其是高教，絕非國家教育主管部門一句話可以搞定，也經常沒有這類業務項目，我看他們是樂得輕鬆。難得在法國看到一位教授出身的Luc Ferry出任部長，但在我與他見面後沒一個月，就遭到教師工會罷工，疲於奔命。不像台灣的教育部部長大部分是大學校長或教授出身，所以最內行又最想管的還是高等教育，雖然它不一定是國家最重要的教育事務，大學也不喜歡你把大家都管成教育部大學，但台灣現在基本上還是中央集權式的一條鞭管理，雖然現在風光程度大不如前，要發飆一下還是可以的，因為《憲法》上寫得很清楚，教育部是全國教育事務主管機關，換句話說，總統或行政院長或立法院想嚴重干涉教育政務，教育部長是可以有力抗拒的，當然，抗拒之後最好還是準備辭職不要做算了。

因為上述所說的國情不同，我們在國外接洽都另找高教椿腳，更為有效。像我在二〇〇四年四月因參加APEC在智利舉行教育部長會議之便，到華盛頓拜訪美國的教育部長Robert Page，他是小布希政治任命的人選，亦非大學教授，所以程建人大使另外安排找George Mason與George Washington兩校校長聊聊天。Alan G. Merten是那時George Mason的校長，他兩三年前才從University of Arizona把Vernon Smith挖過來，隔年二〇〇二年就與Daniel Kahneman同獲諾貝爾經濟學獎，我警告他短期內不要再到Arizona去，他深有同感。George Washington大學也是過去黃崑巖院長任教之處，校長Stephen Joel Trachtenberg差一點做了教育部長，送我一本二〇〇二年寫的*Reflections on Higher Education*《高等教育的反思》，我日後有時還會引用他書中一些精闢的觀點。

英國那是更需要另行安排了。英國人其實很樂於助人，只不過方式比較subtle細緻，比較低調，不習慣的人覺得沒什麼熱情，其實不是這樣的。以前在台北我認識了British Council（英國文化協會）的Gordon Slaven與英國駐台代表Derek Marsh，我離開教育部後，Gordon曾邀我參加他們蘇格蘭St. Andrew的節慶（英格蘭是St. George，愛爾蘭共和國則是St. Patrick，一般來講是涇渭分明的），Derek是英格蘭人也前來祝賀，席中兩邊的蘇格蘭人與英格蘭人當然依例要來一段攻防互逞機鋒，除此之外，他們都是很有教養很願意幫助別人的紳士。

當我與李振清到倫敦洽公時，請Gordon安排與舊識Sir David Green見面，David 當時是英國文化協會倫敦總部的主管Director-General，二〇〇七年他已從這個職位退下，另任民間要職。我最早認識他時尚未封爵，曾在Bangladesh待過，是業餘畫家與詩人，當過小學老師。他人緣極好，約了好幾位Russell Group（英國最有聲望的研究型大學聯盟）的Vc（Vice-Chancellor，就是通稱的校長）一齊餐敘，也因此比較了解台英在高教合作上的實質困難所在。我跟David說哪天出詩集，一定想辦法弄首詩翻成英文給他，沒想日後真出了一本，還請仍在台北的Gordon弄一首寄出。

至於與時任英國貿工部下科技部長的David Sainsbury再度見面，則請當時駐英科技組的老朋友胡昌智教授安排。此公來頭不小，正式名稱是Lord David Sainsbury of Turville（這是楊濬中校長以前告訴我的全名），是英國有名家族與大企業的代表人，熱心公益是工黨最大捐款人，Tony Blair與Gordon Brown的重要支持者，他在推動高教與科技結合上有很多好點子，二〇一一年十月經由選舉出任劍橋大學的Chancellor，其前任為愛丁堡公爵菲利浦親王。後來幾位劍橋教授還向我提起選舉時，他獲得大部分支持的盛況。與這類英國人來往雖然高來高去，但對有慧根的兩造總是很快就可獲得關鍵看法，對英國科技與高教之間的困難與脫困方式，以及如何站在總體的高度做有效考量，經常能有一針見血的評論。

田中耕一傳奇

二〇〇三年初到日本考察教育事務，包括小學教學、補習、英語教師、大學評鑑與大學整併等項，順道安排去拜訪田中耕一（Koichi Tanaka），他剛獲二〇〇二年諾貝爾化學獎。野依良治（Ryoji Noyori，曾任名古屋大學校長，現任RIKEN理化研究所理事長）是二〇〇一年化學獎得主，二〇一〇年十一月應中研院翁啟惠院長之邀到中研院，晚上聚餐時提起剛開始被問到這件事時，他脫口而出說：「Tanaka Koichi？我不認識。」兩人之得獎，皆因其三十歲前之發現，野依是在二十七歲時發現非對稱催化現象與歷程，田中則更神奇，他既不是博士也不在化學領域。

田中給大家的驚奇還不止這個。當我們到京都島津製造所時，他早已穿著工作服陪同社長出迎與參加座談，最後合照時，我們坐著，他居然很自然地站到後面去了，公司的人也不覺得有何不妥之處，我說這樣我就不敢合照了，強拉他入列。二〇〇四年遠流出版一本田中的傳奇傳記，要我寫一篇短文，附在底下，還有其他的驚奇。

不怕失敗、不受常識束縛的田中耕一

田中耕一在四十三歲時獲頒二〇〇二年諾貝爾化學獎，當時他是京都島津製作所生命科學實驗室的助理經理，以其所開發之生物巨大分子鑑定與結構分析的質譜技術獲獎。隔年一月，島津以他名字設立「田中耕一紀念質量分析研究所」，以彰顯其對蛋白體學之貢獻。他是第十二位、也是戰後出生第一個獲諾貝爾獎的日本人。同時，他也是日本有史以來第二位最年輕的獲獎人，第一位最年輕的是湯川秀樹，在一九四九年以四十二歲之齡獲物理學獎。更特殊的，他也是自有諾貝爾獎以來，第一位沒有碩士、博士或教授頭銜的獲獎人。

他已經成為全世界與日本的傳奇人物，日本年輕人都想傾聽他的聲音，我也很好奇他如何去扮演這個教育性的角色。二〇〇三年二月十三日，透過台灣三光儀器公司（島津製作所台灣代理店）與駐日文化組的安排，拜訪剛獲獎不久的田中耕一，並參觀他的研究室。島津出了一本十四頁的小手冊《高貴的心靈》*A Noble Soul*，介紹田中在二〇〇二年獲頒諾貝爾化學獎的成就與事蹟。他在二〇〇二年十二月八日的獲獎演說中指出，在一九八〇年代前半，全球化學家即有一不成文的共識「分子量超過一萬的大分子不可能被雷射游離」，亦即研究人員還無法在不破壞蛋白質的情況下，使蛋白質完整游離。一九八四年進入島津工作的田中，由於本身是一位電氣工程師而非化學家，所以並不知道這項共識，田中在一九八五年（當時才二十五歲），自稱有了一個「幸運的錯誤」（fortunate mistake），意外發現了新的添加輔助劑（基質），使他得以在不破壞蛋白質下，發展了成功的基質輔助雷射脫附游離法，讓蛋白質更有效地游離，並利用測量離子的飛行時間（TOF, time of flight），求出它們的質量。在這一年，他們的研究團隊已能測量到三萬五千分子量的離子。一九八七年則成功測量到十萬分子量，同年五月他們五人小組在京都舉辦的質量學會年會發表，但很少人能了解到這可能是一項重大的突破。一直到同年九月，才獲美國同行將該結果告知歐美學界。一九八八年才寫成英文論文發表，並在該年推出儀器，即現在廣為周知的MALDI質譜儀。諷刺的是，該儀器剛開始在市場上並不成功，祇賣了一部到美國加州洛杉磯的希望城（City of Hope）醫院。經過德國同行教授及數千研究者的努力，這項技術與儀器才逐漸普及。田中把這項成就歸諸於島津五人小組的貢獻，以及更多人的努力才開發出更出色的技術。他也認為一個人不必一定要有高度專業化的知識或頭銜，才能對科學的促進做出貢獻。他特別希望他的得獎，能給那些在公司工作的工程師因之更有勇氣、期望與靈感，去做一些對人類有幫助的研究，這是最能令他高興的事。

在這次拜訪的閒聊中，他也提及了幾項觀點，也可以說是他的感想：一、努力工作累積成果求表現，是一件重要的事情，但也不應忽略創新的重要性，人不應受常識所束縛。二、碰到或找到好老師很重要。三、不要怕失敗，應改變教育方式讓學習者不怕失敗，鼓勵從失敗中學習。四、在島津也可以做些不必產品化的研究，這樣很好。五、人應有高等的自我精神

（egoism）來了解互相，共同為更高達的目標而努力。

出版有趣的傳記

我想要了解一個人，尤其是像田中耕一這麼年輕就有大成就又低調的人，只靠兩個小時的訪談是絕對不夠的。遠流終於翻譯了黑田龍彥所寫的《上班族的諾貝爾奇蹟》，這本書寫了很多他從小到大的有趣故事，書中生動地描述了田中的人格特質，很值得給國內年輕人做參考。田中耕一自己表白「心中希望一直是擔任工程師的田中。」他形容自己「不受常識束縛」、「教科書上沒寫的事情也可以自由想像」、「不屈不撓，拚命肯幹」、「自己也常失敗，而且意志消沉，心境上不願再接觸。然而，我們必須追究為什麼失敗。」田中的重大貢獻只讓他在一九八五年八月申請專利與一九九三年六月登記專利時，各獲五千日圓的酬勞，並未取得國際專利。獲諾貝爾獎後，也未對公司要求特別的報酬，亦婉謝公司請他當幹部的好意。後來公司主動頒贈一千萬日圓獎金，給予待遇比照幹部的特別研究員職位，並為他設立「田中耕一紀念質量分析研究所」。田中顯然對名利沒有特別的計較，他大概也認為「恰如其分」才是做人的基本道理，他說「如果沒有一步一步累積經驗而自我提升，那麼像現在這樣突然升遷的話，我就沒有能力與經驗來順利結合。」最後，本書的作者發表感言，認為田中耕一給未來主人翁的重要啟示是「專心致力於不勉強、時間不急迫而自己喜歡的事情，轉敗為勝、不拘泥於常識，找到目標追根究底。」

接近人間的非正統想法

今年，他到台北來了。他本來在二〇〇三年要到台北參加質譜分析學會年會，但因SARS之故，延到二〇〇四年六月才來。三光儀器公司（創辦人是日據時代島津製作所台北辦事處的台籍職員）邀宴，李遠哲院長也來了，這是他們第一次的會面。席中我問他有沒有經常到大學與中小學演講，他說確實包括世界各地的邀約不斷，但他都無法前往，主要是因為他不像其他得獎人，本來就是教授，他不習慣做各種通俗演講。而且他更擔心的是，日本中小學如何教學生他並不了解，而日本中小學都比較小型，教師、校園相當重視一致性，他擔心若講的與學校教的不一樣，會帶來困擾。他也擔心，日本社會與學生都會問他小時候有什麼志向或夢想，所以才導致他今天的一點成就。當他說他學生時代並沒有什麼夢想時，很多人會無法接受，因為人若無夢想怎麼可能會有成就？他的想法是認為人一生只要努力，隨時都可以在不同年紀獲得創意、得到成就，不必太執著於一定要在什麼時候就開始有夢想。李院長則認為有夢想當然很好，但也可以在沒有夢想的時候，努力專注仍可有大成就。

我想田中耕一是個誠實的人，而且他只有學士學位，因此他認為人並不是非得在年輕時有夢想有志向，才能有成就。他是站在一個比較大的基礎上看這個問題，認為人生處處都有機會，只要你抓住它而且自得其樂，人生就充滿無限可能。我也跟他提及，台灣的教改是希望快樂學習，先不要有太大負擔，也許在此先快樂學習的基礎上，再逐步立定志向，會是條不至於負擔太大又能有所成就的路，而且不要忘了，人是可以終身學習的，不能太早就做斷言。

看起來，田中耕一對日本的社會與文化是有一些感想的。他知道日本的社會講究秩序與權威，也希望人生能及早規畫。日本社會講求志向、做好人生規劃，乃其傳統；最近又提出「要在五十年內獲頒三十位諾貝爾獎」為其國家目標，就是表現該傳統的一個例子。唯田中乃非正統學術界出身（既無碩博士學位，獲獎前又不在大學任教），自然想法會有不同，他因此認為該目標能完成固然很好，但還是有好成果最重要，至於諾貝爾獎有多少人倒是次要的事情。正因為他並不是這樣踏著傳統的腳步走出來的，所以才擔心講一些話可能不符日本社會的脈絡，反而會帶來困擾。另外，他在京都島津製作所總公司長期工作，一方面京都乃日本古代名都，城市氣氛較為保守；另一方面日本公司的典型作風，在公共事務上一般都採低調處理。我想，這些因素都會影響到他在公共與教育事務上的發言。但是，田中耕一也是一位很想給年輕人一些建議、協助年輕人的典型日本人，他說也許五年十年內，當他更了解日本的教育後，他會比較認真地去做這件事情。我想他是會的，就像在座已經快七十歲的李院長一樣。

（摘錄自二〇〇四年遠流出版《上班族的諾貝爾奇蹟》一書導讀）

麥田捕手J.D. Salinger

J.D. Salinger（Jerome David Salinger, 1919—2010）是我們大學時代的明星作家，他在一九五一年出版的《麥田捕手》（*The Catcher in the Rye*），描述了青少年Holden Caulfield在社會中的疏離感，與一連串的叛逆行為，有人說這本小說是夫子自道，看起來J.D. Salinger也是位問題人物。不知道為什麼，《麥田捕手》很合我們胃口，但當時好像沒有譯本，原文其實俚語土話甚多，不易理解，所以我們雖然買了一本在無聊的時候翻翻，畢竟還是轉述談論的多，不過這就是大學生在學習過程中的浪漫情懷吧！

二〇一〇年一月三十日大學歷史系同班同學與我同看《麥田捕手》的古兄來電郵，說Salinger過世了，要聽聽我意見而且post在班網上送給各位同學指正。因為原通信是用鬆散的英文寫成，為存真照抄如下並做大意說明：

Xiaogu mentioned J.D. Salinger's unexpected death to me. The mention seems to be a plea to urge my response, so be it. I just bought a new translation of *The Catcher in the Rye* (originally published in 1951), under an irresistible attack of nostalgia backfired to my freshman year. I did not have sufficient time to read it over, then a sad news of his passing away. The memory-purchase of a book that haunted me for nearly half a century reminds me of Salinger's painstaking narrative concerning his uneasy days of adolescent alienation and the consequent loss of innocence. I firmly believe that the book is an autobiographical sketch in a novel form. Two lines of evidence: (1) His continual declining of many important filmmakers' offers, including those from Billy Wilder and Steven Spielberg. Joyce Maynard once wrote "The only person who might ever have played Holden Caulfield would have been JD Salinger"; (2) His long-term detachment from the society.

It's difficult to go back for remembrance of the past. But, my dear classmates, it was a high time, in our undergraduate NTU campus, to be faintly immersed in an atmosphere that was created by the heavy tones from Bob Dylan, Joan Baez, the Beatles, beat generation, underground literature, and the existentialists. And, of course, *The Catcher in the Rye.* I am not sure which one attracted me more at that time, Prince Hamlet or Holden Caufield?

I was invited by President Lee last October to give a lecture in NTU. I asked the students to compare the campus atmosphere today with that of our good old days. The question is difficult and the request impolite to the elite students of today. The echo of the song of Bob Dylan, The Times

They Are A-changin', was reverberating in the "empty" room. The response is not very surprising to you, I think. So, my dear friends, I just write down a reminder for you to mark the end of an era that was nurtured by JD Salinger in our innocent NTU days.

大意：小古向我提起Salinger已經過世，我出自一股無法抑止的大一鄉愁，剛買了一本「麥田捕手」的新譯本，都還來不及重溫細看，就聽到他的死訊。買了這本縈繞心頭近五十年的記憶之書後，又想起他對自己過去不自在日子的沉痛表白，他在青少年時與周遭外界的格格不入以及逐步失去的純真。我強烈地相信這是一本用小說寫成的自傳，因為：(1)他持續拒絕了幾位重要製片家的邀約，包括比利．懷德與史蒂芬．史匹柏。Joyce Maynard曾說唯一可以扮演Holden Caulfield的人，非J.D. Salinger莫屬；(2)他長期自絕於社會。

雖然回憶往事並不容易，但當年我們是處在一個高點，校園裡濃濃的氣氛有很多人物在遊走，像Bob Dylan、Joan Baez、披頭四、打擊的一代、地下文學與存在主義。當然，還有《麥田捕手》。在那時候我還真不知道誰比較吸引我，莎士比亞的哈姆雷王子或者現代版的Holden Caulfield？

去年（二〇〇九年）十月曾到台大給個〈我的學思歷程〉演講，演講後我有點沒禮貌地請今日台大的菁英學生，比較一下今昔校園氣氛的不同，但這個問題有點難，而且時代確實已有很大變化，就像Bob Dylan那首歌所要講的一樣，結論可想而知先是一片靜默，所以我在這裡嘗試寫下一個備忘錄，來紀念我們那個受到J.D. Salinger啟蒙的純真大學年代，已經可以宣告結束。

來台的鄉愁演唱：Elton John, Bob Dylan, 與Paul Simon

先從Elton John開始

二〇〇四年九月Elton John第一次來台演唱，我與兒子在雨中的台北中山足球場，聽他唱他唱不完的歌，〈*Candle in the Wind*〉與〈*Your Song*〉是招牌曲目當然是不能不唱。他這是老歌重唱，雖有改編，原音仍在。Bernie Taupin曾是他長期合作者，屢以抑揚五步格（iambic pentameter）填詞。搖滾樂中多的是現代詩的元素，我在年輕時寫過搖滾樂的文章，也翻譯過一些戰爭歌曲的歌詞，收在詩集《當黃昏緩緩落下》中，甚至還在台北實踐堂由健康世界王溢嘉醫師，幫我辦過一場五百多人的「音樂與生活」演講，因此對一些搖滾歌手是有點熱情的。Elton John是在大學念書時，稍晚於聽披頭四與Joan Baez之後所發現的，我大概是台灣最早發現其合作作詞者是以抑揚五步格寫作者，也是最早在友輩圈中評述他們的人。

寶貝天王Bob Dylan

Bob Dylan也是第一次在二〇一一年四月三日到台北小巨蛋演出，約五六成滿，台灣已經有很多人不認識他。他在我念大學之前就出道了，像The Times They Are a-Changin'，（時代在改變之中）於一九六四年一月推出，是典型的悲觀時代抗議歌曲，但他否認係受到JF Kennedy於一九六三年十一月二十二日被暗殺（現在剛過五十周年）的影響。他有些曲子是別人唱紅的，Joan Baez是其中最出名的一位，大學時最喜歡聽她有特殊韻味的歌，事後才知道歌曲背後真正的要角是Bob Dylan，只不過比起來像個破嗓子，他一副我行我素的素人作風，令人印象深刻，在搖滾樂史上無人能及。此次在台北開唱，那是全家一定要去的，重點不在音樂而在歌手與象徵意義，因為最好的音樂老早已經在唱片中展現，何況現在已無法重現當年的社會批判環境，唱者已失其社會批判風格，但鄉愁與懷念則仍是無與倫比的魅力，吸引了一堆念舊與尋找認同的人。

他高音部分已唱不上去，就壓低音程又唱又唸，大幅改編，聲音仍在曲調已失，若非很熟悉這些歌曲，根本分辨不出是過去的那些曲子。不過Dylan也夠厲害，唱完全場自得其樂，十足魔幻酷大師模樣，我兒是位職業演奏家與作曲家，居然也覺得這位老先生厲害得很，七十歲了還安排全球演出，除了少數幾位大指揮與男高音，誰又能做得到？聽聽他唱了什麼歌：Blowing in the Wind、The Times They Are a-Changin'、Mr. Tambourine Man、Like A Rolling Stone、Lay, Lady, Lay、Knocking On Heaven's Door、This Land Is Your Land、Don't Think Twice, It's All Right. 我只能說，不管你是哪一世代的人，假如你還真的沒聽過這些歌，去聽聽吧！

詩人作曲家Paul Simon

至於Paul Simon，認得的人應該不少，Simon & Garfunkel的歌聲風靡全球，像Bridge Over Troubled Water（惡水上的大橋）等講不完的歌。每次聽到他們在 The Sound of Silence（寂靜之聲）中唱出「people talking without speaking, people hearing without listening, silence like a cancer grows」（人們講而無心，聽而不聞，寂靜就像癌細胞在蔓延）之時，就覺得他們真正切中了社會中嚴重的異化現象。這首歌是JF Kennedy 一九六三年十一月遭暗殺後於一九六四年二月由Paul Simon寫出。Art Garfunkel是全音域的好手，Paul Simon則是推動二重唱的靈魂人物，兩人還都是感性十足的詩人，他們兩人已經被世界綁在一齊很久了，就像披頭四一樣，幸運的是他們這把年紀了還常有機會再度合作。

Paul Simon 二〇一三年三月二十日來台在世貿演出，他一開場就說你們大概喜歡聽一些

Simon & Garfunkel的歌吧，先從Boxer開始接著是Homeward Bound。他當然唱了自己的歌Mother and Child Reunion，也唱了披頭四的Here Comes the Sun，功夫原在，比較像Elton John而非Bob Dylan的演出。

校園的風在吹

在我們念大學的時代是很有學術氣氛的，這部分請見前文〈我的學思歷程：台大那段歲月的浪漫情懷〉，但是當學生更喜歡的還是軟性情懷，想要尋找能夠切入我們所思所想，能夠當我們感情代言人，又能夠交代大時代風潮變動與批判的表現方式。所以我們在校園中經過了集體的努力，參加校園演講與座談會、閱讀文化評論家的文章、與同學社團討論，還有開舞會小型音樂欣賞會等做法，發現了這一類型的作家J.D. Salinger（Jerome David Salinger, 1919—2010），歌手The Beatles, Bob Dylan與Joan Baez，Simon & Garfunkel，以及Elton John。每個人在年輕時會有不同的流行組合，事後想想喜好是涉及風格選擇的，不過上述名單，可說代表了我們大學時代很多人的「情感」喜好組合，也因此形成了集體記憶，現在還會再去從頭看J.D. Salinger小說《麥田捕手》的人，大概不多了，但當Elton John，Bob Dylan與Paul Simon最近幾年第一次來台演唱時，我在場子中打招呼都打不完，還有更多不認識但連看幾場的熟面孔，這就是幾十年前留下來的集體記憶化為行動，發作出來的結果。當我講這些時，還未包括那一世代出國留學沒回台灣定居的人，他／她們更多比例是有這種喜好組合的人，要談校園鄉愁，絕對少不了這群還有家國之思的人。

原來連接校園過去長遠記憶的，還需要適時地由一些集體記憶中的人物吹出大家的鄉愁與懷舊風，這兩者在整個有關集體記憶的敘事過程中，是有所不同的，有些不涉家國之思的，應該不是鄉愁吧，不過欲辯已忘言，就讓風輕輕的吹吧！

（二〇一三年）

四

大學的定位、辦學與尋找特色

現代大學的理念與精神

一、時代變化下的教育改革

看看過去一些因應時代大轉變時的教育改革，就可以發現我們所習慣的現代教改，實在稱不上是什麼大改革，以前四一〇教改所提出的四大主張，其實以回歸教育基本面與自由化現代化為主軸（參見本人《在槍聲中且歌且走：教育的格局與遠見》一書），這些本來就是應該這樣做的，只不過過去因為在威權統治與教育資源不足下，一直不願或者無法這樣做，四一〇教改所提的是一種恢復過程，在以前可能還是有難度，所以拖了一陣子，但還不能稱得上是革命式的大教改，行政院教改會呼應四一〇教改主張的一些努力，還有人用十年教改風雲的說法來論斷，但要看什麼是真正的大教改，還得往歷史路上尋找。

1. 幾個教育改革的例子

(1)明治維新(一八六八大政奉還,宣布改元明治;一八八九確立憲法)。日本德川幕府因應市場經濟與國際壓力失當下之自然趨勢,恢復以天皇為中心,朝現代化(富國強兵、殖產興業、文明開發)發展。之後則為明治維新時期,發動者來自社會基層,包括武士與有涉外經驗者,從事社會改革、義務教育與鼓勵留學,其中福澤諭吉強烈主張「脫亞入歐」,形成當時的教育風尚與主流。

(2)百日維新(戊戌變法,一八九八年六月十一日—九月二十一日)。中國清朝洋務運動後,甲午之戰(一八九四)仍敗於日本,割地賠款。社會要求變法維新,君主立憲,書生開始論政(康有為、梁啟超、戊戌六君子等人),兩宮奪權(光緒與慈禧)。在這段期間之後興辦京師大學堂、設中小學、廢八股(一八九八、一九〇一)與設譯書局,其中先廢八股(一八九八、一九〇一)再廢科舉(一九〇五年九月),最具改革色彩,光緒廢已有一千三百年歷史從隋唐到明清的科舉制度,是清朝或古中國有史以來最大的教育改革。為推動新式教育學習西學,張百熙等人提奏定學堂章程,建立癸卯學制(一九〇四),甲午戰後康梁力陳八股之害,張之洞、袁世凱等人上奏廢除科舉(一九〇五),新式學制可比照並製造出更多的「進士」、「舉人」、「秀才」,以大幅消除社會上的傳統阻力。

(3)日本臨教審(一九八四—一九八七)直屬首相辦公室,主張教育自由化、現代化與國際化，是日本現代最出名的教育改革行動。

（4）台灣教改會（一九九四－一九九六），係在一九九四年民間發動大規模四一〇教改行動後，為呼應該一行動，行政院仿日本臨教審方式成立該一教育改革審議委員會，由當時中研院院長李遠哲擔任召集人，其重要主張為教育鬆綁、教育與政治分離、多元化及現代化。該同級委員會雖晚於日本十年成立，惟其主要主張竟仍有甚多相同之處，可見台灣教育改革步調尚有甚多晚於日本之處。

2.教育經常放在最後改革

古今中外的教育改革大部分都有爭議，且耗時良久方獲成效，主要是因須進行觀念改變與相對應社會改革之故。此所以台灣在解嚴前後已進行多項改革，惟教育領域卻是慣性最大，最後才啟動改革者（因為普遍的不滿）。之後台灣的教育逐步走向國際同步，一直到最近十餘年台灣高教推動學務及教學卓越計畫、研究型大學與五年五百億邁向世界一流大學等計畫後，更形急速的國際化，但已比世界高教所標舉的國際化潮流，拖延至少達五年之久（與歐美澳日韓相比）。

現在台灣進行的多是概念上的小教改，如與九年國教相比的十二年國教、九年一貫課程改革、多元入學方案、追隨與因應國際高教潮流及少子女化下的大學改革。比較大的改革是過去的大學聯考（考招合一，一九五四－二〇〇一）與九年國教（一九六八－）。

二、大學的興衰

就像國勢與產業起起落落一樣，只要時間拉得夠長，大學也可看出興衰。底下是幾個觀察，也許可找到適用於台灣之處。

1. 過去的輝煌。如維也納大學（University of Vienna）與洪博大學（Humboldt University，以前的柏林大學），在一九五〇年代以前都是諾貝爾得獎主的製造所，每家都超過二十位，俱往矣！
2. 曾經有過。如查爾斯大學（Charles University）與萊登大學（University of Leiden），都是愛因斯坦曾去過講學研究之處。
3. 保持平盤。如牛津大學、劍橋大學、倫敦大學，以及整併後大型化的曼徹斯特大學（University of Manchester）。
4. 二戰後興起的。如美國常春藤盟校、加州大學系統、其他名校，已成世界典範，而且世界高教的名氣整個往美國嚴重傾斜。
5. 教育產業概念與實施。將產業經營概念放入高等教育之中，成為吸引外國留學生的重要知識經濟場域，如英國、澳洲與美國。
6. 東亞的調整。這裡面包括最近十幾年來的日本大學行政法人化、韓國BK21與私立大學

（產業支持）之崛起、中國的985與211、台灣五年五百億計畫。

7.近十年世界大學評比排名風氣興起。始作俑者為上海交大（二〇〇二—），之後則有倫敦《泰晤士報》高教增刊（Times Higher，2003--）與QS，目前大概已有二十餘種，商業氣息越來越濃。

8.競逐列名世界前五百大（二〇〇二—）。一般而言，美國不太在意，因為美國大學在世界獨大；日本的COE與南韓BK21非以整個大學當獎助單位，BK21雖獨厚首爾國立大學（Seoul National University），但南韓的私立大學整體而言凌駕國立大學。在中國則標舉985大學（一九九八年五月核定的近四十所研究型大學），歐洲研究型大學聯盟由剛開始的十二所已成長到二十二所。台灣與上述國家一樣，相對而言較重視大學總體排名。

由以上幾點，大約可看出大學的興衰受到底下因素的決定性影響：國勢興衰（如二戰後的美國與德國），政府與政策對高教之特殊投入及支持（如英、澳、東亞），民間及產業的大量投入（如美國、韓國）。

台灣喜歡講要讓高教變成是國家競爭力的火車頭，但由美國民主法治與第二次世界大戰前後的發展，已知美國高教今日能成為世界龍頭，其實是與美國國力及其自由風氣息息相關。因此，要讓台灣高教真正成為國家競爭力的火車頭，必須國家先作火車頭大力協助高教，並解放不利於台灣高教強力發展的相關法令及措施。在國立大學實施實質公法人之作為（而非瞻前顧後的半套公法人，如對校產處置之規範並無任何突破），進一步了解日本國立大學行政法人化後之利弊得失，以及台灣應行之策略；在私立大學上，則應實地了解南韓在私立大學上如何促使其發揮最大功能，並凌駕於國立大學之上（首爾國立大學例外，因為有國家及BK21的大力支助）。

三、台灣的高教

現在大家關心的台灣高教問題很多，最麻煩而且也牽涉到很多大學存續的，就是近年浮顯的各級教育就學人口與學校數目之供需失調問題。台灣人口出生率在一九九八年開始下降（總生育率從一九九七的三十二萬六千人降為二十七萬一千人，之後十來年一路下降三分之一），開始受到出生率影響的大學入學年是二〇一六。本來人口出生率降低也非台灣獨有，在歐洲、日本、香港、新加坡等地也是如此，但他們都不像我們有這麼急速成長的大學，一九九六—二〇〇〇年台灣的大學校院約增六十所（六十七↓一百二十七），大部分是私立專業型校院（以專科改制為主，新設為輔）；二〇〇一—二〇一〇年趨於穩定（一百三十五↓一百四十八）。但只看這種結構層次，並無法真正了解台灣高教真正問題之所在，底下試作一分析。

1. 一九九四—一九九八年的高教改變前期

(1)觀察以下幾個時間點：四一〇教改行動（一九九四・四・一〇）↓第七次全國教育會議（一九九四・六）↓行政院教改會（一九九四・九・二十一成立）↓教改會提教改總諮議報告書（一九九六・十二・二）↓教育部確定教育改革十二項行動方案（一九九八・五）。

(2)教育部教育改革行動方案（一九九八・五）第五案「追求高等教育卓越發展」中，提出下列可推動之目標：

「公立大學法人化（或設董事會）、設高等教育審議委員會、發展各具特色之高等學府、推動教師評鑑制度、規劃高教多元評鑑制度、設置競爭性經費」

2. 台灣高教十年（一九九九—二〇〇九）及相關之發展

(1)一九九九年教育部徵求以計畫為主軸的追求學術卓越計畫，國科會徵求的是以中心為主的卓越研究中心，與中國大陸的九七三計畫或日本的卓越研究中心做法類似。

(2)二〇〇二年教育部核定七所研究型大學（緊接著是上海交大公佈世界大學排名），與中國大陸的211大學（二十一世紀一百所好大學）與985計畫（一九九八年五月核定）或南韓的BK21（二十一世紀的Brain Korea）計畫類似，也與十二所（現有二十二所）歐洲研究型大學接合而成的聯盟（包括牛津劍橋）類似。我們在時間上落差約有五年。

(3)行政院高等教育宏觀規劃委員會（二〇〇二年一月行政院科技會報建議成立）於二〇〇

三年四月提出「高等教育宏觀規劃報告書」，有關大學定位與分類的建議為：高教可分為教學型、研究型、專業型大學與社區型（以兩年制專科為主）；鼓勵發展一流研究型大學；挹注師範校院與技職校院該類專業型學校；大學宜明確自我定位，區隔發展方向或特色領域。

(4) 二〇〇三—二〇〇四年教育部規劃發展邁向世界一流大學與頂尖研究中心計畫，並於二〇〇五年核定十二所大學（以整個大學為單位），獲五年五百億元的補助（因此該計畫有時又簡稱五年五百億計畫）。

(5) 為平衡社會上對大學往研究方向太過傾斜，而可能忽略人才培育之弊，二〇〇五年另行針對三十餘所大學院校給予教學卓越計畫補助；二〇〇六—二〇〇九年則進行四千多個單位的系所評鑑。

(6) 高等教育永續發展委員會（二〇〇八・八・一—二〇一〇・六・十一）：設大學類型、功能與發展小組，認為「大學類型及經費獎助」議題已於既有業務中落實推動，未來可不必再繼續討論；中長程建議可繼續研議高教審議委員會或大學撥款委員會機構之設置。

(7) 二〇一二年為呼應社會對技職教育人才培育之看法，提出「典範科技大學計畫」及後續之技職教育改善方案。

(8) 大學分類是否已在各項計畫中安身立命（除了社區型二年制專科之擬議外）？除了政策

誘因之外，大學的自覺也占相當角色（如台灣並未發展出美式的liberal college），但是，台灣大學分類有可能走向加州三層（3-tier）建制下的大學與學院系統嗎？以目前台灣的大學在精神上已自主，公立大學粗具功能性行政法人性格但仍未實質化（如尚未能自主處理校產與校務基金），私立大學尚未能真正捐資興學下（主要靠學費與政府經費），各項大學發展條件與加州當時歸零開始的規劃條件及資源配置，大有不同，因此大學分類在目前台灣，不見得是最迫切與優先的問題。

這幾年陸續推動的大學卓越計畫、大學與系所評鑑、一流大學與頂尖研究中心計畫、教學卓越計畫，總體而言已呈現若干可喜的跡象：大學各類資訊透明化，促成健康的檯面上競爭；評估指標愈來愈明確，且更具國際性；基礎設施的規劃與建置，益趨明確與完整；人才徵聘與制度革新幅度有明顯改善；教學與研究並重的推展與誘因配置，更為具體化且具成效；校內與跨校合作的幅度與深度顯有增加；國際化程度大幅躍升。

以每年高教經費達一%GDP規模而言，這些措施每年籌措約一百五十億元（包括五年五百億與教學卓越計畫經費），佔一%GDP中不到十%的容量，卻能在短期內滾動出如此巨大的槓桿作用，可謂是我國高教史上最具本益比的一件事情。但在此過程中，也更清楚看出獎優的政策工具，在經費排擠下，不可避免的會產生如下的可能後果：對一般綜合性大學較有利，對技職相對不利；對尖端科學較有利，對一般基礎性學科與人文社會科學相對不利；對公立大學較有利，對私立大學相對不利；對本來體質就較好的大學較有利，對體質較差的大學相對不利。

又兼大學生源問題逐漸浮顯，相對的轉型法令與扶助弱勢經費尚未做好調整，所以該一趨勢在往後幾年會更強烈，M型大學的出現是遲早問題，現在已見端倪，有待因應。反過來說，這些措施雖然啟動了促進我國高教發展效率的功能，但同時也在大學內部造成生態變化的正義問題。造成這種雙元對立的發展傾向，有些是政策訂定之初即已預見但不得不做的，有些則是因配套措施緩不濟急難以因應之故。造成這種緊張狀況（但不一定是不能解決的困境）的原因之一，係認定大學雖已日益普及，但仍屬選擇性教育之一環，因此與中小學教育有所不同，應多考量一些國際比較性與市場競爭性之故。該一認定是否需視台灣現狀予以調整，乃係值得討論之處。

四、現在大學處於炮火下之主因

台灣的教育議題本來就是風水輪流轉，在一九九四—二〇〇二的全民教改熱鬧期與相關國民教育爭議如九年一貫課程等，是當紅項目，大學教育及其改革並非問題中心。但近年來，大學的未來、十二年國教與技職再造成為討論最多也是爭議最多的題目。

現在大學處於炮火下之主因，大概與大學生畢業後就業狀況，因受經濟景氣長期不振以及長年產業西移之影響，近年一直難以提振有關。但社會關心大學，還遠甚於此，如前所說少子女化即將大幅影響大學入學（二〇一六年開始），益發凸顯大學容量過多及淨在學率過高（近七〇％，應居世界前三名）之問題。若各項條件不變，約在十年期間，會對一百四十八所大學位處後段之三分之一學校產生嚴重影響，包括逼其轉型或退場，但政府與學校皆尚未做好準備。另外社會各界也關心大學太重視排名與功利性指標，以致形成M型大學的問題。

台灣的教育發展觀念幾十年來尚未有效轉型，當社會已從講究公平正義轉向市場機制時（兩者皆無所謂誰比較對，但有何者比較優先的問題），台灣的教育與醫療可稱之為是自由化最後的疆域，在該疆域中台灣這個資本主義社會仍保有左派理想，但迄無左派措施，如稅基逐年流失，平均賦稅（含社會安全捐）不到十二％，幾乎是全世界最低，大學學費占國民年平均所得係屬世界中下標準時，台灣對調漲學雜費仍視為禁忌，每次大學起意想調漲學費，社會各界與學生莫不吵成一團，政府也會出來精神喊話，但政府又無足夠經費可資補貼高水準大學營運之成本。

五、大學為何而戰？

這幾年在大學內部衍生一個困難的問題：大學是否為一些外在判準而存在？該一問題若在十幾年前發生，也許很容易就說當然不是，但時代演進的必然性在此又可發現其規律。在台灣開始推動上述高教促進方案時，也是全球性的高教競爭激烈之時，世界性的大學評比在很短時間內前後推出，可說史無前例，包括上海交大與隨後的英國《泰晤士報》系統，都採用了雖然不同但重疊性很高的研究性指標予以評估，全球性的高教緊張愈演愈烈，台灣想自外於此一潮流，大概相當困難。

很少有一間真正的好大學，會因為世俗指標，一直擴張某一特殊領域，祇因它能大量製造論文，而縮小其他重要領域（如人文藝術）；或者在某些傳統領域大量進用特定的分支專業人才（如生物學系祇聘用分子生物學家；心理學系祇聘用具心理物理學、神經科學專長者）。這是因為大學不祇是一間研究機構，而且還有很多功能要發揮。大學的多元性格讓它要兼具理想性與工具性、理念與實務、國際與本土，其原因之一是它要培育各種有用的人才，包括未來的社會領導人、文官、社會中堅分子、研究人才，由於進入大學的人才樣態多元，外界需求的也具有多樣性，因此大學不可避免的在極力發展特色之外，還要履行其全方位培育人才的責任，這是大學難以迴避的使命。

因此，教育部與國科會為其政策目的，參酌國際流行指標，制訂政策工具，乃其應為之事，否則難以標舉其政策功能。但大學應另有想法，在大學內部釐清並體認高教的任務與願景，自主提出發展方向與評量方式，且利用該一機會形塑自己的風格，雖然可能與體制產生緊張關係，但也可因此確立發展的高度，而且反過來修正體制中潛藏的盲點。就目前狀況而言，教育部與國科會在修訂政策工具的指標與判準時，確曾諮詢多方意見，惟大部分大學仍難以在既有指標框架中推陳出新，或提出合理的取代系統，因此一邊抱怨一邊執行，這是很可惜的事，也因此在這套框架下推動時，產生了如下的問題：

大學在做教師評估與升等評定時，幾以研究占絕對性的評量權重，且未做其他門檻設定，大部分誘因亦放在研究項目上，因此研究表現確有在短期內提升之成果，惟一般教師因此對行政與服務輕忽或抗拒。在促進計畫下形成的研究中心，有其中心主軸，但不見得整合進入大學的主軸，因此成為孤立的研究中心。有些重要的基礎或指標性科系及領域，本就是一所大學應強化的，如文史哲、數理部門，有些是不符指標要求有些是非屬團隊性質，經常未能獲得系統性的促進協助。若干應發揮其重大功能，解決台灣本地問題與帶動社會變遷的特色領域，可能因過去諸多條件限制，未能有良好表現（以當前流行的指標評量而言），現在因有特別的促進計畫，可以著力之處甚多，但若仔細觀察，這類企圖心與實際作為相當有限。人文社會科學在現有框架與流行指標下，仍難以有較系統性與大規模的投入，宜另有「推動人文社科學五年計畫」予以促進。

諸如此類的不足之處，所在皆有，但不能硬歸諸於政策工具的誤導，其實有很多問題反映的是過去我國高教發展史上，自己累積出來的弱點，由於未能在長久的辦學過程中建立起傳統與學風，未能確立起大學的任務與願景，以致在急促之間被推向陌生的戰場，就逐漸喪失自己的面貌，加速暴露出弱點。長遠來看，這是一個好現象，也可當為一個轉機，因為至少我們已經知道自己的弱點在那裡，重點是我們如何調整過來！

六、大學治理的新修辭

底下的舊說法是過去十來年台灣高教進步的原動力，但現在階段性功能已經達到，我們應恢復正面看待大學的功能與治理，以免繼續在原地踏步。語言與心態會改變事情推動的方式與結果，大學治理的新修辭可以從正面處理黑暗力量，也可依此設定更符合大學精神的治理目標，盍興乎來！

追求指標並沒有錯，劍橋大學前校長Alison Richard（原為耶魯大學教務副校長Provost，二〇〇四—二〇一〇任劍橋校長Vc）曾經說過：「大學評比有很多錯誤，也無法說明為何這一間大學比另一間好，但我很高興劍橋大學能被評為世界頂尖第一的大學！」這是任何一位有進取心又有反省力的辦學者，一定會講的幽默話，但假若能在此

舊說法	新修辭
SCI、IF、H-index	新發現與學術突破
世界五百大／一百大	世界一流大學
大學分類	發展大學特色
表面指標的認同學習（benchmarking）	進步與造就聲名機制之認同學習
產學合作	應用研究
退場	組織改造（Reengineering）與轉型
學生一次性教學評鑑	系統性之教材教法評鑑
評鑑通過類別（通過、有條件通過、不通過）	明確指出不足與應改進之處
教師統一升等年限（如五六九條款）	教師多元分流
大老變老大（反向領導）	老大變大老（人才接班）
研究團隊	學術社群

基礎上，試著再由舊說法轉成新修辭，則更能代表一種覺醒，同時也表示要往更遠大的目標邁進。

我們在台灣談現代大學的發展時，也不要只局限在大學身上論大學，而忘了政府其實從過去一直到現在，不管你喜不喜歡，一直扮演著重要角色，因為政府手上確實還擁有很多資源與政策工具，所以要想個辦法讓政府積極制定國家政策，讓一些過去已經管太久干涉太多的具體事項趕快去除管制，而且想辦法在過去以除弊為主的環境下已經受傷的部分，弄點興利措施。為了達成上述目標，應著手撰寫總統層級的國家人才培育白皮書（仿美國與澳洲的國家競爭力方案），並著手從事內閣法層次之人才培育發展條例的立法（仿產業發展條例）。

（二〇一三年）

對台灣私立大學一些應有的認識

國民政府播遷來台之時，公共教育投資困難，不像現在公民營總計占GDP的六％，當時大概才二％左右，於是開始鼓勵民間參與，同時也為政府安排了一些需要照顧者之出路，但在制定私校法時仍以捐資捐地興學為主調，強調其公共性，而非營利性質，這在當年定調上學的是歐美國家規模大與歷史悠久的私校傳統，殊值肯定，不過也因此在發展管制策略上，出現了公立化私立大學的面貌。

管制色彩濃厚的公立化私立大學

美國高教一向居全球高教之首，其私校所建立之傳統與名聲常有勝於公校之處。近年來，南韓私校進步比公校幅度大，在世界排名上屢創佳績。相較之下，台灣在這部分落後甚多，亟待趕上，其中原因之一即為私校經營自主權遭限縮，長久以來教育管制嚴重，形成公立化的私校辦學方式。何以如此，應至少有下述兩個原因：

1.對私校辦學信心不足。

(1)大學私校當前面臨三大壓力：評鑑、競爭與生存。在評鑑上有系所、校務之大型評鑑；在競爭上有獎補助款、教卓計畫與五年五百億計畫之爭取；在生存壓力上，則少子化效應雖在五年後才會真正來臨，但在淨在學率已偏高下，其效應已提前開打。私校在資源取得與外部補助上，遠不如國立學校，但又面對同樣的要求，故在諸多壓力下，講究的是節省成本與提高效能及效率。效率化之先決條件則為自主，自主的授權一是來自董事會另一則是來自教育部。教育部若欲協助私校有效發展，則在獎補助款以及專業計畫性支助之使用上，應使其更有彈性，而不至於祇有帳面調整之彈性。若為避免弊端，可加強就地查核與審計之工作。

(2)私校法特別在意幾件事情：私校公共性之履行、財務運作之監督、董事會與學校經營權責之劃分。這些重點背後之理念，乃基於認定私校為捐資興學之理念，因此對私校之經營長期以來以約束為主。但時代在變，人口結構與淨在學率過高所帶來之危機，恐有必要趁此時作若干觀念上之修正，以符應公共性與效能之間的平衡。

2.國私立一體管理。

（1）在學期或學季制、修業年限、各項入學招生項目上，與學校之經營效率有關；在課程設計、教師升等項目上，則與辦學品質有關。教育部在品管上，雖亦重實質成效，但更重視程序，這是過去長期管理國立大學以及防範私校弊端，所形成之基本做法。

（2）但在教育鬆綁與辦學自主之考量上，宜改採以審定學校組織章程，以及採outcome-based為主之評鑑及監督方式，讓已有credentials之私校有更大的自由度往前衝，方足以因應即將來臨的結構大調整風潮。

但後來有些私校還是有辦法在上述所提的重重管制下，把它搞成投資辦學，在法律監督不足之處上下其手，則是令人遺憾之事，並非立法與執行本意。現在占了一百四十八所大學容量約六成的私校，在沒有政府經費足夠支應，又未持續捐資下，靠的是學雜費收入，一般約達全校收入的八成，若碰到少子化招不到足夠學生時，就開始搖搖欲墜了，甚至已經有人預測會先從南部私立技職校院開始崩盤。於是如上所述，心急如焚的行外人就開始提出一些藥方，但看起來還不太可行，主要是因為在未修私校法之前，私校依法應具有底下特性：

1. 私校是財團法人，為捐資興學而非投資辦學，大學是教育與學術機構不是企業，不能經營公司亦不能當公司經營，可以企業化經營可以賺錢但不能營利。

2. 依私立學校法，董事會與校長各有經營權限。台灣私校董事會關心校務的方式與內容，須在法令規範下進行。

3. 在當前時代與社會需求下，私校不得不採企業化經營，而且要把它做好，但本身不應是產業。

4. 董事會大部分已非原創辦人的組合，因此更應視之為接受學習與教育機構之委託經營，不得視為私人或個人產業。

5. 大學與附設機構或醫院都是社會的公共財，應盡社會責任，將教育與公共性當為主體，對台灣與國際做出重大貢獻。

又碰到少子女化下的生存競爭

前一些日子，報章熱烈談論大學即將在二〇一六年真正面對少子女化問題，私立學校處境更屬艱困，應有協助它們轉型或退場之有效機制。問題確實嚴重，約十五年前每年出生人口從穩定的三十二萬人左右開始在十二年之間降到十九萬人以下，人口在十二年間減少了約三分之一，再三年後，他／她們都到了十八歲可以考大學的年齡，以目前大學淨在學率近七十％，大約是世界前三名的狀況下，不太可能再擴增大學招生容量，反而是二〇一六—二〇二八年間，在其他條件不變下，應該會有三分之一的大學校院被逼轉型或退場。不過台灣的人口問題其實還有遠比大學所面對更嚴重的問題，我請老友人口學家陳寬政教授，幫我畫了一張台灣近年來十八歲以下與六十五歲以上人口，在什麼時候進行死亡交叉，依資料預估的定年是二〇二一年，如附圖。該圖幾乎也對二〇二一年之後的大學發展定了調，也就是年輕可念大學的越來越少，但可介入對高齡者提供終身學習教育的機會，倒是越來越多。

尋找出路的方式充滿爭議

台灣辦教育在公開場合一向不以市場機制為依歸，私校又一向與民意代表關係密切的情況，若無良好的配套措施，強迫私校轉型與退場一定會帶來很多糾紛，這也是教育行政主管機關在危機醞釀尚未到最後關頭，而且整部私校法仍大幅標舉私校應屬於強調公共性運作之學校財團法人的理念下，仍舉棋不定的原因。但外界很多不懂的人，仍視私校為一般企業經營之實體，以此觀之心急如焚，認為應多給誘因讓它們樂意出局，以免繼續留下來敗壞教育品質，於是提出很多立意良好但卻行不通，若硬幹一定又違背立法本意的想法。其中之一是由內政

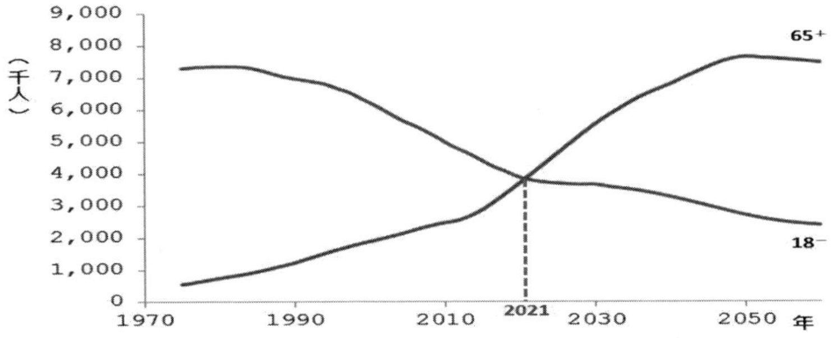

圖：台灣18歲以下與65歲以上（含）人口之消長預估

部李鴻源部長提出的意見，我想他一定是立意良好想替私校解套替社會解決未來的急迫問題，主張私校原來是文教用地的土地可變更用途改為住宅或住商混合之使用分區，在市地重劃後分回一定比例（如四成）給私校董事會使用，此論一出，輿論譁然。其實我想只要將用詞與用途修改一下就會好很多，如將土地處分之一部分利益給學校（而非董事會），而且只能用在校務與資遣處分等項公共用途，就比較不會引起爭議。更重要的則是，必須循修法途徑，清楚說明在此緊急因應少子女化問題下不得已為之且有落日條款的策略中，應該會依循下列方式進行：(1)賡續私校法之公共性精神為之，學校及附設機構皆屬非營利之學校財團法人；(2)對處理少子女化問題確有助益；(3)對解決教師與學生出路有實質幫助；(4)土地利用變更之精神依必要性與急迫性之慣例為之，目前所提只著眼於未來可能產生之負面作用立論，恐仍不符慣例，容易滋生爭議，尤其又涉及仍未釐清之利益分配方式。以該措施之改變，將涉及近百所私立大學院校與更多高中職與專科，且時間還有兩三年，可以再從長計議，首先需盡快建立人民與社會對政府處理這類公私之間模糊地帶事務之效能、規範與監督的信心，而且更重要的，讓教育部標舉私人興學與公共性教育理念，內政部在土地使用分區與分配技術上予以協助，假如反過來做就亂了套了。

如何改變一所大學——辦學與辦教育的實踐場域

最近幾年，中國醫藥大學（CMU）先是教學卓越計畫在國內奪標，繼而二〇一二年榮獲上海交通大學世界大學學術排名（Academic Ranking of World Universities, ARWU）前五百大，以及臨床醫學與藥學在學科領域上排名前兩百大（後來又有二〇一三年英國倫敦《泰晤士報》THE世界大學評比前四百大、URAP與台大排名前五百大等）。這些榮耀適時地反映了我們過去在設定中國醫藥大學發展目標上的轉進過程：從「強調大學部教育品質的研究型大學」過渡到「國際一流大學」。

改變始自折磨

很多事並不是一開始就理所當然，七、八年前教育部的五年五百億計畫與教卓計畫剛推出時，競爭非常激烈，CMU連第一關都進不了。以教卓計畫為例，在未能過關之後，我到學校接任校長，親自召開約十七次相關會議，溝通與調整觀念及做法。首先要釐清，CMU有三分之一的學生是醫學生，包括西醫、中醫與牙醫，若再加上藥學生，則已占學生人數的一半，其他學生也大多就讀有證照的科系。換言之，大部分CMU的學生畢業後即可就業，以後再視狀況考研究所或出國，因此大學部教育應是學校最重要的工作；但CMU又是醫藥大學，故不可能不設定自己是研究型大學。這是我們先將學校定位為「強調大學部教育品質的研究型大學」之理由。

隨後在董事會支持下，學校先挪動投入約兩千萬經費，改善各系所基本教學軟硬體，第二次提出教卓申請時，才得以規劃出一個模樣，找出各系所、院、校等不同層級可以發揮的特色，勉強擠入可以獲得獎助的門檻。於這段期間擔任教務長與醫學院院長的放射科沈戊忠教授曾感慨表示，經過這段折磨，才真正知道什麼叫做「大學」。

有經驗後開始臥薪嘗膽、匍匐前進，並請吳聰能副校長全權負責，以迄今日逐步前進奪標，這中間的學習曲線非常清楚，是一條隨時間線性成長的努力軌跡。教卓計畫約可歸納出以下特色，包括：學習預警與補救（除提前預警外，還替生活困難需打工的同學購買工時以便有時間讀書；請小老師與學習助教做個別輔導等）、第一哩路（First-Mile）、打好學業基礎並參與社區服務學習、到偏遠地區與國際做志工（東南亞國家、尼泊爾等）、推動國內醫界典範學習，與到非洲的「重返史懷哲之路」。

另外，學生過去出國以遊學為主且每年不到五十人，現在透過教卓計畫，調升到二百多人出國研修課程或進入實驗室工作達一個月以上；並擴大大學部學生申請參與國科會大專生研究計畫，由每年不到二十人成長到近百人，不只名列過去幾年國內大學前三名，對老師研究能量之提升亦有所助益，可謂共蒙其利。職涯輔導則由各科系先慎選實習場所，更推動到國外實習（例如新加坡與美國的國家級醫院與大學醫學中心、加拿大的藥廠等）。上述的特色計畫都因有了教卓計畫資助，才得以實現，也因此在年度評審時獲得肯定。

至於課程改革，包括畢業學分數、必修學分應占比例、基礎科學與通識課程、專業基礎學科、特色課程，以及每學期可開設之總課程數等應該要做的各項改革，推動起來都非常困難。這是全校的重大教務問題，但也必須在教卓計畫裡面表現出課程改革的精神。幾年時間轉眼即過，學校雖然已經做了很多，但現在已「level off」陷入高原區的狀態，隨時會往下掉，因此我們最近常持警惕之心，用心尋找並開發高品質又具特色之計畫。

目標設定與結構調整

目標設定本身即代表一種深入的了解、理想與勇氣。我們設定了一個滾動式一步一步往上升的目標階序：(1)台灣醫學院評鑑（TMAC）七年（二〇〇五—二〇一二年）免評鑑（二〇一二年底屆期重審）；(2)成為教卓學校（二〇〇六年開始實施教卓計畫，CMU在二〇一〇至二〇一二年奪標）；(3)進入世界五百大（於二〇一二年上海交大世界大學評比中達陣）；(4)五年五百億學校（尚待教育部開放申請）；(5)躋身國際一流大學（真正的終極目標）。

大約六、七年前，吳聰能副校長在國立台灣大學圖書資訊學系黃慕萱教授協助下，檢視國內外學術資料庫與教育部五年五百億的申請資料，計算出CMU於學術領域各項指標的綜合排名，在國際萬餘所大學中約名列一千二百名，在國內一百四十七所大學中則約列二十四。六年前董事會與蔡長海董事長勇於設定目標，希望在七年後能名列上海交大世界大學學術排名前五百大（大約也就是國內排名前八大）。當時上海交大剛做世界大學學術排名，在目前已有的二十餘種世界大學排名系統中，算是比較嚴格且通用的一種。董事會勇於設定目標，是一種有進取心的做法，但除了勇氣之外，目標的達成更需要充分的支援、良好的策略，以及校院密切合作的執行。以當時CMU的狀況，我其實有很深的憂慮，好在董事會除了勇氣與要求外，也在各項支援與促成校院合作上做了不少具體工作，更重要的則是校院同仁齊心努力，為了更大目標忍受校內結構與學術表現要求的調整，才能一步一步邁向順境。

每一件事成功的背後，一定有天時地利人和的因素在內。首先當然是董事會的決心，加速了目標的達成。我曾在二〇〇六年祝賀馬里蘭大學一百五十周年慶時，發現他們理事會也在一九九六年做過類似的事，並得以在全力投入十年之後名列世界前五十大。

其次則是學校結構的重大改變，學校在六年多前實施「三年百師計畫」，除藉此調整生師比（如仍有少數系所嚴重不符標準）之外，還趁著幾所排名在前的國立大學尚未拿到五年五百億經費，所以還不會開始大量徵才之際，趕緊先網羅一些優秀的年輕教師到校任教。目前

CMU除了專任師資總額增加約一百三十人，共達五百一十人外，新任師資已占全體專任教師總數的一半以上，而且聘任與升等的學術條件越來越嚴格，可以說學校已是一所不算全新也是半新的高水準大學。

六年前開始實施教師全面性（包括新人與老將）的「升等五六九條款」，則是另一項重要的結構性改變。此項措施的本意在於提升各級教師的水準，而不在於找機會不續聘教師，因此，於屆期的一、兩年前，學校會協助升等教師踢出臨門一腳，但若確實有困難，則協助辦理教師資遣（而非不續聘），轉軌之後並安排以專案或技術教師等方式，繼續擔任學校教學工作，秉持的即是以「鷹派要人性化，鴿派要有進取心」的原則和心情，來執行這件不容易的轉型工作。

二〇一三年則在升等五六九條款已經完成階段性功能後，改為推動「教師升等分流」制度，讓老師可以選擇研究、教學，或與過去一樣的兼顧軌道，來完成升等的門檻，而不是祇在非涉升等的教師評估中作教學與研究之分流。在此過程因涉及老師甚至受教對象學生的權益，所以一定要傾聽同仁與學生的心聲，學生一般意見不多，若有也會寫在教學評鑑中，教師受到的衝擊最為直接，在此我特別感謝邱泰惠、林昭庚、教師會同仁等位教授的提醒，才得以沒有犯下錯誤。上述兩項結構性因素的介入，是讓CMU進入世界五百大很重要，而且也是各校所無的螞蟻雄兵效應。

必須強調的是，所有的擴充性措施，例如增聘新人與增加研究獎勵並持續一段期間，對任何私立學校都是重大負擔，但我們檢討之後還是做了：調整校內原有預算，減少保留比例，由附設醫院支付共聘專任醫師的教師薪資。經過調整之後，其實支出的經費仍在原預算範圍，但新人戰鬥力強，在外面競爭研究計畫的本領也高，使得九十四學年度還不到兩億元的研究計畫經費收入，到一百學年度已變為近六億元，大幅改善了經費比例。不過這些經費無法用於學校一般使用，只能用在個人研究上以增加研究能量。而學校獎補助也因人力素質大幅提升以及獲得教卓計畫之挹注，由近二億增到近四億（九十四與一百學年度之比較）。整體而言，學雜費占學校決算之比例由約六十一％降為不到五十％，可見積極性作為所帶來的好處，反而可以沖銷原來需要支出的成本。

但這件事情本身還是有風險在，亦即一旦國家財政無法維繫高教經費，學校擴增人事之固定費用卻仍在持續成長，且長聘（tenure-track）的老師也都受到教師法與教育人員任用的保障。因此，現在私校的熱門考題，就是如何從當前的紅海走出到藍海去。這確實很難，但學校必須去想。至於規範性措施（如教師升等年限，講師要在五年內升等，助理教授六年與副教授九年的五六九條款；升等正教授之前須有出國半年之經歷；教師在評量與升等上之分流等）則較麻煩，因為大部分是國內首宗一體適用之例（包括五六九條款與即將實施的教師升等分流等）。

上述各項結構性措施之改革，皆須先有穩定的董事會與校務會議，而且願意全力支持，缺一不可。若董事會不夠明理或校務會議溫情先行，則事必不成且日後必有心結，反而礙事，若得此結果，反不如維持原狀。因此，如何讓鷹派有鴿派心腸，鴿派有鷹派志向，校長與校務（包括學術與行政）團隊需要多花點精神，多做穿針引線與折衝協調之事，大凡改革是否能夠成功，在一個沒辦法也不應該做獨裁擅權之處所，大概也只能這樣做了，不只國立大學如此，私校亦然。

策略與行動方案

再來則是策略性的調整與行動計畫的提出。六、七年前CMU李英雄研發長即已建立「新兵加老將」、「基礎配臨床」，與「本校院結合外校院」之三大策略，就學校與附設醫院專長的領域與主題，形成有行動力的研究團隊，並建立幾個與蛋白質體及分子影像研究的相關平台。繼任的蔡輔仁研發長更在此三原則下，朝向量增質升、重點突破的方向做有效管控，不只再度彰顯了螞蟻雄兵的雄厚實力，也有效結合了校內外論文高引用研究人員之貢獻。另外，學校針對年輕新人有連續三年之啟動資源投入（start-up funding），對優秀的新人與老將亦有深耕與桂冠計畫支援。而對於研究有優異表現者，除了申請彈性薪資之外，並另有獎勵方案。

在推動國際合作上，先是中國醫大附設醫院在中央研究院洪明奇院士的穿針引線下，與美國安德森癌症中心（MD Anderson Cancer Center）結為姊妹機構；繼而藥學院發展出堅強的UCSF-UCSD-USC-OSU實習連線（舊金山加州大學、聖地牙哥加州大學、南加州大學、俄亥俄州立大學）；還有在暑期時，由馬里蘭大學（University of Maryland）、維多利亞大學（University of Victoria）、布魯克大學（Brock University）等校，特別為CMU大學部學生設計教學工作坊；另外並安排以研究為主的大學實驗室，包括有加拿大的多倫多大學與英屬哥倫比亞大學，美國則為西岸、東岸與中西部名校，現在也安排受學生歡迎的日本大學。學生由過去每年不到五十人出國遊學，進展到現在每年至少有二百多人在國外研修課程或在實驗室工作。除此之外，另在教卓計畫資助下，於台灣開暑期班，讓國外簽約學校學生與CMU的學生共同研討專題，建立跨國友情；並安排與喬治亞州立大學、杜蘭大學、加州長灘州立大學、西敏寺大學、倫敦大學院（洽談中）及洛桑大學成立雙聯學位。

為了進一步擴增研究能量，CMU也與中研院及國家衛生研究院合辦博士學位學程，前者是癌症生物與藥物研發以及轉譯醫學（再生醫學），後者為老化醫學。其他的措施包括：增加研究生比例，從占全校學生數的十二分之一增至七分之一；擴大大學部學生參與國科會大專生研究計畫；規劃設立校院級特色研究中心，如分子醫學中心、中醫藥研究中心、癌症轉譯醫學研究中心、神經精神醫學中心（含中風、神經退化、阿茲海默症與精神疾病）等。欲有效擴增研究能量，須包括上述所有做法，這是一種點滴工程，不是隔夜即可速成之事，也不是用錢找人即可成事。

幾點感想

1. 五百大只是過程，人才培育更重要

CMU教卓奪標與進入世界五百大只是過程，不能模糊了學校設定要成為真正國際一流大學的目標。教學與研究有起色之後，更重要的是搭好學術與教育金字塔的底子，提升教育品質，做好人才培育工作，進而培養出醫藥與相關專業領域的領導人。

2. 解決校地問題

未來十二年，學校董事會利用附設醫院盈餘提出開發水湳校區的重大計畫，屆時將做部分遷校並興建體育場館與學生活動中心，應可一舉彌補學校過去數十年來受限於校地的缺憾。但對現在的學生而言，現在即是一切，懸著的遠方月亮不能當大餅，也不能要求沒幾年就畢業的他們共體時艱，所以學校還是得克服現有校園與運動場地的困難；尤其在進入五百大後，大家的期望水準一定水漲船高，學校必須要全力克服，其中包括租借台中市現有的運動場館，例如國立台灣體育大學與中台灣大學系統（M6）友校之設備。許多大學一定無法理解CMU在這方面的辛苦，好在該問題並不是不能解決。

3. 毋忘教育主體

循序漸進、集體努力，與毋忘教育主體理念，乃是CMU近年有良好表現的不二法門，以後亦應如是，不能或忘。

4.百尺竿頭，精益求精

CMU在國際化、表現校院特色與發揮社會及學術影響力上，尚有諸多不逮之處，並不會因為在指標上進入五百大，就自動變好。因此，校方應有自覺，必須更加努力，師生也應有與學校共同成長的體認，讓CMU成為一個想發展終身事業者前來任教就業、日後可能成為生醫專業或產業領導人的國內外學生想來就讀、校友想回學校看老師、社會與國內外學術界有重大問題時想來諮詢專業意見、國際一流大學想與我們交往的首選。這些就是成為一所真正國際一流大學的本意，CMU目前尚未做到，但相信秉持以上的諸多原則全力以赴，終有成功的一天。

5.需有警覺心

現在高教辦學，尤其是私立大學，其實有多重風險。台灣迄無良好之私校辦學傳統，如美國一般捐獻成風又學費自主，或如英國與歐洲在高稅收下由國家統辦高教。台灣是右派社會在辦左派教育，所以政府經費大量挹注在國立大學，但又缺乏稅收（十年前平均賦稅率還有十三%以上，已遠不如歐、美、英、日、韓，現在更短少剩下不到十二%），無法因應普遍就學之需求，故很早就鼓勵民間私人捐資興學。台灣的私校遠不如美國之富足，大部分需靠學雜費支撐，學雜費雖較公立為高但仍有一定限制。以CMU今年得以名列ARWU世界五百大為例，除國立陽明大學外，台、成、清、交、中央與中山，年度預算無一不超過四十億，惟二之私校長庚與CMU，大學本身預算（不含附設機構收益）其實皆未逾二十億；北醫與高醫亦同，該經費大體上是學費占一半，政府部門經費占一半（包括計畫經費與獎補助款），現在豔稱的產學收益其實是很少的。若政府部門高教經費不能擴張，學費又不能調漲，則不是只有國立大學辛苦，私立大學照樣遭殃；同理，當生源減少時，也不是只有私校與技職遭殃，在社會要求共體時艱下，國立學校亦無法獨善其身。國、私立大學是被綁在一塊了。

6.態度最重要，追求指標不要忘記目標

現在許多大學都對外宣稱要成為「國際一流大學」，話是很好聽，好像不這麼講就是政治不正確，但要小心不要變成神聖羅馬帝國的下場。先掉個書袋，西元四七六年西羅馬帝國滅亡後，在君士坦丁堡的東羅馬帝國才是權力中心，一直到一四五三年滅亡為止；真正有神聖羅馬皇帝封號，始自一一五五年，但亦有斷代至西元八百年查理曼被加冕為羅馬皇帝或西元九六二年起算。法國思想家伏爾泰在談到「神聖羅馬帝國」（一八〇六年亡於拿破崙之手）這個喜好追求封號虛銜與浮華的政治聯盟時，說它是「既不神聖，亦非羅馬，遑論帝國」；此一講法雖令人啼笑皆非，但也道盡神聖羅馬帝國的尷尬處境。辦學與辦教育最重要的還是態度，不要只顧追求指標，卻忘掉辦教育的目標與實質內容，以致空洞化，變得既不國際，又非一流，也沒走出大學的格局！

想要讓自己的學校成為國際一流大學者比比皆是，而且沒條件的動不動就抬出哈佛來，有條件設定者則在找尋標竿學校（benchmark）時，又以研究指標為依歸，忘掉一流大學更應注重培育各行各業領導人，將其當為大學之要務，因此未能體現大學之格局，此二種做法都可視為是一種「期望水準」（level of aspiration）的誤置，不管何者都不是令人滿意的結果。

其實，追求指標並沒有錯，人若連指標都不敢設定也不敢追求，那就想想伏爾泰的另一句話「工作攆走三個惡鬼：無聊、墮落與貧窮」的反面意義。但若只知競求浮華務虛的封號，眼中除了指標沒有實質，就像當年墮落時的神聖羅馬帝國一樣，則蕭伯納引述黑格爾的說法用在這裡也很切題：「黑格爾是對的，他說人們從歷史中學到的最大教訓，就是人們從來沒有從歷史中學會教訓！」

（原刊於二〇一二年十一月，高教評鑑中心基金會《評鑑雙月刊》第四十期）

大學改變過程中的主流思辨與眉角（還有幾個小故事）

一所大學在轉變的過程中總要面對很多不同的主張與爭議，也要能在思辨過程中深入體會改革的眉角並能彰顯學校之特色，更不要忘了，人才培育才是大學最重要的使命。我曾為此寫了一篇〈如何改變一所大學〉，接下來就將本文當作續篇吧。

大學人才培育的三種論點

前一陣子流行人才培育的辯論，其中三種不同的觀點由菁英人士、民間學者與企業大老分別提出，代表的其實是他們在周遭所碰到的狀況：

(1)前一％之培育／延攬／留任，是當務之急，因為台灣都快看不到菁英了。

(2)台灣經濟起飛不是靠已出國的前一%，而是靠留在台灣的土狗們撐出來的。
(3)人才已經在那邊，要給他們能夠表現的環境。

就一間大學而言，現在最適用上述的那一點，或以上皆是？這種認定很重要，因為認定完畢後，接著就要提出有效的策略與行動方案來因應。大學就像一個小社會，上述三種狀況其實都存在，不能偏廢，需要綜合處理，大學當局若嚴重傾斜往一種觀點，一定無法在此基礎上發揮大學應有的功能。

醫學生培育的理想與記起初衷

我曾經與學校醫學院及中醫學院同仁交換意見，認為在人才培育目標上不必捨近求遠，可先就國內幾個學校的特質彙總出一個理想組合：台大醫學院（有足夠多之終身醫師科學家、對醫學院教育有全面性的關照與執著）；台大理學院（自由多元、探索基礎原因、學術重於排資論輩、學術領導年輕化與國際化）；以及過去的高醫（倡導熱帶醫學與山地及社會服務的學風與傳統、同時也曾經是國內最出色的醫療奉獻獎人才培育之發源地）。

當我終於看完實習醫學生們厚厚一疊的手記後，長長的鬆了一口氣：這就對了，那是一段記起初衷的實習日子！因為，在實習的日子裡，很多同學紛紛想到了當初選擇念醫學進入醫學這個志業的初衷，不管是西醫或中醫。我樂觀的預期同學們在日後一定會是位好醫師，更會是病人與家屬的好朋友。醫學生的養成應該是有三部曲的：認同↓學習與實踐↓生涯發展，日後最終將成為新進醫學生與年輕醫師的典範。但是人的成長過程經常充滿誘惑、混亂與不良的角色示範（包括不認真不專業的教導者），醫學生更不例外。這點對醫學生比起一般人來是更大的挑戰，因為醫學生日後要比一般人多花心力在協助與關懷病人及弱勢者，要安慰家屬給親友方向，要提升社會醫療福祉並改善國家衛生福利政策之制訂與實踐。因此，如何讓醫學生在實習時學會抗壓，以及記起初衷持續改善不良環境，服務需要的人，是一件非常重要的工作。一位醫學生得以進入大學醫學院研修與實習，一定是在過去花了很多心力在課業上，但相對的可能對人生的體驗不足或不知如何表達人性的關懷，或因課業優秀而自負或養成不好的態度，這些都需要在成長過程中予以磨練並補足教養。

從這些手記的閱讀過程中，可以歸納出至少有幾件事情是在實習與教育課程中，需要予以補強的：

(1)經常回顧自己學醫的過程，毋忘初衷。
(2)隨時注意自己的變化，尤其是注意功利之心是否蓋住本性；審時度勢調整自己，以一直維持高標準又能適應環境。
(3)找尋志業上的學習典範。

(4)思考行醫之道，不管中西醫或結合醫學，都能正面看待，不失當年中醫立校精神以及「仁慎勤廉」之校訓。

(5)隨時將學習與實習當作一個自我療癒的過程，在此基礎上發展出更上一層樓的醫療服務精神及水準。

舖陳可帶動大學發揮影響力之外部政策環境（以中醫藥為例）

一間以中醫立校為其根本的大學，雖然在醫療專業上已經發展成國內相當重要且以西醫為主的醫學中心，但發展具有國際競爭力的中醫藥學術及特色，則是其不可或忘的初衷，否則真的是愧對當年艱辛立校者之苦心，但學術事務又豈是這樣一句話就可做到的！底下提出幾個現況與應可著力之處：

(1)中國在二〇〇九年發布國發二十二號文件「國務院關於扶持和促進中醫藥事業發展的若干意見」，並在二〇一二年底「十二五規劃」中提出要大力發展中醫醫療保健服務業。南韓則在二〇一二年將傳統醫藥列為六大國家重點戰略目標之一。在這一波國際連動的國家戰略調整過程中，看不到台灣應有之作為。

(2)台灣就醫者對中醫藥之需求持正面反應者約四十%，中醫師占醫師總數的七分之一，健保給付只占四%，基本上是一路往下低度表現（under-represented）。過去的全國科技會議在將生技產業列為明星產業時，中醫藥亦象徵性的列在其中，但幾無實質之科學與教育助益。

(3)應在科學（包括加強信號分析、系統神經科學與臨床驗證，在四診與針灸之研究上接軌現代醫學與科學等）、以證據為基的療效（evidence-based，包括複方與適用科別）、中西醫結合、中醫藥對幹細胞／血管性疾病／長期與老化疾病照護、儒醫傳統之回復、中醫是否適用西醫式教育（如PBL、OSCE、TMAC）等項上，投入有系統之心力與資源，以發展出國家與學界及醫界特色。

(4)設定中醫藥教研與醫療之進步指標，包括本身之信效度、設定國際比較指標（benchmarking）、重大發展與成果寫入醫學教科書等。

(5)結合相關專業大學與中研院及國衛院合作，研擬在國家層次上發展中醫藥之全面性方案，提交行政院科技會報討論後，建議納入下次全國科技會議討論，以利形成國家政策，至少在中國與南韓大力推動時，不致落後太多。

為了更進一步說明我對中醫與針灸的一些看法，以及我何以對這些問題覺得還有可以著力之處，請另參閱書中另一篇講稿〈以儒醫為核心發展的中醫藥與針灸學術〉。

推動校務改革時碰到的幾個小故事：從廟小妖風大到五六九的天末起涼風到拋夫別子

(1)我在二〇〇五年到校後發現若要有重大改變，一定要加入具競爭性的新血，以稀釋（而非換人）舊的陣容，否則心比天高的志向還是會落到命比紙薄的下場。因此在取得董事會同意推動三年百師（在三年內增加淨額一百位專任教師，該一要求並不過分，這是學校應做之事，以前是名額不足）之後，首先檢討每年收兩百多位優秀學生的大系藥學系，其生師比竟是四十六比一，比教育部要求的二十五比一差太多，簡直是不可思議。我要他們找了幾位專家與大老來協助診斷與補強，並在其建議下開始想找新人進來，沒想到過了半年幾無進度，外面的優秀人才很難進來，我看情況不對就找藥學院老師們座談，以便了解問題出在哪裡。座談已經到了快中午時間，我說不以人廢言，講個毛澤東的故事當為各位的茶餘飯後，當年老毛在北京大學當過圖書館員，滿腔救國與建國大略，想在大教授們到圖書館時博得他們的注意，沒想到這些教授眼光如此有限未予理會，老毛殘恨未消後來說了一句名言「廟小神靈大」，概括他對北大的恩怨情仇。這句話傳到台灣後，好事之徒把它改說成「廟小妖風大，池淺王八多」。這時底下已笑成一團，我也笑著說散會吧，bon appetit！走到門口，兩位比較年輕的老師跟過來說：「校長，你剛才在罵我們嗎？」我笑著說：「沒事，快吃飯去吧！」從此以後就逐漸順利了，大概在一年內由優秀人才補足了缺額。

(2)二〇〇六年十一月的校務會議中，提出教師升等新舊適用的五六九升等條款，意指講師須在五年內、助理教授需在六年內、副教授須在九年內升等成功，否則不續聘（後來都想辦法辦理資遣）。這是一間好大學必須做的事，也是一種對教育教學研究與對學生負責的態度，但別的少數學校目前最多還只是用在新進人員身上，我們認為以新舊適用為宜，可兼顧品質與公平性，但推動該一制度時必須哀矜勿喜，不能存有找麻煩與幸災樂禍的心態，必須先把學校弄好（所以少數不得已需要離開的老師仍會受到別校的歡迎），也需要以較高標準聘進新人（所以進來後比較容易能經由努力來符合升等標準），更需要在升等期限前兩年給予mentor與經費的協助，協助其踢出臨門一腳以滿足門檻通過升等，而非為五六九而五六九，把校園氣氛弄得涼颼颼的，就像天末起涼風一樣。在討論時，一位白頭髮的張副教授站起來說，他副教授已當了八年是否隔年不過就不續聘？我說這個問題很好，制度規劃時顯然在這點上沒講清楚，對舊人而言應該是歸零起算，張老師屈指一算說「喔，那時我已退休了」，就坐下來，該案也順利通過，並正式寫入聘約之中。其實張老師是替同事說話，他一點問題都沒有，隔年他就用舊制送教育部升等成功，根本不必等到九年後。

(3)在五六九升等條款的規劃中，還有一項規定是升等正教授之前，需累積有半年以上的國際學術資歷（在國外拿學位的時間也算），該一要求也是在為了提升教學研究的視野與品質下，很多好大學應做之事。這時有一位已是正教授的洪老師起來替女性同事發聲，她說升正教授前要有半年國外經驗，對很多女性教師是「拋夫別子」，非常不理想。我想想也有道理，就說那就分兩次或三次補足也可以，應該是「小別勝新婚」吧，她大概覺得有點道理，不再多說，該案也就通過了。

大學的警覺心比什麼都重要

這十來年因為開始流行世界排名，台灣又在面對國際高教競爭轉趨激烈之時，提出邁向國際一流大學的五年五百億計畫，以致相當強調類似企業體效率與世界排名的追求，雖然在追求卓越的過程中這是免不了的陣痛，但在階段性目標達成後，即應回歸到以學風與傳統為依歸的人性化校園，否則就容易發生所謂的功能獨立現象（functional autonomy，意指本來一件行為是為了滿足某種功能而做，如賺錢是為了實踐自己經世濟人的目標，但經過一段時間由於遺忘或滿足於當前的樂趣而不再保有初衷，如為賺錢而賺錢，已忘掉其努力工作之本意，此稱之為功能獨立）。一所醫藥大學念茲在茲者，厥為建立良好的傳統與學風，並在其中進行高水準人文關懷的人才培育工作，而且與一貫主張的學術卓越得以相輔相成，缺一不可。我們應該一直保持警覺心，研究弄好比較簡單，但學術品味以及學風與傳統的建立則較困難，但更重要。

設置校務諮詢委員會

教育部二〇〇二年以後開始推動七所研究型大學與邁向國際一流大學（十二所，亦即五年五百億學校）計畫之後，國內號稱一流大學的莫不紛紛設立校務諮詢委員會，除了係因計畫核定後之要求外，多少還兼有宣揚校威與爭取認同之意，因此原則上都找德高望重的教育學術界前輩擔綱協助。我們雖然這幾年在國際學術排名上大有斬獲，但因審核指標各有不同之故，尚未能列入五年五百億學校，惟仍為國內外公認之研究型大學。所以設置校務諮詢委員會，亦為必要之事，但我的本意還在期盼該委員會在學校面對競爭急速發展的過程中，能挑高高度，很自在的提出警示，點出該興該革之處，這也是上節所說大學應有警覺心之本意，其重點不在於爭取委員們的肯定，因為又不是要向他們申請計畫。

二〇〇九年我先找李遠哲院長商量並請他擔任該委員會召集人，原則上固定在每年六月召開。找他的原因當然不是因為很多學校都想找他的名人效應，何況他當時除了中興大學外，幾乎沒有安排到其他學校擔任的。我因多年的師友關係及共同為教育打拚的革命情誼，深知此人為人溫文爾雅但在重要關頭只說應該說的話，是一位文人與大科學家氣質兼具的典型，而且對國內外學界之經驗與眼界上，很少有能相比擬者。於是我們在徵詢意見之後，一齊研擬出幾位委員名單，包括有：彭旭明、陳建仁、王汎森、李文雄、陳定信、陳垣崇、錢煦、伍焜玉、洪明奇等人。一看這委員名單，就知道完全是從一所醫藥類研究型大學所需的生醫、人文與科學的方向找人，與一般大學找校務諮詢委員的方式大有不同。

有了這個委員會以後，更重要的是要請他們諮詢什麼重大校務發展事項？這同時考驗著雙方的聰明才智與眼光，在學術與教育事務上可透過這種互動，來提升雙方的水準並做出有意義的貢獻，在該一過程中當然是學校與附設醫院心得最多獲益最大。若干諮詢項目如下：什麼是一所一流大學、具特色的研究中心應如何設立、中醫藥與針灸之學術與人才培育、優秀教師之聘任與升等協助策略、如何做好一所醫藥大學的人文與通識教育、如何在國內外競爭的高教環境下擬定大學的階段性卓越發展目標、對國際排名與尋找國際指標大學時應有之態度與做法、一所研究型大學應積極規劃推動之教育與課程改革等項。學校不會因為有了校務諮詢委員會就變好，但只要大家不存應付或只是要別人背書之心，則透過雙方的專業互動，一定會帶來良好的結果。

（二〇一三年）

以儒醫為核心發展的中醫藥及針灸學術

中醫藥和針灸是五十五年前（一九五八）中國醫藥學院立校時的根本旨趣，主張一種中西醫整合與中醫現代化的發展方向，這在當時也是非常特殊的主張，因為大家都知道現代醫學的進步與突破不可限量，假如中醫藥與針灸不能與時俱進，是很容易與當代科學產生扞格的。但是當年做這種主張的創校者是三位有實際醫療經驗的中醫師，他們顯然也知道這個困難，因此以漸進方式做中西醫整合，希望能依循學術與教育的標準做法，讓台灣的中醫藥與針灸開始穩健的發展，套句現代的講法，就是讓它開始具有國際競爭力，但是又要能保有歷史傳統的特色。

幾個對中醫的基本要求

當一所學校同時搞西醫與中醫，中醫系甲組畢業時可以同時考中醫與西醫執照，此稱之為中西醫整合；中醫系乙組與學士後中醫系，雖然只能考中醫師執照，但所受的教育則是中西醫各半，此稱之為中醫現代化。此時中醫會覺得西醫礙手礙腳的；同樣的，西醫也會覺得中醫怪怪的。所以到底是什麼本事可以讓一個人兼容並蓄，同時揉合兩種可能不搭調的醫療哲學在一起，來進行診斷和醫療，這是很多人一直無法理解的，不過在我們這個地方，大家好像都已經習慣了。過去黃達夫院長一直主張不要分中西醫，把它們揉合成一套，但這是有歷史上的困難和問題的，因為很多地方還是維持這樣的體系，所以如何融合這兩套不同的系統，就要考慮到許多因素。從一種很單純的現代科學判準來看，底下是經常會碰到的問題，中醫雖然發展歷史悠久，但以今視昔，若干科學界人士仍認定中醫還處在前科學期之中，因此也無法迴避底下的一些當代判準：

1. 老鼠與貓：會抓老鼠的才是好貓？

在中西醫學的比較中，有幾種類比值得參考。一種是與音樂有關的，有人說音樂就是音樂，只要作曲與演奏都是一流的，何必管他是西洋古典樂或國樂，也沒必要說搖滾樂不如古典曲目。用在中西醫比較上，就有點像說，治不治得好病或病人比較重要，何必太計較用什麼方式？所以最重要的應該是以證據為基（evidence-based）的表現，才是一切的依歸，但要具有說服力之前，當然最好要能先提出與現代科學思考相容的道理出來，假如當代科學確有未逮，可再研議。另有一種流行說法，則是認為雖然中西醫都關心病與病人，但比較上來看，西醫治的主要是病灶，把病灶有效且安全的摘除，是西方醫學史上的核心進展；傳統中醫則不一定將重點放在病灶本身，而在於弄好病灶周圍的體內環境與體質，屆時雖然病灶可能還在，但症狀與病情卻已獲大幅舒緩。同樣的，這也牽涉到如何提出證據並佐以科學原理之說明，但其重點很清楚，治病本就不能獨沽一味，醫療情境所面對的未知與不確定狀況，遠高於工程與物理科學所處理的參數，謙虛小心一點，以病人醫療福祉為依歸才是仁醫與良醫，如此說來，在中西醫分辨中，不管黑貓白貓會抓老鼠的才是好貓這句話，也不一定全無道理。

2. 演繹與歸納：不含糊的敏感性與殊異性

假設法官現在面對幾位嫌疑犯，但並不是每一個嫌疑犯最後都會判決有罪（先假設有十％是真正有罪，但九十％是無辜的，這是由過去的歷史資料中所累積出來的經驗），理想狀況應該只有真正囟手才會被判有罪。為了增加證據力，決定每個人都送去測謊。在替真正犯罪的人做測謊時，測謊器也不是百分之百準確，若是做得好的話，有九十％會明確顯示這個犯罪的人說謊話（這叫敏感性高，high sensitivity），然而有十％卻是看不出來的（可能是因為有些人訓練有素善於說謊，或者是儀器本身的問題）。在應該是無辜的嫌疑犯中，還是有五十％會因為各種因素被測謊器認定成是說謊（這叫殊異性低，low specificity）。

現在的問題是，我們要在醫療情境中做一類比。一個人是否犯罪或是否生病都是已經存在的狀態，但我們不是全知的神，沒有辦法事先知道，需要蒐集資料與證據之後，才有辦法做判斷反推回去，看看是哪種疾病的機會比較高，譬如說病人經過測量後眼壓過高，再加上其他症狀，由醫生來判斷是青光眼的機會有多大。回到原先的例子，假設其中一位嫌疑犯測謊器測到的結果認定是說謊，則他是真正犯罪者的機會有多大？很多人直覺上會說是〇．九，因為犯罪的人在過去的經驗中，有九成會說謊。也有比較會計算的人，會認為是〇．九（機器測準的機率）乘〇．一（受測人是真正犯罪者的機率）等於〇．〇九。但這兩個答案都是錯的。

機率論與統計學上有一個很出名的貝氏定理（Bayes' Theorem），假如A是疾病，B是症狀，我們可以由過去眾人累積的醫療經驗中，從A推論症狀B發生的機率，這是一種條件式機率，但我們現在真正碰到的問題是，已經觀測到B之後要去推論是否為A，這是一種診斷，藉著症狀要去診斷出罹患某種疾病的機率。貝氏定理告訴我們，後者 (P(A|B)) 可以由前者 (P(B|A)) 換算出來。亦即當我們看到測謊器說這個人說謊時，我們不能一直繞在這個人是有罪的圈子內轉，就說成是〇．九或〇．〇九，還要考慮這個測謊的證據也可能發生在實際上無辜，但測謊卻被認定成是說謊的部分。依據貝氏定理的算法是這樣的：

$$P(A|B) = P(A\text{與}B) / P(B)$$

$$P(B|A) = P(A\text{與}B) / P(A)$$

$$P(A|B) = P(A)P(B|A) / (P(B\text{與}A) + P(B\text{與非}A))$$

$$= .10 \times .90 / (.10 \times .90 + .90 \times .50) = .09 / (.09 + .45) = .17$$

所以看到一個人被測謊器認定是說謊的資料後，他真正犯罪的機率不是〇．九也不是〇．〇九，而是〇．一七。有一門叫做醫療決策的學問，認為一般人與醫生或統計學家在做判斷及決策時，經常犯錯，其中就包含這類問題。看到一個症狀，你很直覺的就以為九十％應該是那種疾病，但是事實上，經過計算其實只有十七%有那種疾病，所以我們要做診斷時，變得很困難，必須要採多症狀聯合診斷，靠單一症狀判斷就容易會發生這個問題，假如症狀之間有相關的話，還要把症狀間的相關去掉（partial out），這是一個很複雜的統計過程。中醫也是一種醫學，有沒有去考量這些東西？有沒有類似的問題產生？

3.結構與功能：假設檢定與模式推估

一門學問研究老半天，假如一直在講一些奇妙得不得了的功能，但是又找不出它的對應結構的話，這個功能就沒有一個良好的科學基礎。所以講究結構，可以說是大部分的大科學家，一定要做的正事，如Francis Crick，他與James Watson在一九五〇年代利用X光繞射資料找出DNA的雙螺旋結構，而且還在這個基礎上說明它的複製功能，當把這兩股拆出一股時，另一股很快又複製成了全套，可以這樣一直複製下去。他還提出分子生物學中極其有名的中央法則（Central Dogma），認為DNA可以驅動RNA去製造蛋白質，除極少數例外應該都是走單行道，反之則不然，如RNA可能也會反轉錄到DNA，譬如說HIV病毒，但這種例子非常少，至於蛋白質可以反轉錄到DNA因此而具有遺傳性的說法，例如prion與一些人類行為的後天性狀是否具遺傳性，在學術理論與驗證上是有很大爭議的，對Crick而言，這種講法則是不可思議的。回到中醫，我們究竟處理了多少結構和功能的問題？

4.可否證性（Falsifiability）

假如弄了一套理論或一套治療方法，結果別人也不曉得該說你對還是該說你錯，這個就是不具備有可否證性（falsifiability），這是一九三五年Karl Popper出版*Logik der Forschung*《科學發現的邏輯》時，所提出舉世皆知的術語。後來Popper一直攻擊佛洛伊德的理論不具可否證性，這意思其實就是在說他的東西不科學。佛洛伊德曾說作夢就是願望的實現，這意思就是說，白天你看到一位好漂亮的女生，想跟她講話，或者白天被一匹馬嚇到，結果身體裡面就會被興奮，產生一些能量，這個能量照理講應該會利用做功把它消耗掉，所以應該走到漂亮女生面前跟她講話，那個被興奮起來的能量因此而做功消耗掉了，晚上就不會作夢。假如你沒有把它消耗掉，那能量就存著，等到晚上意志力控制比較薄弱時跑到夢境中，這是因為當年神經學的知識中仍未建立起神經元不只可以激發也可以抑制的概念，因此被激發以後若未利用做功消耗掉能量，則依據當時流行的能量守恆原理，是會一直留下來苦撐待變的。

按照Karl Popper的說法，你既沒辦法肯認它也沒辦法否認它，因為要不然就是目前科學沒辦法處理這個問題，再不然就是佛洛伊德不是在講科學的語言。從佛洛伊德在一九〇〇年的《夢的解析》中提出這套說法後，以當時科學界的知識，真的是不具可否證性，但自從在一九五〇年代科學界發現人在睡覺時，每隔一個半到兩個小時，總有一段時間會有腦部激發帶動快速眼球運動（REM），在REM時大概也就是作夢的時候。看起來作夢是自動發生的，控制不了的事情，那這和願望的實現以及具有動機性的作夢又有什麼關係？但當你這樣講的時候，佛洛依德說不定會說你的講法只能解釋三%的夢境，但我這套理論可以解釋九十七%，佛洛依德是真正有學問也很重視科學根據的人，當然不會這樣講，但別的精神分析學者卻可能講出這種話。這時你也不曉得它究竟是對還是不對，這種講法它可以撐很久，可以超過一百年，但是到一百年以後還是不知道它對不對，你看這種理論多厲害，這個叫做具有不能被否證特性的理論，中醫裡面也有很多，西醫過去當然也有不少，問題是我們中醫裡面要讓這種成分保留多少？保留多久？

Karl Popper最欣賞愛因斯坦的理論，認為他講的大學問具有可驗證性。但我想是Popper其生也晚，不容易看到Einstein 的理論也有一陣子難以驗證的難堪時刻，很容易就變成不能否證的假說。他說光會因為重力效應而彎曲，但若沒有放在一個宇宙或星球的規模去看，則難以知道光會不會彎曲，是否會彎曲也沒人會想去驗證。在牛頓時已經認定光通過一個重力場的時候應該會彎曲，但是牛頓算出來的數據和愛因斯坦的不太一樣，那個時候大概也沒有人想到用什麼方式驗證，在一九一九年愛因斯坦的廣義相對論把重力考量進去後（在一九〇五年時他只考量慣性），英國的Sir Arthur Eddington（愛丁頓）在一九一九年帶了一個團，在日全蝕的時候到非洲去拍光線的走向，假設這個是日全蝕，則其後面有星光，可穿過這個日全蝕的邊緣；因為是日全蝕，所以底片就能感光。透過這樣的發現，Eddington證實了光的確會彎曲，這則新聞馬上變成《紐約時報》與其他報紙的頭版頭。所以在日全蝕時就可以驗證光會不會因重力效應而彎曲，我提這個例子的意思是說，像愛因斯坦一個這麼大、這麼抽象的東西都可以伺機驗證，中醫不能動不動就說無法驗證，研究中醫的同好與同學，可以拿這個例子當為警惕之用。

再看量子穿隧效應（Quantum tunneling effect）。以前中國大陸傳說有一位具特異功能的人，能把放入玻璃瓶的乒乓球讓它穿過玻璃瓶管壁跑出來，假如這個乒乓球能被施法者的心理能量先化為一大堆粒子，然後個別穿過管壁，出來後這些粒子又能聚合在一起，則說不定真的又能變回原來那粒乒乓球，這叫量子穿隧效應。這個過程光用聽的就讓人頭皮發麻，如果用這個理論來解釋這個現象，則既沒辦法否認，也沒辦法承認，最後只有一招，就是看看乒乓球究竟從瓶子出來了沒有，假如乒乓球根本沒出來過，那為什麼有人在講說這些特異功能的人有這些能力呢？所以專業的影音紀錄應該就像日全蝕一樣，很容易來做否證或者肯證的，但是如果只是用量子穿隧效應來解釋這個還未被大家真正看到的現象，則就稱之為既沒辦法否證也沒辦法肯證。

依同樣的道理，談談「氣」的問題。一些膚淺的人會說若真有「氣」，則在打籃球的時候看對方要進球時就給他吹一口氣，把球吹歪。問題是要讓氣跑到外面來這太複雜也太不實際了，有點像武俠小說，我們現在講的是身體裡面有沒有氣在流動，只要打過太極拳或者練過內功的人，大部分都會肯定的跟你說裡面是有氣在跑，但是若無這方面修養的人可能就沒辦法感覺。感覺有氣在運行和去證明它有是兩回事，而且最後所謂證明它，不只證明它有，也要說明這個氣的物理化學性質與相關的生物生理結構在哪裡，氣是不是在神經系統上行走，氣的功能又在哪裡？經脈醫學與針灸顯然不只是說明氣的走向與療效而已，它們日後一定能夠在流體力學與神經生理學上，提出讓人信服的科學證據出來。

針灸的大腦機制

接下來就取針灸研究做例子。底下所討論的，大部分依據一篇我看了以後覺得有問題的論文（Cho, Z.H., Chung, S.C., Jones, J.P., Park, J.B., Park, H.J., Lee, H.J., Wong, E.K., & Min, B.I.（1998）. New findings of the correlation between acupoints and corresponding brain cortices using functional MRI. Proceedings of the National Academy of Sciences of USA（PNAS）, 95, 2670-2673.）。我曾在二〇〇五年向該文作者之一也是本校傑出校友的韓國慶熙大學李惠貞教授提過底下的問題，該文業已於二〇〇六年七月五日PNAS, 103, 頁10527上撤銷其刊登，李教授後來告訴我，這是因為作者群中有人認為確實產生了難以再度驗證之處，而且有些觀點與我底下的講法若合符節。

傳統的觀點認為在有效的針灸點扎針，可直接影響到末端器官，現代的觀點則想了解針灸點扎針後，是否透過大腦，經過中樞神經系統當為中介而影響到末端器官。這篇研究是透過功能性核磁共振（fMRI），查看針灸點、大腦反應與末端器官之間的關係，針灸點是足太陽膀胱經，亦即足部與治療眼疾有關的視覺區針灸點一，二，三，八。什麼眼疾呢？像夜視、近視眼、目生白翳（白內障）等。距離針灸點二—三公分的地方叫非針灸點，就是不應產生針灸效應的穴道，可以當為控制組。針對這些針灸點與非針灸點取大腦fMRI影像並予以相減後，發現在大腦的枕葉視覺區有特殊激發，亦即跟用光照打在眼睛上，而在枕葉視覺皮質部第一區V1會有神經活動的情形一樣。這個實驗結果好像是說扎針的穴道真的跟視覺有關，只不過這種研究製造的問題恐怕比回答的問題還多。首先，扎針之處並無視覺感光細胞，所以扎針時是一種觸覺，照理講應該是大腦負責身體感覺的區域（somatosensory cortex）有反應才對，怎麼會跑到V1去呢，要產生神經衝動到V1去，只能透過光接受器（photoreceptor），但問題是針刺刺激又不是光，怎麼可能興奮到網膜上的光接受器？最後只剩下一個可能的地方「視丘」（thalamus），因為視丘可以被很多地方驅動，它可以被腦幹驅動，可能透過Ach這個神經傳導物去驅動它，但是必須先證明足部扎針可以改變內分泌系統，然後連帶影響跟視覺有關的側膝核（LDN）區域，它才能幫你傳到V1去，我把那篇文章拿來一看，什麼都沒講，只是說明刺下去之後V1會激發，邏輯上其實充滿了不可能性。榮總一位針灸醫師，想要重驗亦無結果。

另外，是有關大腦激發之後治療眼疾（夜視、近視眼、白內障等）的問題。假設V1真的被激發，但依據大腦神經生理機制，V1區的神經激發本來就很難下傳到側膝核，從側膝核再往下傳到網膜上則幾近不可能。另假設眼睛在有疾病時，當V1會被針刺激發，就保證說可以治療眼睛，這是一個很奇怪的推論。今假設一隻手已經不太能接受外界的機械刺激，這隻手麻痺了，當刺激大腦主管身體感覺的地方，這隻手就感覺麻麻的，但是再給予機械刺激，照樣沒感覺，同理，假如眼睛現在已有眼疾，光是難以有效率進去的，縱使刺激可以從別的路徑激發過來，難道就能幫助光線更能進得去嗎？加拿大UBC大腦研究中心的王玉田教授與我討論時提出一個講法（二〇一三年十一月一日），假設V1還是被激發了，此時雖然網膜上的刺激不足，但因V1

已有激發，故仍有機會放大網膜所接受刺激之效率，看起來就好像能治眼疾一樣。該文製造了很多疑點，但仍是一個重要的研究領域。我們的中醫與針灸研究，應該做有系統的整理，來回答這些重要問題的真正答案。

黃龍祥（二〇〇四）（《科學文化評論》，三，頁五—二十）想探討的則是針合谷穴、張口與顏面反應之間的關係，針灸點應屬手陽明太陽脈，則身體感覺皮質部應做何反應？經絡關聯圖與大腦區激發之對應為何？他說針刺合谷穴會張開嘴巴，而且會有顏面反應，他的講法跟剛剛的講法差不多，也就是說，針了合谷穴應該在大腦身體反應感覺區那邊有反應，該表現又與顏面反應區域很靠近，聽起來很合理！有一些非正規神經反應（non-regular neural response），值得在此說明。明眼人摸點字時應會激發大腦身體感覺區，但天生盲人摸點字時，不只在身體反應感覺區會有反應而且在V1也有反應，好像是說前述針刺足太陽膀胱經產生V1激發的實驗結果也不無可能。但現在的研究已逐步釐清，天生盲人因一直沒機會用到V1，但負責觸覺的大腦身體感覺區域已經不夠用（因為要處理更精細的觸覺分辨），所以侵佔到V1去，讓V1一齊來參與表徵觸覺，所以才會在V1產生激發。

但該一非典型的神經反應，顯然不能適用在我們討論的例子上，因為在明眼人身上的大腦視覺區是專門留給視覺使用的，身體感覺區則是留給觸覺用的，在正常情況下應該是涇渭分明，受試者並非天生盲人，照理講不存在這種可能性。

中醫藥與針灸仍需通過高品質醫療的門檻

中草藥的研究與開發，在應用現代藥學技術萃取有效成分並進行臨床試驗的標準程序上，已成為國際性普遍接受的學術與產業，但奠基於中醫理論的複方研究與循經脈醫學建立的神經生理機制，則還沒有達到可足與居於前沿之科學界及臨床醫學界對話的地步。

中西醫的醫療，是不是應該遵循同樣的現代科學邏輯，是一個可爭議、可辯論的問題，應該將它們的問題分割出來，一項一項去檢視。這些應該討論的問題，中西醫學界可以透過共識會議來逐步形成，其核心關切應以病人的醫療福祉為依歸，假如連這點都做不到，則奢談科學與傳統四個字，也無法掩飾其圈地與固守既得利益之心態。假設現在有五個醫生看同樣一個病人，他們會做出同一診斷以及給予類似治療方式的機率有多大？看診判斷的穩定度有多高？西醫與中醫若分開來做，則其內部穩定度那一類會比較高？這種研究可以分別在不同疾病與嚴重度之病人身上做檢視，進行之前當然要先符合研究倫理與病人福祉之嚴格要求。這類研究對中醫尤其具有意義，因為中醫領域很少有這類資料。另外，不管是中醫或西醫，做診斷、弄清楚致病機轉、尋藥方、弄懂用藥成分、追蹤調理並做滾動式修正等，都是高品質醫療的門檻與必要條件。假如西醫都可以循這個方式去做，中醫應也不能排除該一要求，當大家容許中西醫對治病可以異法同證以療效當為重要判斷依據時，並不表示可以犧牲常識與門檻，畢竟現代人在教育水準與科學素養上，已大幅提高，中醫必須在此基礎上予以尊重，才能因此而獲得人民與其他專業的尊重。

儒醫傳統的建立與發揚

在現代科學勃興當代醫學標準已然建立的社會中，要讓有數千年歷史的中醫與針灸，不被視為前科學期之操作技術，而且得以加碼重獲國際競爭力，當然必須特別講究以上所提諸點，並努力在科學升級（如加強信號分析、系統神經科學與臨床驗證，在四診與針灸之研究上接軌現代醫學與科學）、以證據為基的療效（evidence-based，包括複方與適用科別）、中西醫結合、中醫藥對幹細胞／血管性疾病／長期與老化疾病照護、選用合適且已驗證有成效之西醫式教育（如PBL、OSCE、TMAC）等項上，投入有系統之心力與資源，以發展出具有國家格局的學界及醫界特色。另外，設定中醫藥教研與醫療之進步指標，包括提升本身之信效度、設定國際比較指標（benchmarking）、促成將重大發展與成果寫入醫學教科書等項，也都是可以著力的目標。

但是中醫藥與針灸的特色發展，還有一條絕對不能忽視也是大家念茲在茲的大路，必須要持久的走下去，那就是儒醫傳統的大道！中醫過去所標舉的儒醫特質，如何貢獻於西醫或改善國內的醫療風氣？大概講儒醫過去都是集中在講中醫，但就像在三軍將官中不分中外都會標舉儒將一樣，西醫應該也可以做儒醫，儒醫風範應該可以是醫家的共通價值。儒醫不能夠局限在中醫中發展，要怎麼樣將儒醫精神與養成方式貢獻到西醫的養成教育中，其實也是中醫教育裡面，應該要具有的使命感，而且以後與西醫結合時，也要知道怎樣把儒醫的精神帶到西醫去。西醫教育中很清楚會講到倫理道德、醫生的使命、醫生的責任、醫生的認同，問題是中醫在講的儒醫精神是什麼？如何具體落實的做好養成訓練？有沒有辦法真正貢獻到行醫上？

以前的中醫養成與懸壺濟世，最先講究的是孫思邈在〈大醫精誠〉中所說的救人精神與倫理規範，這部分與西醫始祖Hippocrates所講的適用至今的醫師誓詞，基本上並無太大差別，但其思考方式與用字遣詞，還是反映出古代中國對儒醫基本訓練與應有表現之看法，值得與西醫傳統參看並互相啟發。我每次在替中醫系與學士後中醫系學生授袍時，都會重溫一遍孫思邈的教誨，其中我最欣賞的一段是：「凡大醫治病，必當安神定志，無欲無求，先發大慈惻隱之心，誓願普救含靈之苦。若有疾厄來求救者，不得問其貴賤貧富，長幼妍媸，怨親善友，華夷愚智，普同一等，皆如至親之想，亦不得瞻前顧後，自慮吉凶，護惜身命。見彼苦惱，若己有之，深心淒愴，勿避險巇、晝夜、寒暑、飢渴、疲勞，一心赴救，無作功夫形跡之心。如此可為蒼生大醫，反此則是含靈巨賊。」古希臘Hippocrates的醫師誓詞中，有一段也是意義相當接近的：「我將不容許有任何宗教、國籍、種族、政見或地位的考慮介乎我的職責和病人之間；我將要最高地維護人的生命，自從受胎時起；即使在威脅之下，我將不運用我的醫業知識去違反人道。我鄭重地、自主地並且以我的人格宣誓以上的約言。」因為兩人一前一後相隔近千年，若要論版權，當然是Hippocrates占優先。

中醫比較特殊的是在強調儒醫的養成時，相當強調經史詩詞琴棋書畫與氣功的教養。現在社會與家庭環境比較好，所以會琴的比較多，每一個人的專長不一樣，至於棋啊，恐怕較少，書呢，在電腦打字盛行下恐怕是不實際的要求，台灣的家庭在培育以後想念醫學院的小孩時大部分是就琴而捨畫，學畫的小孩大多也是自發性的，家長讓小孩去學的以音樂、彈琴為主。所以，琴棋書畫，恐怕能達到二項就合乎標準了！若經史詩詞琴棋書畫與氣功統統都不會，要多少沾染一些儒醫氣質恐怕是很難吧！因為琴棋書畫並不只是附庸風雅而已，而是培育儒醫過程中具有實質內涵的部分訓練教育內容，如此儒醫的心情才能充分表現出來，才會成為坦蕩蕩，照顧病人而無所求的醫生。

心有多寬，路就有多寬

不管是中醫、西醫、公共衛生、藥學、健康照護或生命科學，在這些學院裡面都有幾樣東西要特別講究。首要當然是要做科學，包含臨床或產業實習在內，另一個則是與政策有關。例如健保的中醫給付應涵蓋多少部分才算合理、什麼樣的疾病與何種治療方式應有中醫給付、中醫師應如何訓練等，都與國家的教育與醫療政策有關。還有就是如何發揚本土特色，亦即中醫與針灸受到傳統文化的影響有多大、國人就醫受到傳統因素影響的層面有多大？這些本土特色的發揚，都應該放在醫療福祉的基礎上深入討論。

還有就是國際趨勢。我最近才看一篇美國醫學會期刊的論文，其中講到偏頭痛的針灸治療，內容指稱針對地方與沒針對地方的止痛效果是一樣的，這種講法的殺傷力很強，若該一結論並非事實，則我們的中醫針灸界不能讓非此領域的外人主導該一議題，應該跟他們打筆仗！假如我們有證據認定是確實有效的，則要將國際上發生的事情視為我們應該管轄的領土，要具有使命感來做科學的辯護與推廣。假如資料不足，就要想辦法去補充，這樣才能真正讓中醫與針灸發揚傳統特色，並開始具有國際競爭力。但是要做到這個地步，只靠一間大學是不夠的，應該要想辦法促成讓國家願意大力投入，就像中國與南韓一樣，讓中醫藥與針灸有一個國際平台，人才得以在國際間流動，盡量讓全世界相關的優秀人才都願意進來這個平台一起合作研究，目標清楚的人才來往與合作多了，水就流動了，來源也變寬了，這就是「心有多寬，路就有多寬」的寫照。

（修改自二〇〇六年三月十五日 對學士後中醫系同學的演講）

五

大學教育中的人文關懷

科技與人文對話的理念及實踐

我在一九九五年從台大借調到國科會擔任人文社會科學發展處（人文處）處長，短短三年歷經郭南宏、劉兆玄與黃鎮台三位主委，郭南宏最有個性，劉兆玄對科技與人文的互動有一些看法，基本上國科會的學術處是大學人在做大學事，以推動為主很少有管制成分，這在一般政府部會的公權力機關中，是很少見的。我在任期中也配合做了幾件事情：

1. 當時國科會已習慣用SCI作科技國力的總體呈現（但仍非現在以此當作個人升等的依據，主要是當為一種總體資料的統計呈現），經費多少以此做大約分配，但人文社會科學尚未習慣SSCI，遑論 AHCI，因此並無穩定的指標可供參考。我們認為人文社會科學（尤其是人文學）有其語文、文化、傳統及區域特性之考量，實不必完全照抄SCI或SSCI，所以改採由人文社會科學領域的十幾個學門，各自帶開找出各學門在國內可資採認的三個等級之學刊與專書系列（國外則仍以慣用的SSCI列計）。該一做法與成果，成為後來發展TSSCI的依據。

2.規劃與召開史無前例為期兩天的全國人文社會科學會議，之前還先做了很多暖身動作與分區座談，包括確定執行經典譯注計畫以及規劃成立人文與社會科學兩個全國性研究中心的提議，以及確認各學門擬定在國內可資採認的三個等級之學刊與專書系列。時至今日，經典譯注已在人文處魏念怡研究員商請單德興等位教授的協助下，與聯經出版社展開長達十五年以上的合作，出版了高水準約六十巨冊以各國語言寫出的經典作品，以文學與思想類為多，但亦兼顧其他學術起源及思潮，其特色為須作學術註解以及撰寫學術導讀，譯文可靠度與譯者資格則須經學術審查，這種做法多少交代了台灣在建立廣義的人文傳統上所應做的最小努力。至於人文研究中心與社會科學研究中心，則在朱敬一接任人文處處長後，即已順利的分別在台大與中研院設立與運作，但在二〇一二年一月合併為人文社會科學中心，設於台大繼續運作至今。

3.規劃並主辦十一場「科技與人文對話」，題材無所不包不脫現在大家所關心的課題，但在當時則是創舉。這十一場對話都由人文處找專家共同研議出來，依其順序大約是：與網路共舞、從出生到死亡的抉擇困境、性別與科技、科學與靈異現象、科技與傳統文化、文學藝術與科學、理性與感性、工程資訊科技與人文、語言與演化、宗教與科學、災害防治與永續發展。這些對話每場都有人文社會與科技專家參與，劉兆玄主持不少場次，那時候的新聞與電子媒體不像現在，對這些題目都很有感，報導也多，記者們還取笑我們這是在燒國科會這個冷灶。有些值得再進一步發展且大家關切的題目，則放到學門內或作跨學門跨處的研究規劃，如基因科技的ELSI議題與網路科技的私密性問題。全國科技會議受此影響，也開始將類似議題，陸續放入正式的討論提綱，並做出具體發展的決議。

4. 由於上述的工作，人文處被賦予制定《科技基本法》草案的責任，雖然本就應這樣，因為法律學門本就放在人文處裡面，但在當時也算是創舉了。事實證明這樣做是對的，因為終於弄出一套內閣法與國內第一個基本法的規格，除了為台灣未來的科技發展搭出較完整的有利架構之外，也將美國一九八〇年Bayh-Dole法案專利授權的先進科技立法精神，斟酌納入本法草案的部分條文之中。

我一向主張重大的工程規劃應該在前期即納入人文考量，如在做河川（基隆河）整治時即應心中有文化考量，以建立類似泰晤士河或賽納河的流域文化，而非整個腦子只知道截彎取直！但這類事情並不如想像中的那麼簡單。我在二〇〇〇年出任行政院九二一震災災後重建委員會執行長（很巧的，劉兆玄是第一任執行長，不過差別在他主要做救災我主要接著作重建），發現雖然在邊坡穩定與河川整治時，自然工法是一種結合科技與人文考量的做法，但常有爭議，反對的意見中以效果與安全為最主要的批評，因為認為自然工法不如傳統工法的穩定與有效，但傳統工法也常被批評太過耗費且違犯環境與生態法則，我常須在其中辛苦地尋找最大公約數並進行協調工作。可見科技與人文對話雖然好像是一件政治正確的講法，但在實務運作時並非全無疑義甚至還會有爭議，需要大家真正進入論述的場域，而且要在互動之間存有善意。

再以文創產業為例。在幾年前第八次全國科技會議中，即有類似爭議。人文傾向大者認為應以培育具有藝術、文化、設計內涵的創意人才為先，而非馬上就將資源大量投入在商業模式與文創科技上面。其實兩造之間並非全無會通點，但要看大家是否能夠無私看待問題的基本面，而非汲汲於資源與經費的流向。

由多年的台灣經驗，有兩件具教育性的做法應有助於實質的科技與人文對話，那就是科普著作的流通與大學通識教育的普及。前者對一般人（尤其是原來修習人文社會學科者）的科學素養，有很大的助益，後者則可補足知識與行為光譜之不足（修習理工醫農者多了解一些人文社會領域的知識，反之亦然；更重要的則是讓大學生都能參與人文及社會關懷之實踐）。台灣近年來在這兩方面皆有明顯的進步，應可期望科技與人文的實質對話在大家努力下，逐步發展出來。

學風與傳統

一所好大學不能只講學術卓越與世俗聲名，哈佛大學在各種世界大學排名上大概都是名列第一，但對它而言更在意的還在於全世界最優秀的年輕人，會不會將它的大學部與研究所當為首選，還有它的畢業生是不是日後都能成為各行各業的領導人，要做到這個地步，除了要把學術做好之外，還要花很多心力與時間，去營造具有特色與具有吸引力的學風與傳統，讓各種值得傳頌的故事流傳在校園的各個角落，在潛移默化中參與人才培育的工作。不只哈佛大學這樣做，美國境內的好大學無一不是這樣做，劍橋與牛津大學也是這樣在做。

在學術卓越上，真正一流大學之所以能吸引世界第一流的年輕心靈，不是只因為它發表很多論文，而在於它有獨特的學術品味，做出很有特色又有影響力的研究，它當然不能在每個領域都開風氣之先，但確實能在某些學術議題上開創學術領導方向，讓世界跟著它走。這類學術故事很多，但不是本文重點，而是將觀點與分析集中在一些細節項目上，看看一所醫藥為主的大學如何發展出學風與傳統出來。就一所醫藥大學而言，學術卓越是必然要達到的目標，但它還有更重要的任務，那就是要替社會培養出優秀的醫師、藥師、護理與醫事人員，若有可能再替國家社會培養出日後被各方尊敬的醫療奉獻獎人選，則這所大學將更感榮耀，無形中，學風與傳統就這樣經年累月的樹立起來了。假如這樣做是對的方向，則當年朱元璋在〈開國三策〉中所說的「高築牆，廣積糧，緩稱王」，就很值得參考了，亦即，在追逐世俗聲名之前，我們還有很多準備工作要做，譬如說回到細節裡去看看魔鬼藏在哪裡，這些項目包括有針對授袍、學校與醫院的醫學標誌、校歌、校訓、大體解剖課的人文意義、人文素養與醫學人文的定位、重返史懷哲之路、醫學與文學等項課題與實踐的討論，有關醫學人文的定位、史懷哲典範學習部分，以及醫學與文學部分，將另文論述，其他則在本文中說明。

授袍

對醫學生（包括西醫、中醫、牙醫）而言，授袍典禮是到醫院當實習醫學生之前的「成人禮」，是每位醫學生必須要有所體會的日子，因為這一天對他／她而言，是這輩子第一次宣誓與穿上白袍的日子，是一種榮譽更是責任的開始，假如連它的意義都沒弄清楚，典禮儀式的程序也沒弄對，那就糟了。會不會發生？當然會！有的會把它辦成四年生活回顧展，又笑又鬧之後穿上白袍；有的把應該由學校（學習機構）辦的隆重儀式，交給系友會辦，或者由醫師父親代為授袍；有的先授袍後再宣誓（醫師誓詞請參看〈以儒醫為核心發展的中醫藥及針灸學術〉一文，理論上應先宣完誓後才有資格穿白袍，但全部穿了白袍後再宣誓好像更莊嚴，何者為宜可再考量）；有的人把授袍典禮當成畢業典禮（其實還沒畢業）。諸如此類的事不勝枚舉，非得要一一糾正不可。

醫學標誌

基本上希臘原裝的醫學標誌，稱之為Rod of Asclepiu，在權杖上的蛇頭是往左的（如圖一雕像所示），而且是單蛇，所以不只衛生福利部學它，較老的北大與台大醫學院也皆如此（圖二）。但也有單盤蛇頭相對向右的，如成大醫學院（圖三）。中國醫藥大學的標誌為雙蛇帶翼纏繞在權杖上（圖四），所以既向左也向右，還有翅膀，有對稱裝飾之風。學校附設醫院也是單蛇帶翼纏繞蛇頭向左（圖五），我判斷是學國防醫學院與三軍總醫院的（圖六、圖七），因為當年很多協助中國醫藥學院的人是來自國防醫學院系統，附設醫院創院的王廷輔教授是從空總來的。我有一次在開會時看到一個設計，盤得不符規矩（圖八），還給了一些改正意見。

圖一：

國立臺灣大學醫學院
NATIONAL TAIWAN UNIVERSITY COLLEGE OF MEDICINE
1897

圖二：

圖三：

NATIONAL CHENG KUNG UNIVERSITY MEDICAL COLLEGE
·1984·

圖四：

中國醫藥大學
CHINA MEDICAL UNIVERSITY

圖五：

圖六：

圖七：

圖八：

校歌

我經常會疑人所不疑之處，這是過去做研究所累積下來的習慣，也因此經常發現背後真的有系統性之因素存在，但居然數十年都過去了還無人追究。如學校校歌中有「上醫醫國，其次醫人」的字句，依其文字寫法，應係出自《國語》和《左傳》的「上醫醫國，其次疾人，故醫官也」，而非出自孫思邈《千金要方》的「古之善為醫者，上醫醫國，中醫醫人，下醫醫病」，其中醫也，又有「上工治未病，中工治已病」之分。我那時的懷疑是哪有一所私立醫藥學院，竟會心肝那麼大，只想醫國而且把醫人當其次的？北醫校歌也有上醫醫國的歌詞，但並無「其次醫人」的字眼。當時詢問眾大老無一知曉，再查校史，原先是想設中國醫政學校（三位創辦中醫之一的覃勤也是老立委，那一代的人比較會憂國憂民），所以也有可能是校歌已經先寫好，後來教育部不同意設才改成中國醫藥學院，但忘了重修歌詞沿用至今。另一可能則是辦校之人將醫（中醫）視為國醫，頭腦想的是「故醫官也」（醫也是國之官職），所以若真能醫國（包括治理流行疫病，這在當年醫療環境不好，風水疾病與疫病多之下，亦屬合理），豈不美哉！不管是哪一個解釋，我們有做到嗎？這才是問題。校訓之實踐亦同，我經常在不同場合（包括受袍典禮時）抽點考考校訓是什麼，不祇學生也考老師，我相信已有超過三分之二的答對率，這些事情是要一直提醒的，這個叫做 back to basics（回歸基本面）。

校訓

大學的校訓（motto）真的能反映或形塑傳統學風嗎？校訓的表現有很多方式，極少數名校沒有校訓（如北大），但還是有傳統精神與學風的講究。有校訓不一定會將其視為唯一價值，甚至只是備而不用，但沒有校訓卻是不可思議的。底下蒐集一些大學的校訓，也有見賢思齊的意思：

(1) 北大

一八九八 京師大學堂

一九一二 改名北京大學

傳統精神：愛國、進步、民主、科學

學風：勤奮、嚴謹、求實、創新

一九一七 蔡元培校長之辦學方針：循思想自由原則，取兼容併包主義。

目前尚無通用之校訓。

（2）清華

一九一一 清華學堂

一九一二 清華學校

一九二八 清華大學

校訓：自強不息，厚德載物

（3）台大

一九二八 台北帝國大學

一九四五 台大

校訓：敦品勵學，愛國愛人

傅斯年校長：貢獻這所大學於宇宙的精神（Spinoza所提宇宙的精神，係指追求真理）

（4）哈佛大學

校訓：Veritas（Truth）（真理）

（5）牛津大學

校訓：Dominus illuminatio mea

（The Lord is my light）（主是我的光）

（6）劍橋大學

校訓：Hinc lucem et pocula sacra

（Here〔we receive〕light and sacred draughts）（我們來此接受知識的教導）

（7）MIT

校訓：Mens et Manus

（Mind & Hand）（心與手）

（8）Stanford University

校訓：Die Luft der Freiheit weht

（The wind of freedom blows）（自由的風在吹）

（9）CMU（Carnegie-Mellon University）

校訓：My heart is in the work（我的心在工作中）

（10）CMU（瀋陽中國醫科大學）

校訓：政治堅定，技術優良

(11)CMU(台灣中國醫藥大學)

校訓：仁慎勤廉

(12)KMU(高雄醫學大學)

校訓：樂學至上，研究第一；

堅忍自強，勵學濟世。

人文素養的一般性影響

中央大學的太空科學家郝玲妮教授有一次與我談及人文素養的問題，她認為科學研究者要做好有特色的一流研究，需有好的品味、眼光與格局，這部分是人文研究與人文素養所擅長者。所以人文對科技生醫研究者或學習者之影響，並非只是氣質與知識之變化與充實而已，應該整合到整個訓練過程裡面，當為不可分的一部分，而非只是當為「附件」，或只是附庸風雅。同樣道理也適用在主修人文社會的學習者身上，現在負責國家政務者泰半為人文社會背景出身，但他們也在決定很多重要的科技發展政策，所以也應多學點科技，並當為其教育過程中不可分的一部分，若有人覺得數理學習壓力過大時可調整教材內容，以提高學習效果。

人文與社會科學素養可能不會增益太多理工生醫之專業表現，但絕對能衍生具創意之流域文化、人性關懷科技，對基因複製、GM產品、器官與組織工程、生殖科技、胚胎幹細胞、iPS

等當代敏感議題，亦能提供第二思考層面之參考。人文社會素養不足或扭曲，則絕對會帶來禍害，如納粹科技、極端條件下之身心反應、基因屠殺、專業與醫療倫理之毀敗等。另外美蘇冷戰結束後很多工程與物理科學人員找不到專業職務，部分進入股市，弄出一堆財務與債務危機，亦有人文素養與人性社會認識不足的問題。我們在醫學教育中主張人文素養，並非將其視為獨立之選項，而應是將其整合在一起才有用處。

大體解剖課程的人文面向

大體解剖是醫學生與相關醫事護理科系學生，在其一輩子專業生涯中最難忘懷也最值珍貴的共同經驗。我們的醫學教育在設計大體解剖課程時，將其視為連接醫療專業與人文的重要環節，因此安排了一些學習方式與儀式，包括在學習前的暑假，走訪大體老師的親人，了解學習時所要面對的無語良師的一生；啟用時舉辦法會與儀式，學習過程中則製作解剖影片，以配合數位、模型與實體教學；學習後則有縫合與火化儀式，並繳交學習心得。我們也在醫學院解剖教室旁，以甲骨文寫上「大愛澤醫」與「人文關懷」的文字立在牆上，以提醒同學常持虔敬與認真之心。凡此種種無非讓學生能有機會在進入醫院從事臨床工作時，有最好的連接，以不負大體老師生前對醫學生的期望「寧願在我身上劃錯一千刀，也不要在病人身上劃錯一刀」。更重要的，要讓學生得有機會親自感謝大體老師的家人，同時也讓他／她們覺得自己的親人真的對以後醫療水準的提升，做出了實質的貢獻。因為這些理由，過去八年半以來，我都親自主持各種法會與儀式，並參與同學老師們親自向家屬表達尊敬與感謝之意。

醫學人文的定位與體現

醫學教育與其他類型教育標舉人文精神之異同

在推動醫學教育的場合中，經常會聽到如何在教育過程中履現人文精神的問題。但是任何類型的教育都需有人文精神貫入其中，非獨醫學教育為然，在科學家與工程師的培育過程中，又何嘗不需要人文精神的陶冶。該二類之主要差別何在？很明顯，差在一對物一對人。在科學與工程領域中，常持人定勝天之態勢，率土之濱大地之內，扶搖直上的地球外層，無一為非可利用者；人造器械與武器之利用及破壞，存乎一心。凡此種種，諸多人與自然以及人與資源之相爭相處，在在深刻影響了人類的命運與地球的存亡，所以人文精神的教導非常重要。

醫學則不祇針對疾病本身（若係如此，則與一般科學無異），而且包括在病人身上所做之診療，疾病祇不過寄身於其上而已。所以醫療工作者所面對的是人的全部，而非祇是借身於其上的疾病。因此，與病人的受苦經驗及內容作溝通與診療時，除了要精準有效之外，尚需有同理共感之互動成分在，若能從個人層次擴展到針對整個特殊群體或整個社會之受苦經驗的處理，則更是「上醫醫國」的境界。此之謂醫學的人文精神。

該二大類教育中所要發揚的人文精神，有不同之處（如主要是對物或對人），但也有更多相同之處，如針對受苦經驗的同理共感與進而提出實質有效的關懷措施以解除痛苦，都是放諸四海而皆準的人文精神體現模式。科學與工程所直接面對的雖然大部分是物（原子、分子、武器、流域、山丘、能源、環境、人造物等），但背後常因為有人的存在才生意義，因此由於物之變動而造成人的受苦（如原子彈），看到人的受苦而生不忍人之心，進而研擬新措施來解決痛苦，這些都是人文精神之發揚，可見兩者相同之處甚多，有其共通基礎在。

醫學人文的是與非

在醫學教育中履現人文精神培育的方式，絕非等同於開授藝文賞析、琴棋書畫即可涵蓋。古代中國的儒醫傳統雖然留下很好的琴棋書畫與氣功傳承，但更重要的是其懸壺濟世的不忍人之心，這才是真正的人文精神。所以，人文精神與醫療專業知識恰是車子之兩輪，無一可偏廢，皆為主體。若在教育過程中，開些藝文課程與人文學科即認為可完成使命，剛好是把人文精神弄成附庸角色，其實是不符本義的。

至於現在社會上所熱烈關切的醫德與醫療專業倫理，是否即為醫學教育中人文精神培育之最重要部分？其實社會所關心者，大部分屬於規範層次，也是整個醫學教育應該要驗收的成果之一，而且是主要的部分，但還是不能視為等同於醫學教育中人文精神培育之全部，雖然可以是其中一個重要部分。

有關醫德與醫療專業倫理之內容繁多，但至少應包括下列：

1.實習醫學生與醫師、護理師、藥師在受袍受冠時的誓詞內容。醫學生與醫師大體以世界醫學協會一九四八年日內瓦宣言（奠基於Hippocrates的醫師誓詞）當為基調；中醫則採唐朝孫思邈的〈大醫精誠〉為本；護理師與護士則採南丁格爾誓言。

2.所謂醫德，無非是人在從事專業工作時的善惡之分，並在專業中體現德行與教養（decency與integrity），以避免不當後果之產生。醫療倫理不祇發生在特定的醫病關係上，當醫療專業人員開始不尊重自己的志業，背棄醫界傳統，以致傷害到別人對醫療專業的信心與信任時，也是一種醫德的敗壞，當事人經常因此而一步一步走向沒有光的所在。

3.十八世紀康德道德律的第三種表述：在任何情形下，無論是對待自己或對待別人，總是要把人當作目的，而不要把人當作工具。

4.人性的試探。醫療專業人員祇有在面對試探、危險時，才知道教養與專業的不足，更重要的才知道對是非與善惡概念如此不清楚，因此而留下很多現場教材，如SARS期間的醫療責任與承擔、選舉期間的病歷外洩事件、人球事件等。這些事件並非一般的醫療疏失或醫療糾紛，而是涉及制度不健全又兼人性扭曲失去分寸所導致之結果，有甚多值得檢討與教育之處。

定位與體現

上述有關醫德與醫學倫理之說明，已包括一部分有關教養與德性養成及違犯的過程，社會所關心的是違犯的部分，醫學教育中人文精神的培育，則將之視為重要內容，而強調其養成過程。教養本意為可經由教育而形塑者，教養是一種後天習得的概念，因此，人應為自己的後半生負起完全的責任。

在這一部分一定要提及於二〇一二年初辭世的醫界前輩與醫學人文先驅黃崑巖教授，他最為人稱道的，除了創辦成大醫學院與TMAC（台灣醫學院教育評鑑委員會）之外，還因為他全力推動兩個信念，一為「先學做人，再做醫生」，另一則為「教養有如一陣風」。前者在醫學教育中已有悠久傳統，包括台灣在日治時期的醫生培育（這是台大醫學院前身台灣總督府醫學校，高木友枝校長的主張），以及早在一九一〇年，Abraham Flexner 等人出版後來被稱為*Flexner Report*中所提出的明確主張，還有同一年代的William Osler醫師（他也在同樣的想法上，推動醫學教育應在大學畢業後進行）等人，皆指出該一原則應予落實之必要。後者（教養有如一陣風）則類比無形但在接受考驗時即會現形之物，黃教授引用了英國女詩人Christina G. Rossetti的詩〈誰見過風〉*Who has seen the Wind?* 來做類比，意思是說雖然沒人見過風，但當周圍的樹葉顫動時，你就知道風正穿過，黃教授用風來比喻教養的無貌之貌，以說明紮根教育與身教之重要。

就我的經驗而言，約當四十幾年前，台大醫科同學剛進來時，即由理學院代訓兩年（所謂的醫預科，現在TMAC推動的醫學系前兩年之「博雅教育」即有此精神），與不同科系大學生一齊呼吸同樣的大學校園空氣，不祇見識較為廣博，也多少沾染了可貴的人文氣息，正所謂做醫學生之前先做大學生之意。至於人文精神之實質發揚，仍有待教養與關懷之培育與落實，譬如如何學會將病人視為全人而非一個代號或一個疾病而已，則除了日後在醫院執業得以發揚之外，更須先在大學時作好奠基的工作，而且不能以為純靠課堂念書式的要求或一般補足知識光譜不足的通識教育即可奏功，往往需有實踐課程當作引導，在這方面，台灣十三所醫學院無不卯足精神全力以赴，中國醫藥大學亦不例外，僅舉四例供參：(1)大體解剖是一門可以培育人文精神的重要課程。在大三上學期開始上課之前（現在醫學系的解剖實習課改在大四上），即安排與大體老師之親人訪談，並參加啟用儀式，在實習完縫合火化儀式上，出版學習心得，並對家屬誠心的致謝。(2)安排在前兩年參與服務學習課程，包括社區與偏遠地區服務、參與醫院的與病人為友計畫（學生自行規劃發動）。(3)二〇一〇年開始帶領醫藥公衛學生赴非洲加彭共和國與法國「探訪史懷哲之路」，是一種醫學典範人物的學習之旅，並陸續安排往後的見實習與義診。(4)擴展國際醫療志工行動，包括在假期前往泰緬越寮柬埔寨、尼泊爾與西藏等地之志工醫療行動；為擴大到這些國家的義診成效，就在前述的基礎與經驗上，規劃了第一次首見的八國聯醫跨校聯合國際醫療服務隊，邀請八國醫師共同組團參與中、西醫及牙醫之多元化聯合義診，並研議其常態化機制，該跨國跨校服務隊於二〇一四年二月寒假成行。

這些計畫與活動皆偏重實踐面，應可與正式課堂之課程相輔相成，並依此修正課堂課程之方向與內容，使實踐與行動開始具有事先清楚之定位，以及事後相關問題之討論。透過理論與實踐之互動與整合，應更可在正規醫學教育中體現人文精神的發揚。

「重返史懷哲之路」：創造自己心中的蘭巴倫

一段因緣的啟動

二〇〇七年四月二十八日，Christiane Engel醫師到中國醫藥大學以〈我的祖父史懷哲〉為題，對講堂上坐得滿滿的學生作了一個很成功的演講。台灣目前有十三所醫學院，招收學生時有相當比例是透過甄選與面談，很多學生在被問到誰是你／妳一生的楷模時，史懷哲醫生經常是他們提起的大人物，因此史懷哲對他們是不陌生的，甚至事前已在網路上搜尋過相關資料，也讀過他的自傳。

演講過後，我請當時的醫學系吳錫金主任與醫學院的沈戊忠院長規劃一趟史懷哲的學習之旅，並請通識中心蔡順美主任（一位對巴哈與管風琴有了解的音樂史家）負責推動。

先做好基本功：行前培訓瞭解史懷哲

一所大學最難的就是建立起良好的學風與傳統，中國醫藥大學在這方面還有很大的改進空間，因此除了早期由學生自發性的「與病人為友」活動與偏遠地區醫療服務之外，最近幾年大量的推動服務學習與社區關懷、受災地區（如八八水災）服務，並納入課程，也啟動了國際醫療志工服務團，到泰緬、柬埔寨、寮國、越南、尼泊爾、西藏等地提供實質服務。另並透過教育部教學卓越計畫之補助，進行台灣中部醫療人物之調查研究或訪談，到目前為止已出版四集《台灣中部醫療人物誌》，對醫藥學生視野與歷史感之建立，有很大幫助。

雖然到現場走一趟史懷哲非洲行醫的歷程，是最終的見習目標，但總要先做好基本功。若對國內醫療歷史與現狀沒有感受，或無國際醫療志工之經驗做基礎，則縱使走一趟非洲也是觀光性質居多，亦難有所啟發，遑論建立認同。所以在一年多前先以徵稿之評選方式，依事先選定之十位國內醫療典範人物（或團體）撰寫研究心得，包括有蘭大衛與蘭大弼父子、賴和、薄柔纜與門諾、潘永謙、徐賓諾與紀歐惠夫婦、島阿鳳、蔡深河與蔡孔雀、羅慧夫、王金河與李秀綢與台灣路竹會等。

最後選出二十五位學生參與培訓，有計畫的邀請專家講授史懷哲的時代及當時的醫學發展、非洲現況及醫療、史懷哲其人其事等主題，並進行研討。我們並且一齊決定將這一系列的學習與實踐之旅，定名為「重返史懷哲之路」（Revisiting Dr. Albert Schweitzer's Trail）。從二〇一〇—二〇一二年我們已連續前往三年，後兩年由泌尿外科陳汶吉、內科杭良文與牙科涂明君兩位教授帶領，包括見實習與義診在內；二〇一三年則與國際同步擴大辦理史懷哲非洲行醫百年紀念活動。

前往陌生的西非蘭巴倫

終於訓練完成，可以出發了，時間是二〇一〇年六月二十六日到七月八日，學生十七人（大部分為醫學院與中醫學院，但亦有來自藥學院與公衛學院者），醫師兩位（一為神經科李正淳教授；另一為中醫院吳振華醫師，非洲行醫十四年，曾任聖多美台灣醫療團團長），共二十三人，依圖1路線先到巴黎再轉到西非加彭共和國的蘭巴倫，這裡就是當年史懷哲行醫之處，也是台灣醫藥學生第一次造訪之處。

史懷哲（一八七五—一九六五）出身牧師家庭，自小即有強烈之宗教感，年少求學時經常到法國阿爾薩斯省Colmar市的一處公園，深深被Batholdi所雕刻的一座非洲年輕人雕像臉上的悲苦表情所感動，如圖2，也許是日後選擇到非洲行醫的主要動機。

史懷哲在教會當牧師時，發願念史特拉斯堡大學醫學院，拿到學位時已是三十六歲（一九一一年底，論文題目是〈耶穌基督的精神醫學觀點〉）。一九一二年結婚，一九一三年到非洲法屬殖民地加彭傳教、行醫。一九一七年在第一次世界大戰期間，被視為德國人，遣返法國監禁，一九一八年釋放，一九二四年才得以重返非洲行醫，一九五三年以法國公民身份獲得諾貝爾和平獎，他自己則自許為世界公民，研究人類文明史，也是演奏與詮釋巴哈樂曲的重要管風琴家。

史懷哲醫院於二〇一三年慶祝成立一百周年，最早的醫療處所已經不在，後來較有規模的醫院建在歐格威河邊，如圖三與圖四。今日現代的史懷哲醫院約一五〇床，外科醫生兩名（以如此出名的醫院來講，規模實在偏小），亦有一研究中心從事瘧疾疫苗之開發，如圖五。

史懷哲不祇長期在非洲行醫，亦認同非洲，他與夫人以及幾位家族成員，都長眠於蘭巴倫，見圖六。

短期學習之旅啟發更多日後的善行

同學們進入加彭的第一印象就是手機斷訊，睡覺要掛蚊帳噴防蚊液，醫院裡沒有MRI、CT，甚至連X光機與血庫都沒有，保溫箱要一直用熱水瓶加溫，電燒材料不能用，很多疾病像TB、AIDS、瘧疾、河盲症、感染性皮膚病等是大宗，與台灣的醫院是很不同的。好在有先做功課，否則是很難理解的。史懷哲醫院同時要兼有社區與學校功能，就像在醫院做社區總體營造一樣，這也是不容易了解的。在聖多美普林西比與台灣醫療團碰面實習時，學習的是不同類型，但需另文撰寫，不能在此多談。

有了幾乎完全不同的經驗，就會有反省與學習，他／她們在九月三十日的心得發表會中，有的認為短期的學習之旅將啟發後續更多的善行，愛不能祇是口號要趕快付諸行動，有些事現在不做就一輩子都不會做了；有的則認為史懷哲精神有很多面向，不一定是醫生這個角色才能有所幫助，而且幫忙非洲有很多方向與辦法（如捐款幫教育就是一種）。但是不管用什麼觀點，大家都關心「誰是下一個史懷哲」，如何去延續與推廣史懷哲精神？

先學做人再做醫生的人道關懷

史懷哲的中心理念並不複雜，如尊重各種形式的生命，人應有夢可作、有希望可想、有人可愛、有事可做，人應創造自己心中的蘭巴倫等，清楚易懂，但更需要的是要趕快去做出負責任的行動，以盡快改善不良的現況。

台灣醫學教育一再強調「先學做人，再做醫生；先做大學生，再做醫學生」，人道關懷的種子要在做人（或做大學生）階段先埋入，並慢慢萌芽滋長。此次的「重返史懷哲之路」定位在典範的學習之旅，偏教育功能，日後當再安排醫療志工與實習，並加入史懷哲醫院一百周年之亞洲網絡，讓史懷哲精神更為發揚，本國學生得有機會更多參與更多學習。

（本文原刊載於二〇一〇年十月《台中醫林》第六十八期）

圖1　重返史懷哲之路的路線

圖2　影響史懷哲到非洲行醫的Batholdi黑人雕像

後來的醫院

圖3　早期的史懷哲醫院

圖4　早期醫院內的展示

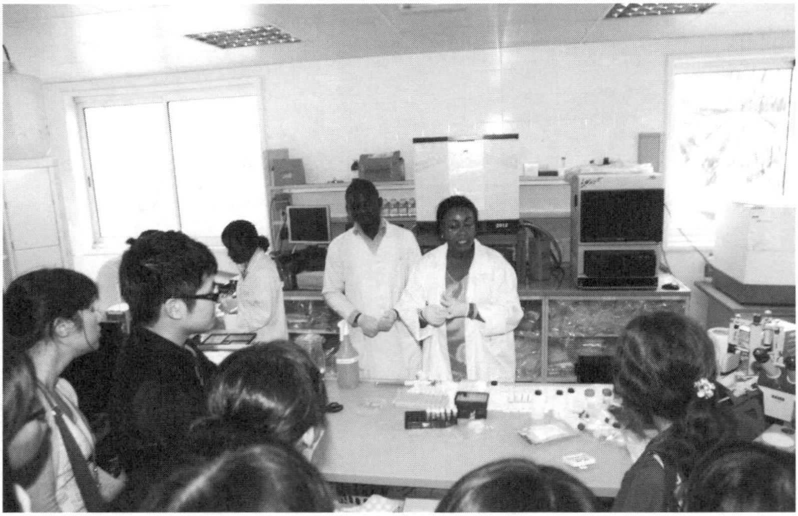

圖5　現代的史懷哲醫院已在研發第三代瘧疾疫苗

墓園

圖6　史懷哲家族墓園

不忍人之心與尋找心中的蘭巴倫：紀念史懷哲非洲行醫一百周年

史懷哲的傳奇與啟蒙

高中生在申請推甄大學入學的口試時，經常會被問到他／她們心目中的典範人物，大概就屬三個人最多：愛因斯坦、居里夫人與史懷哲。但是比較起來，史懷哲是最寂寞的，應考人進大學以後，有很大的機會都會在教科書中讀到愛因斯坦的光電效應與狹義及廣義相對論，以及居里夫人的放射化學與化學元素的種種科學內容，但在醫學院多年漫長的培育與訓練過程中，卻很少有機會閱讀到史懷哲的醫學學術，因為他在行醫上是實踐派，大部頭著作則以世界文明、音樂與神學為主。

有鑑於此又加上一些因緣，中國醫藥大學在二〇一〇年六月二十六日—七月八日組團二十三人，造訪位於西非加彭共和國蘭巴倫地區的史懷哲醫院（當時給這個典範人物學習之旅訂了一個名稱，叫做「重返史懷哲之路」（Revisiting Dr. Albert Schweitzer's Trail），為亞洲首次具規模之醫藥公衛學生團（這是史懷哲醫院的講法）。二〇一一與二〇一二年持續安排以大約相當之規模前往見習與義診。

史懷哲何以決定到非洲行醫（因此在三十歲時才開始讀醫學院）？這是我們在學習與見習的沿途上，一直要弄清楚的問題。研究起來倒也不是很複雜：(1)史懷哲年少求學時經常到阿爾薩斯省Colmar市一處公園，深深被Batholdi所雕刻一座非洲年輕人雕像上的悲苦表情所感動，我們還親自到現場去探訪。(2)史懷哲在其自傳中說明何以決心成為叢林醫生：「我一直無法接受自己過著幸福快樂的生活，卻眼見周遭許多人在悲傷與痛苦中掙扎。」；「我絕不能視好運為理所當然，必須奉獻予以回報。」；「三十歲之前致力於學問和藝術是合理的，但過了三十，我就要獻身直接服務人群。」(3)史懷哲不祇決定長期在非洲行醫，亦認同非洲，他與夫人以及幾位家族成員，都長眠於蘭巴倫。

學生每次走過非洲的學習與見習之路後，就會舉辦心得發表會，他／她們有的認為短期的學習之旅將啟發後續更多的善行，愛不能祇是口號要趕快付諸行動，有些事現在不做就一輩子都不會做了；有的則認為史懷哲精神有很多面向，不一定是醫生這個角色才能有所幫助，而且幫忙非洲有很多方向與辦法（如捐款幫教育就是一種）。但是不管用什麼觀點，大家都關心

「誰是下一個史懷哲」，如何去延續與推廣史懷哲精神？人道關懷的種子要在做人（或做大學生）階段先埋入，並慢慢萌芽滋長。這些都是情緒情感面極需要做的教養。

紀念特展、專輯、研討會、音樂會與募款

二〇一三年適逢史懷哲博士非洲行醫一百年紀念，中國醫藥大學在史懷哲國際基金會的期許下，自願充當亞洲窗口，於二月二十六日在中榮神經外科江明哲醫師熱心協助下，舉辦史懷哲非洲行醫百年紀念特展；於三月十二日與誠品、台大哲學系、台南神學院、蔡長海文教基金會合辦「典範與傳承：史懷哲非洲行醫百年紀念研討會」，史懷哲國際基金會董事長Dr. Lachlan Forrow（哈佛大學醫學院教授）前來作一主題演講；十月二十四日邀請Dr. Christiane Engel（史懷哲外孫女）參與「史懷哲非洲行醫百年紀念音樂會」，並擔綱巴哈與莫札特協奏曲的鋼琴獨奏。為了配合這一系列活動，並希望能讓醫界及學界前輩能與年輕有遠大志向者互通聲息，互相砥礪，我們還配合選在三月研討會正式登場之前，事先邀請國內醫界、學界、醫療實務界大老與曾受啟蒙人士，聯合撰文闡述史懷哲關懷弱勢的大愛精神，出版專輯，除了共襄盛舉之外，更重要的還是期望能激發起年輕學習者的人生火花，並祝福他／她們都能盡快找到心中的蘭巴倫，為自己為社會為世界為未來為需要幫助的人，找到安身立命的美好境界。

十月二十四日晚上音樂會上，我代表學校感謝史懷哲醫師一直到現在還在造福我們的學

生，也讓很多已經從事臨床工作多年的人，心中一直不忘初衷，持有史懷哲的大愛之心服務受苦的人群，並感謝Dr. Christiane Engel不辭千里前來與受到史懷哲醫師啟蒙的同學見面座談以及參與演出。讓今晚音樂會得以實現的，則是蔡順美主任的規劃、陳樹熙指揮的兩肋插刀、中國醫藥大學管弦樂團的戮力以赴，與情義相挺的音樂界朋友，才能在這種具有特殊的紀念意義下籌組出這個特殊組合。我也趁此機會感謝剛開始，由於誠品吳清友與美律廖祿立兩位董事長的支持，在學校同仁與黃政勇董事長等人協助下展開募款，使得在紀念史懷哲非洲行醫百年之時，得以比較具體協助非洲蘭巴倫的史懷哲醫院。我們過去三年到史懷哲醫院時，每年都捐給他們一萬美金，也安排他們的醫生到我們這邊來做醫療技術互訪，雙方都覺得有很大幫助，所以這次的募款目標也不大，設定在稅後十萬美金的捐助，現已達成目標，代表了台灣醫學界、大學與社會對史懷哲醫師啟蒙之恩的小小回饋，更感謝捐款的朋友，在我的心目中，他／她們不管是在哪個行業，都在經營自己心中的蘭巴倫。

音樂會的演出曲目先請Christiane提議安排，最後如底下的曲目：

- 莫札特（Wolfgang Amadeus Mozart）：《D大調嬉遊曲》KV. 136
- 巴哈（Johann Sebastian Bach）：《第五號F小調大鍵琴協奏曲》BWV 1056
- 韋伯（Carl Maria von Weber）：歌劇《奧伯龍》序曲
- 莫札特（Wolfgang Amadeus Mozart）：《第二十三號A大調鋼琴協奏曲》KV. 488

會後，一向熱情的吳嵩山發了一則新聞稿，其中有一段是：「史懷哲的外孫女Dr. Christiane Engel擔任巴哈及莫札特協奏曲中的鋼琴獨奏演出，以及國內知名音樂家陳樹熙擔任客席指揮中國醫藥大學管弦樂團一齊演出。史懷哲的外孫女Dr. Christiane Engel在音樂會結束時，擋不住熱情聽眾高喊『安可』不願離去，笑容滿面的史懷哲外孫女於是加碼彈奏〈聖母瑪麗亞〉，會場氣氛既浪漫又溫馨。」

隔天我分別給Christiane與樹熙兄寫信感謝她／他們，摘錄如下：

Dear Dr. Christiane:

Bravo! It was the only loudest cheer last night for your excellent and touching performance in the concert. Thanks a lot for your sparing time to join our students. It turned out to be a big success and our students will surely keep this beautiful memory through their promising career.（大意：Bravo！這是昨晚音樂會後對妳們的演出，最大聲的喝采。謝謝妳特別撥出時間與我們的學生一齊演出，學生在他／她們一生中將留下這段美好回憶。）

陳教授樹熙兄：

今天傍晚到球場打籃球時，碰到一位昨晚在前排拉大提琴的同學，我問他自己感覺如何？他說同學們都很high，更感謝有這個機會不只接受你們的熱誠與有效教導，更能在中興堂與你們專業音樂家一齊演出，而且是在這麼有意義的演出緣起下進行，這就是您所說的在專注的祈禱聲中，彰顯了聖靈的光輝。

承她／他們的好意都回了信摘錄如下，我後來請蔡順美教授把來往的正面通訊轉給參與演出的同學，以感謝他／她們的辛勞，並期待播下更多種子：

Dr. Christiane Engel的回信：The event yesterday and the preparation for it was a wonderful experience for me and I am deeply grateful to you for having made it possible. I am also very touched for all that you are doing, to promote the legacy of my grandfather, Albert Schweitzer. I am extending to you my heartfelt thanks. It was a great joy for me to make music together with your talented students. They are also all very beautiful people. I will never forget their kindness and their lovely smiles.（大意：昨晚的音樂會以及之前的準備，對我而言是一件愉快的經驗，謝謝你們能促成這件事情。你們在台灣推動我外祖父史懷哲醫師的事蹟傳承與精神，令人感動。能與你們深具才華的同學同台演出，是一件極大的快樂，同學們都是很好的人，我永遠忘不了他／她們的善意與可愛的笑容。）

陳樹熙教授的回信：這次與中國醫藥大學學生們的合作也帶給我不少的快樂，學生們願意聽、願意學，更肯盡力去試著達成，這種良好的合作化學變化的確值得令人感恩，也更感受到貴校師生們優異的特質。

一些有意義的成果與紀念圖片

底下列出學校為了這一系列重返史懷哲之路及非洲行醫百年紀念，所編印之部分書籍、手冊與海報，以供紀念並期待有更多人願意繼續走下去：

(1) 二〇一〇—二〇一二重返史懷哲之路的心得專輯

(2)二〇一三年舉辦紀念特展之導覽手冊封面

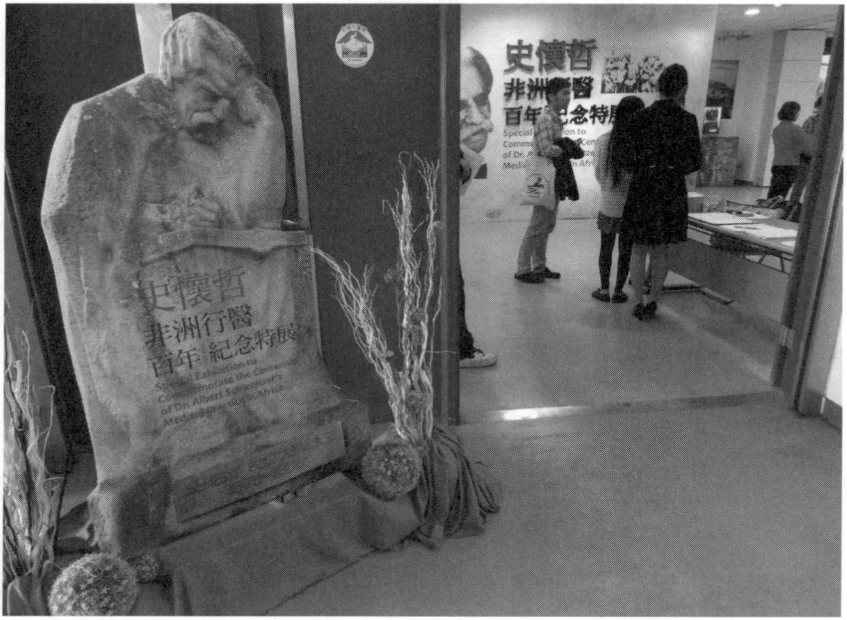

主辦單位 中國醫藥大學
承辦單位 中國醫藥大學教學卓越辦公室、通識教育中心
協辦單位 台灣大學哲學系、台南神學院、財團法人萬長海教育基金會、誠品

大會手冊
「尊重生命」的醫學教育
史懷哲對文明的反思
史懷哲的宗教與醫療觀
體驗蘭巴倫——實踐史懷哲精神
典範與傳承
史懷哲非洲行醫百年研討會
Paradigm and Legacy: The Symposium on the Centenary of Dr. Albert Schweitzer's Medical Practice in Africa
會議日期：民國102年3月12日(星期二)
會議地點：中國醫藥大學立夫教學大樓B1國際會議廳

典範與傳承
史懷哲非洲行醫
百年研討會
Paradigm and Legacy: The Symposium on the Centenary of Dr. Albert Schweitzer's Medical Practice in Africa
2013 3月12日(二)
國際會議廳
中國醫藥大學立夫教學大樓B1
【專題演講】
主講人：Dr. Lachlan Forrow
【會議內容】
「尊重生命」的醫學教育、史懷哲對文明的反思、史懷哲的宗教與醫療觀、
體驗蘭巴倫：實踐史懷哲精神。
中國醫藥大學

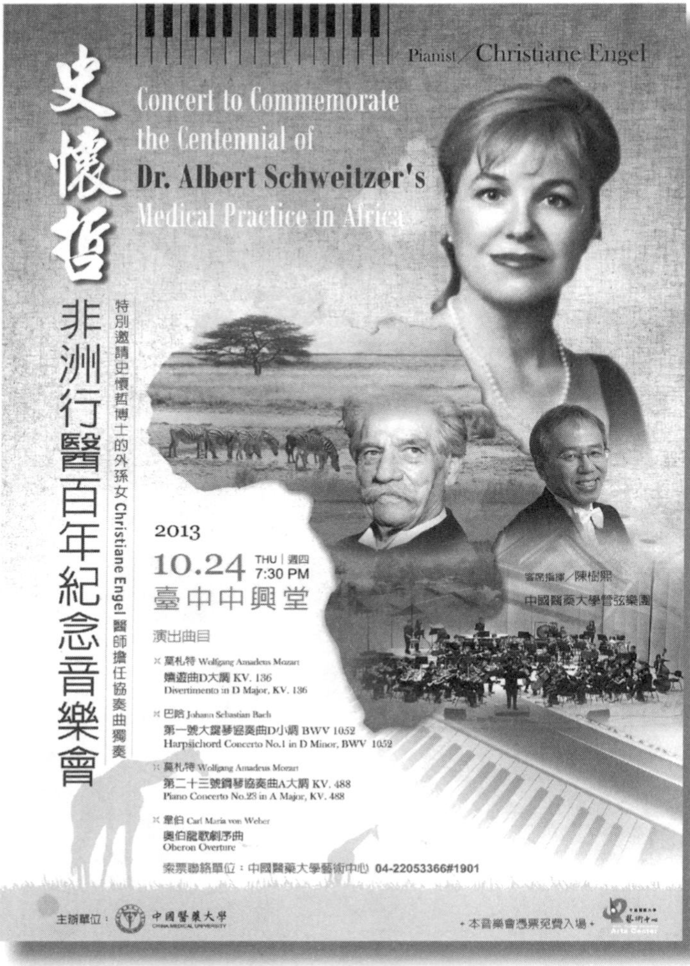

（4）二〇一三年紀念音樂會海報

醫學與人文藝術的對話

我在大約十六年前在國科會服務時，規劃發動一系列的科技與人文對話論壇，並耗時長達一年籌劃全國人文社會科學會議，這些都是首創，當時劉兆玄擔任主委，非常支持，讓活動得以順利進行。所以我對這類對話所具有的善意又有助成長的互動，常持正面對待之心，而且有機會就想促成。一〇一學年我請了過去的學生，知名作家平路與NSO音樂總監及指揮家呂紹嘉，來擔任駐校作家與駐校音樂家。呂紹嘉建議的模式是不只請他，也請NSO一齊當為駐校音樂家，於是在二〇一三年一整年就安排了四次高水準的音樂饗宴，包括三次演出與導聆（木管、英國近代作曲家Benjamin Britten聲樂與弦樂演出及導聆、弦樂四重奏與鋼琴五重奏），以及呂紹嘉與樂評家焦元溥的對談。

她／他們願意來幫忙當然是給足了面子，但我更想利用他們做點不一樣的事。除上述所講的音樂安排外，就是請平路幫忙，在二〇一三年八月二十七—二十九日舉辦了應該也是首創的

「文學與醫學營」，內容包括有：王溢嘉的〈我的醫學迷航與文學奇遇〉、藍弋丰的〈醫界逃兵的文學之路〉、平路的〈醫者的文學情懷〉、劉克襄的〈弱冠時的壯遊〉、陳克華的〈尋找生命的完整性〉與廖玉蕙的〈如何止痛？怎樣療傷？——談醫說文〉。當然更要考驗學員的是這幾天要交出來的創意報告。

他們要我去湊個熱鬧講幾句話，我當然是心有所感的，也認為這是學校推動醫學與人文教育中的重要一環，就準備了資料做個開場，也許就在這裡留下一點紀錄：

(1)科學在過去長久的歷史中，並未能正當對待人與社會的存在。我是要藉這個機會說明 Erwin Schrödinger 對該一命題的看法與批評（引自他在一九五四年出版的 *Nature and the Greeks*, Cambridge University Press），他說：I am very astonished that the Scientific picture of the real world around me is very deficient. It gives us a lot of factual information, puts all of our experience in a magnificently consistent order, but it is ghastly silent about all and sundry that is really near to our heart that really matters to us. It cannot tell us a word about red and blue, bitter and sweet, physical pain and physical delight; it knows nothing of beautiful and ugly, good or bad, God and eternity. Science sometimes pretends to answer questions in these domains but the answers are very often so silly that we are not inclined to take them seriously.

（大意：我很驚訝的發現，環繞著我的真實世界的科學圖像是有相當缺陷的。這種科學圖像只給了我們一堆資訊，將我們的所有經驗放置於首尾一致之秩序上，但對我們真正在意的關切事項，卻未置一詞。這種科學圖像完全不能告訴我們什麼是紅與藍、苦與甜、身體上的痛苦與歡愉，它也完全不知道什麼是美與醜、好或壞、神與永恆。科學有時裝模作樣想要回答這些問題，但這些解答經常是如此幼稚，所以我們也不會真正當真看待它們。）

基本上，大科學家Schrödinger 對科學在人性與人生重大關切面上的無能及逃避之批評，在今日看來，仍然有效。第一線科學家尊重人文藝術，有良好的人性關懷，但謹守本分，不踰越去處理困難的人性之科學問題（由下往上從微觀層面管窺幽微與複雜的人性）。人文學者則非科學家，亦難以由上往下找出人性的科學與生理基礎。所以，科學界仍未能親身以專業研究，來正當對待人與社會的存在。這段說明旨在提醒今日的醫學生，我們其實還有很多不懂與不足的地方。

(2) 為什麼大學生要去關切這麼難解的問題？因為這就是大學的使命，大概也只有大學願意且具有專業基礎參與。所以我以台大校園的自由傳統與學風為例，來說明大學在社會記憶事件中之介入，有其歷史原因及使命感所在。

(3) 建立了這些關聯性後，介紹三本諾貝爾獎級的著作供參，並說明幾幅可用當代醫學與神經科學解釋的名作（包括米開朗基羅、達文西、林布蘭、梵谷、孟克與畢加索），我曾聽過中央大學天文所黃崇源教授從天文學分析觀點，精采的重現梵谷在什麼地方如何作畫畫多久的過程，可謂嘆為觀止，說不定哪天我們的同學就有機會讀到類似著作並受啟發。它們分別是：Sigmund Freud 全集中的*Art and Literature*《藝術與文學》、Margaret Livingstone（2002）的*Vision and Art*《視覺與藝術》、Eric Kandel（2012）的*The Age of Insight：The Quest to Understand the Unconscious in Art, Mind, and Brain, from Vienna 1900 to the Present*《啟示的年代：在藝術、心靈與大腦中探尋潛意識的奧祕》。

(4)最後，我想他們的本意是要我解說最近完成的長詩〈洛陽之歌組曲〉，但我對解說自己的詩一向不太自在，所以就找了一首我很喜歡又切合時代變化特質，吉卜齡所寫一首描述英國約翰國王於一二一五年六月十五日在Runnymede, Surrey簽署大憲章（Magna Carta）的詩歌，這就是Rudyard Kipling（1865-1936）所寫的*What Say the Reeds at Runnymede*，底下摘錄的部分譯文引自Melvyn Bragg（2006）, *Twelve books that changed the world*，何灣嵐譯《改變世界的十二本書》（聯經，二〇〇八），本書稱該詩為一首真正優雅和浪漫的紀念詩。

……

And still when mob or Monarch lays

當暴民或者帝王

Too rude a hand on English ways,
仍然用一隻粗暴的手箝制英國人的道路時，
The whisper wakes, the shoulder plays,
輕聲細語醒起，顫抖不止，
Across the reeds at Runnymede.
遍布在蘭尼米德的蘆葦中。
And Thames, that knows the mood of kings,
而泰晤士河呢，它知道國王的心情，
And crowds and priests and suchlike things,
以及人群和神父和諸如此類的事情，
Rolls deep and dreadful as he brings
深深的河水可怕地滾動著
Their warning down from Runnymede!
把他們的警告從蘭尼米德帶了出去。

（二〇一三年八月）

後記

五月怒辭，非關個人

二〇一三年五月二日我發了一紙聲明，表示要辭去中國醫藥大學校長一職，很多朋友與師生都覺得不可思議，因為他們在不同時間中認識的黃校長根本不是這種衝動型的人，而且是向社會公開辭職，而非向董事會提辭。這件事情的前因後果幾乎被密集報導與評論了一個星期，媒體的關注居然持續了一個多月，對我來講也是不可思議的一件事！現在趁這個可以做職務交接的時候回頭看看，倒也有趣。

五月二日對一位立法委員而言，就像個普通日子，可以想起來就罵罵部會首長的日子。陳亭妃委員也不例外，不一樣的是她在立法院殿堂修理教育部長罵完大學校長之後，居然跑到外面開記者會，罵一些別人提供給她資料但不一定深入了解的事情。其中一個主題是說中國醫藥大學能拿到教育部教學卓越計畫獎助第一名，乃因前部長當校長之故，這種講法對負責教學卓越計畫評鑑的所有審查委員，與中國醫藥大學全體師生都是莫大的侮辱與傷害，我當然也是深表痛心與遺憾。這是序幕，發生在一向是亂象中心的台北市，那時我正在成大與黃煌煇校長談話，而且馬上要應周昌弘院士之邀，做一個公開演講。這時學校同仁來電，告訴我有這件事情，我說等演講後再說吧。傍晚回到學校，安排請太太晚餐小小慶祝一下她的生日，但事情緊急，就趕緊寫個聲明以個人身分發出新聞稿，折騰下來，晚餐時都已八點多了，那時才與董事會蔡長海董事長說明這件事，並為未能事先與他商量就發出個人聲明一事致歉。

這也只是個開始，沒想到之後連續兩天上了報紙頭版頭，電子媒體也加入大戰，連續搞了快一個星期，一直到學校畢業典禮還跟這件事情有關，時間從五月二日到六月九日，社會上的報導與評論甚多，師生與校友反應也很熱烈，但非本文所能涵蓋，只能就我個人所寫的文件做一大略的處理。

以個人為名發表辭職聲明

我判斷這件事不宜以學校名義為之，因為該一指控是由個人講到學校，必須在個人部分先做了斷。還有，此事演變成這個樣子，其來有故，而且台灣是個很不容易說清楚是非的地方，惟有拉高層次向社會請辭，才能把話講清楚，也才能有效維護學校辛苦建立的聲名。如不「怒辭」，恐怕也會弄得沒面子再回到陰暗角落去自舔傷口，這豈是名門正派該做之事！向社會辭職把事情講清楚後，那就是不管如何都辭定了。要發聲之前，必須先解決這幾個心結，否則不上不下反而不如不做。這件事一開始就只能這樣做，於是以個人名義發了底下條列式的聲明：

1.大學邁向卓越的歷程充滿艱辛；近幾年，中國醫藥大學先是教學卓越計畫在國內奪標，繼二〇一二年榮獲上海交通大學世界大學學術排名（ARWU）前五百大，以及臨床醫學與藥學在學科領域排名兩百大；今年又榮獲英國「《泰晤士報》高等教育世界大學排名」二〇一三年排名亞洲第六十九名。這些榮耀適時地反映了中國醫藥大學為達成校務發展目標的轉進過程：從「強調大學部教育品質的研究型大學」、「世界五百大大學」攀爬到「國際一流大學」。

2.二〇〇五年教育部推出獎勵大學教學卓越計畫時，大學競爭非常激烈，中國醫藥大學連第一關都進不了；本人親自召開十七次相關會議，溝通觀念與調整做法，設定策略性目標和行動方案，諸如：三年百師計畫調整生師比、五六九條款協助教師提升水準及轉軌等措施，同時在董事會支持下投入兩千萬經費，改善各系所教學軟硬體設施，二〇〇六年提出教學卓越計畫申請時，才躋入可以獲得獎助的門檻。

3.立法委員身居國家重要職位，竟可在未經查證，深入了解中國醫藥大學如何經多年努力後，才能逐步獲得教卓與國際排名世界五百大亞洲百大之艱難過程前，率爾汙衊任意搆陷，個人事小，對我校師生員工之長期努力，實屬不公不義之至。

4.本人身為大學校長不能受辱，本校師生員工尊嚴與學校正規權利更不應因此受到不當損害，本人將立即向學校董事會辭去校長一職，以示抗議與負責之意。

5.本人對身居立院廟堂之上的委員如此隨意播弄，實深訝異，與本人過往所認識與共事過的諸多專業民進黨立委，實有嚴重落差，希望她以後多花時間了解實情，至少看看我最近在《評鑑》雙月刊所寫的〈如何改變一所大學〉一文。同樣的建議也提供給其他講同樣話的人一齊參考。政黨本身與教育部，針對立委如此視大學為無物隨意播弄之做法，至少給個說法吧！

6.至於所謂軍公教退休後不應再做專任職務與領薪給一事，本人並無特殊想法，只要政府明令施行，無有不遵從之理。立法院要做何類監督，為其固有職責，本人一概尊重。

再補一封遙遠的示警

五月一日我還發了一封信給過去台大歷史系同學的班網：

禮拜天晚上心血來潮，找了一直想要與我同時退休的古兄，在我們住家溫州街附近出遊，一開始小古就報了路邊舊台電幼稚園內一株大魚木（也是大喬木），真高大又長了滿頭白髮（樹枝樹葉間都是大白花），我本想闖進去看看，被小古制止說是私人土地，真是守法之人，其實我怎麼看都像是可以進去的公家土地。轉去吃完台一甜度甚高的水果冰與紅豆煉乳冰後，就如古兄所言，繞路行走務必要甩掉卡洛里，也到了台大舊第一宿舍附近的瑠公圳遺址（旁邊的房子已拆掉變成小公園，據小古說以前是中科院院長宿舍，但我記得過去也曾經是警政署長宿舍），去好好瞻仰一番。以前瑠公圳橫露在新生南路中間一直往北流，還有小橋接上路的兩邊，當時柳蔭處處，看不見飛鳥只有年輕男女的聲音，我們當年在校園時間多，是很少在那邊流連的，大概只有小古段兄永堂較常在那邊走動吧，若記憶有不盡不實之處，還請老同學原諒。祝大家出國呼朋引伴順利，老同學聚在一起是哪裡都愉快的！

沒想到五月二日晚上的新聞一上電子平台，國內外比較熟的朋友就來電或用E-mail詢問，隔天半夜為了解釋又發了一封信出去：

謝謝老同學的關心，謹附上我辭職的聲明稿，免得大家一頭霧水。

我一向主張大學是社會正義的最後堡壘，界定觀念新座標的燈塔，因此最不想見到的是大學功能式微以及學術尊嚴被無知的踐踏，這在過去一定是亂世才會出現的景象，我身為大學校長一員，心以為憂，當然是有責任出來糾正。其次則是中國醫藥大學近年確有長足進步，而且非一兩人之功，實乃制度調整與全體師生及董事會之努力有以致之，現在被講成是門神之功，三番兩次不勝其擾，頻被誣陷，再不大動作抗議，不只是置我校師生於不義，社會與教育學術是非亦不能彰顯，我之請辭應作如是觀，不是我與陳亭妃兩造之間的問題，任何目的亦不能正當化不正當的手段。

最後則是對我過去老東家遙遠的示警。蘇貞昌昨天晚上打電話來，說是在計程車上剛好聽到我提辭之事，了解之後向我致意。蘇是我大學時代前後兩年同宿舍同寢室之室友，畢業後也是一群人在外賃屋居住過，可說互相瞭解至深，這件事前前後後我沒與他講過，他亦難一下子了解其前因後果，不過他現在知道了，長遠來看這對民進黨是有好處的，國家需要能夠帶領進步的民進黨，民進黨也需要正直與進步的大學當其後盾，若民進黨未見及此，會是個災難。現在不得已做這個大動作權當遙遠的示警，實是我這個過去在民進黨大開大闔時期做過四年政務官閣員者，所應盡的責任。

沒想剛快快樂樂地講完魚木開花，馬上就要在太太生日之夜發聲明稿提辭，再次謝謝大家的關心，而且更要祝老同學生活一直愉快下去！

事後我才知道，原來那天晚上真正徹夜未眠又鬥志昂揚的，是學校可愛的同學。學校徐老師事後告訴我：網路新聞大概在五月二日晚上九點多出現，當半夜十二點收到學生會的邀請，參加「黃校長不要走連署活動」時，網頁已經架好，學生紛紛開始留言，學生有如此神速的反應和集結能力令人驚訝。學生在臉書上用「正常人」的文筆（非火星文），條列式的寫出他們感到憤怒的原因，清清楚楚陳述，沒有太多煽動的句子，偶有一兩個持反對意見的網友夾雜其中，學生的訴求也堅定沒動搖，上千封的留言，所有人立場一致，因為「門神說」的用詞以及相關明喻隱喻言詞已經傷害到中國醫全院校的努力和名聲。

令我感動的是，隔天就收到一位同學的長信，娓娓道來，述說她從中學迄今這幾年的轉變，以及如何發展出對學校的深切感情，對該一事件覺得非常無法接受。那兩三天我雖然有意避開貼海報的地方，但知道校園裡處處充滿著溫情，我決定要趕快寫一封校內的公開信謝謝大家。

五月六日的一封公開信

各位親愛的老師、同學與校友：

原本只想藉辭職來凸顯立委問政對本校的傷害，並彰顯本校近年來清清楚楚的進步軌跡，沒想到上星期四（五月二日）晚上送出聲明稿後，本校同學、學生會與校友聞風知訊立即總動員，在半夜就已搭架好網頁留言，也上了別人的臉書用很有教養的方式，好好表現一下洗版的能力與多元的觀點。全校迅速總動員的結果，竟讓這次中國醫藥大學的澄清事件變成全國性重大焦點，在五月三日與四日分別三次上了報紙的頭版頭，電子媒體更是無所不在，又是怒辭又是遙遠的示警，當然更有校園的溫馨連署。我本來有點擔心事情演變的走向，因為在這麼短的時間出現這麼多頭條，一般不是什麼好事情，但很快發現由於大家所表現出來對學校的認同與信心，感動了外面眾多的觀察者，整件事情最後變成是朝向正面的發展，不只本校的進步實況得以在最短時間內大量讓社會了解，我們要表示的看法也大聲且清楚，更重要的，由於教育學術界的重要聲音紛紛出來按讚，不再沉默，整體而言對台灣高教的整體正面發展，也是有很大幫助的。這些，我不想矯情，但確實正如過往，又是一次全體師生、校友、董事會，當然還有本人（不好意思），共同努力才得以成就的結果。

我們其實一開始就界定在抗議未經查證就來損害本校名譽與努力的不當作為，且認為任何目的無法合理化不合理的手段，聲明稿中也特別說明「至於所謂軍公教退休後是否不應再做專任職務與如何領取薪給一事，只要政府明令施行，無有不遵從之理。立法院要做何類監督，為其固有職責，一概尊重」，話已經講得這麼清楚，任何人都可知道本校是把制度與人與校分得清清楚楚的，中間沒有任何模糊空間。我們講的是人間的道理，關心的是人與人之間的對待與尊重，以及如何恢復大學的尊嚴等議題，絕不會有模糊焦點與稀釋制度面的問題，同學與校友在陳立委的臉書上，也清楚的做了釐清，我真的是為同學與校友們感到驕傲。這個事件同學們展現了自信自制與自律，而且勇於捍衛自己相信的價值，在這個過程中不只幫助了我，更讓中國醫藥大學廣為人知，讓外人知道學校有這麼多優秀的師生在默默提升教育品質與國際聲望，也有對學校發展這麼投入的董事會，更重要的，同學們與我一樣，經此一全國性事件的洗禮，而得以從中學習從中成長。我本來還在擔心本校雖已獲得越來越多的國內外聲譽，但究竟什麼時候才能真正變成一所世界級的一流大學，經由這幾天大家的表現與認同力道觀之，這個日子應該是越來越近了。有這樣的師生，讓外界耳目一新，對本校的肯定日益增高，我真是以本校的師生與校友為榮。

感謝大家在這短短幾天對我的大量支持與關心，大家用連署、發簡訊、寫E-mail、寫長信、在大廳在走廊致意等方式表示，我都是點滴在心頭。現在董事會准我請假一個月，不過好像暗示我該做的事還是要做，我將在銷假之後在不違背辭職的要件下，回來主持學校的畢業典禮，分享大家的喜悅，而且我以仍能在各位今年的畢業證書上留下我的名字為榮。

在這段日子，我希望全校師生能以課業與研究為重，不須再理會（假如還有）外界的風風雨，不要讓外界的聽聞影響學校的安寧。此次雖然已透過該一事件讓外界更了解學校的進步與實力，但我們不能因此自滿，未來的路途還相當漫長，中國醫藥大學明亮的未來需要各位來定位來認同以及全力以赴。再次，我以身為中國醫藥大學的一分子為榮，希望你／妳們也有這種感覺！

六月九日畢業典禮講話

正如前述，我在六月九日的畢業典禮上，很高興的講了一些誠心誠意的好話：

首先真誠的祝福各位畢業同學在走出校園之後，展開正直、開闊、充滿發展性的一生。也誠懇的祝福雖然不常來學校，但這幾年來一直心繫著各位應屆畢業同學的家長與親友，因為你們關心的人，終於不負大家的期望，不只學成而且馬上要步上人生更重要的全新而且即將成功的旅程。

我這幾年不管在授袍或者畢業典禮時，總覺得要再做最後一天的校長，那就是問問同學，還記不記得我們的校訓？你們都要畢業了，我也不好意思再要你們大聲說那四個字，這四個字仁慎勤廉其實是一輩子的事，慎與勤你們已經做得不錯，至少在學業與專業上；但仁與廉則是做人做事的基本教養，仁是compassion，要在別人受苦之時真誠的關懷與幫助，廉是integrity，要正正當當遵守做人基本原則而且在一生之中內外一致，這是需要一輩子全力以赴的工作，我要祝你們有一天真的做到了。

有幾件事是我很想在這時候問你們的：

(1)你當初是怎麼進入中國醫藥大學的？我以前考大學時，同年齡一百人中只有七、八個人能進大學（亦即淨在學率），自己從來沒見過大學長成什麼樣子，也從沒去過台北，就這樣糊裡糊塗到台北上大學。雖然時代不一樣了，但我想你們有些人可能與我過去的經歷一樣，考上CMU後才見到這所大學，但這所大學已成為你人生中永遠伴隨著你的夥伴，你要懂得一輩子珍惜它。

(2)畢業這一天你要做什麼？我父親在我畢業典禮前一天，因為交通不方便，先住進我在學校的宿舍，他也是在那一天開始了解我的母校，典禮當天走走看看，充滿了樂趣。就像我兒子也在那邊畢業時，與我四處走走看看，有一陣子我們合照的照片還成為入口首頁很久，因為我兒子很喜歡那天與我勾肩搭背的樣子。遺憾的是，我當時沒辦法將我父親與我的照片post到網上去，因為那時沒有這種科技。所以，你們畢業後不要忘了做這件事。

大學畢業以後都四十幾年了，我因為後來留在那裡教了二十幾年的書，所以從來沒有真正離開的感覺。但是現在到CMU都已經八年了，接待過很多校友，幾十年沒回來過，他們很多都認不得這是原來讀書的地方，因為很多地方都變了，所以講的都是當年如何到車站接老師來上課的事，但過去走過的路，現在也都看不出來想不起來了。這就好像人生有一條斷掉的鍊（missing link），再怎麼樣認真想也想不起來，這是人類記憶中無可奈何之處。所以你們一定要隔一陣子就回來走一下，當然也可以順便捐一點小錢幫助學弟妹解決困難，而且實現他／她們的夢想。

同學們真的要畢業了，我真心送你們幾句話：

(1)回顧過去，常會發現年輕時不經意的撥弄了一根弦，人生的長廊因此充滿了回音。人生的起步可以非常多元，只要步步為營或及時修正，都能走出自己的一片天，趁年輕時替人生先定個調，相信每個年輕人都可以比出身艱難的我們做得更好。

(2)走出校門之後，大家檢驗你們的，是要看你／妳是否做到了：專業、關懷、宏觀與氣質。路雖然不好走，外面競爭也很激烈，但有了理念與理想時，走出的每一步都是成長，只要你有信心，這整個世界都是你的。我要在這裡誠摯的祝福你們，一帆風順，創下人生的高峰。

最後，我要特別感謝各位同學，從今年五月二日晚上開始，不只關心我的心情變化，更與我及全校師生、校友還有董事會，為了中國醫藥大學與國內大學的名譽，以及為了人間的道理，共同打了一場充滿情義又能回復人間義理，而且成功的示範了什麼是大學風格的戰爭，謝謝大家，我們要永遠記得人生中這一段輝煌的日子。我今天的心情上與你／妳們一樣，在校長這個職務上我也是要畢業了，在這裡要特別拜託蔡董事長與董事會，也是我過去最大的支持者，予以協助，讓我最晚明年初就可做好校長交接的工作，讓你們的學弟妹也是我們永遠的同學，有一個更良好的學習環境。謝謝大家祝福大家。

青青子衿，悠悠我心

我與陳委員素昧平生，她是我離開政府以後才進立法院的，只知道她問政犀利態度強勢，事發至今雖然在觀點上不能對盤，但對她個人是沒有特別意見的。不過她可能一直到現在還不完全了解發生了什麼事，我覺得不是很好，因為這樣就少掉了可以檢討的空間。事後回想，還是有一些觀點可以提出來切磋切磋的：

1. 雙方爭議在表面上的出發點好像大有不同，攻擊方是持「爾愛其羊」的立場，高亢的主張針對年金、退休軍公教轉任與領雙薪問題須作制度性改善，so far so good，但矛頭一轉跑出沒有事實根據的門神說，就不知這兩者如何連在一起了。至於被動的防禦方，則拿著「吾愛其禮」的大旗，主張維護大學尊嚴與傳統、體認大學的集體努力成果、尊重大學校長的風格與教育學術領導人的名譽，上去混戰一場，真講起來也是有失身分。其實愛羊與愛禮皆可利用智慧，並行而不悖也，並非愛羊即可毀禮或愛禮即是不利於羊之說，道旁兒識見短淺說三道四，不足為訓。

本次事件重點在怒辭，實因掌握國家名器的立委，三番兩次在無查證下胡亂構陷與汙衊，本人不堪其擾，因之藉辭職大動作以凸顯大學遭踐踏，以及人與人間未獲正當對待的事實，提醒整個社會警惕。軍公教退休後如何做制度性規範，以節省年金開支並符社會公平正義之精神，則應為大家所關注以求得共識解決之道；惟本次請辭實為維護大學之尊嚴，主張任何目的不能合法化不合理的手段，不容在無證據或未查證下，便對大學說三道四，傷害大學之學術自主性。大學校長依大學法，不只綜理校務也對外代表學校，縱使在私立大學也是一樣的，當大學受辱，大學校長豈可置身事外。正如孔老夫子所言，爾愛其羊吾愛其禮，一位被攻擊的大學校長假若連這點道理也不能出來說清楚，豈非既失職又喑言，此所以情勢逼人不得不發，尚望有以教我。

2. 另外則是對老東家民進黨遙遠的示警，意指國家需要進步的反對黨，民進黨需要正直且進步的大學作後盾，若政黨未見及此，將是一大災難。大學一向是捍衛社會正義的最後堡壘，宣揚新觀念座標的燈塔，大學的傳統與尊嚴必須被維護，短視的政黨與政治人物若傷害好不容易建立起來的大學傳統，將難逃歷史的譴責，我個人辭職事小，祇是藉此彰顯該一亙古不變的道理，同時也是一位過去在民進黨第一次大開大闔執政初期，當過四年內閣政務官員，所應盡的責任，而非單純所謂的委屈或池魚之殃，所可說明的。真所謂知我者謂我心憂，不知我者問我何求。本校榮譽教授馬肇選為文聲援時提及一九一九年五四運動後，北大蔡元培辭校長職，留書曰：吾倦矣！殺君馬者道旁兒也。民亦勞止，汔可小休。吾欲小休矣。民國以來的教育史中，蔡元培與傅斯年兩位校長都有其如神般的象徵地位，無人敢附驥尾，但對他們在亂局中所遭受的苦處，仍可體會一二，惟時至今日情勢似仍未有改進，這個社會真的可以繼續這樣對待大學嗎？

3.正如〈短歌行〉所言，事件至今尚未完全落幕，實乃因：青青子衿，悠悠我心，但為君故，沉吟至今。身為教授與校長，心中最不能忘的是學生，我在不違背提前辭職的大原則下，當然要儘量與同學們一齊度過這段難忘的時光。另外，當學生會在事後把厚厚一疊的資料交給我做典藏時，才赫然發現這是一場全校的戰爭，我只不過是起個頭而已，其他都是同學們在發動的，這是一場追尋共識與認同的運動，學校真是慶幸有這種學生！從我這次對她／他們參與表達意見的觀察中發現，同學們很自信且有力的講出類似《莊子．逍遙遊》，批評兩隻小鳥居然敢取笑大鵬鳥徒費功夫怒飛於天時所說的話：之二虫又何知？而且，同學們表現出來的格局高遠，見識亦稱不凡，就像《史記．陳涉世家》所說的：燕雀安知鴻鵠之志哉！由小見大，只要朝此方向繼續成長，我預期一、二十年後，經常會在國內外各角落，傳來校友表現卓越與在各方面備受肯定的消息！

（二〇一三年）

轉了一圈，抬頭又見台大

二〇一三年十一月十五日是台大八十五周年校慶，楊泮池新任校長也有擴大舉辦之意，頒給張榮發與張忠謀名譽博士，頒學生社會奉獻特別獎與圓夢計畫給沈芯菱，同時也頒了七位傑出校友，包括了莊明哲（UCSD）、廖國男、張懋中（都在UCLA）、廖一久、蔣尚義（台積電）、黃崑虎與我。

表揚校友的一生功過

台大過去很少頒傑出校友名銜給現任與卸任政務首長，這次大概是因為我曾負責過九二一震災災後重建，之後又仍在大學之故。其實台大校友在國內外各行各業遍地開花，像我這種校友可說為數甚夥。記得二十幾年前，英國BBC記者找上我，問台灣相當於英國牛津劍橋的大學是哪間，那只好是台大，他接著問有沒有計程車司機的小孩念台大大學部？這在牛津劍橋（英國大學幾乎都是公立）的大學部是天方夜譚的。我說當然有，其實在講這個話的時候心裡不太踏實，因為不知可以找到幾位，沒想隔天在校園內聚會，居然來了十幾位，男男女女都有，BBC記者大吃一驚，作成片子後在英國上映，聽說引起不少回響，不過大概也起不了什麼作用。這跟社會的結構、文化與人民經驗是息息相關的，你無法純就教育做改革，因為更重要的是相關的社會與家庭改革，這在台灣長久的教育改革史中，可以清楚的看出來。台大當年沾聯考的光（現在還是），錄取了不少家境不好但才智與努力都稱卓越的年輕人進來，這些人大部分都是未來在國內外各行各業發光發熱的校友，因此若能適時多予表揚其具有激勵作用的事跡，應有助於成為社會進步與穩定的力量。時至今日，台大最須檢討的，應該是去了解，是不是這類學生的比重越來越低了？學生主體是不是變成以中上家庭出身的為主？

因為提名作業皆在當事人未知情況下進行，所列舉資料與理由不一定最恰當，後來略作調整，大約成為如下所述之獲頒事跡，知我者了解這是為了鼓勵下一代的年輕人，所以也就膽敢敘述如下了：

一九六五年從鄉下地方彰化員林考入台大歷史系，之後轉理學院心理系一九六九年畢業。同校獲博士學位後任教台大心理系，曾赴哈佛大學、Carnegie-Mellon 大學、UCLA、St. Louis大學等處客座，歷任心理系教授、系主任，與台大第一任師資培育中心主任。任教二十餘年時間，協助於一九八七年解嚴前後成立台大教授聯誼會；一九九一年五月與十月下旬三次主持全校大會，抗議本校教授因靜坐遭毆打，回顧反刑法一百條思想入罪行動，聲援台大校長抗議行政院院長不當批評，並共同連署在校務會議中通過軍警不得進入校園提案。一九九三年擔任澄社社長期間，舉辦台大哲學系事件二十周年紀念研討會，間接促成該事件之平反。一九九五年擔任台大四六事件調查小組召集人，為四六事件平反。凡此皆係增益台大傳統學風與體現公平正義之具體作為。

後期出任政府職務凡七年。在國科會任職期間，規劃並籌辦一系列科技與人文對話論壇，籌辦第一次全國人文社會科學會議。二〇〇〇年出任行政院政務委員全職負責九二一震災災後重建工作，二〇〇一年七月底以九二一重建會執行長身分擔任桃芝風災中部第五作戰區救災指揮官。二〇〇二年轉赴教育部，全方位辦理與因應所謂十年教改、九年一貫課程與大學多元入學議題，並呼應社會及學習者需求做大幅調整補強；除此之外，與大學直接相關者，則為規劃推動七所研究型大學與邁向世界一流大學計畫（後來是十二所），推動一般大學校務評鑑，規劃設置高教評鑑中心。嗣後出任中國醫藥大學校長逾八年，即將於二〇一四年一月底交接。任校長期間致力於全方位調整該大學成為一所「強調大學部教育品質之研究型大學」，全校師生除追求學術卓越外，更強調與人才培育息息相關之教學與教育，因此得以獲得多項國際大學評比之肯定與國內教學卓越計畫之首選，並將辦學目標再度調整為「邁向國際一流大學」。除此之外，則以四年時間（二〇一〇—二〇一三），不間斷推動「重返史懷哲之路」的學習與實踐之旅，為亞洲首見遠赴西非史懷哲醫院，最具規模且彰顯醫學人文主軸及典範學習之學習與義診團體，二〇一三年並與國際同步，舉辦史懷哲非洲行醫百年紀念活動及募款。

我的簡單心得：一流大學一向強調要培養各行各業領導人，因為該一特質，在台大求學任教期間得益於兩件教養：1.浸淫在不為功利，具有浪漫情懷悠遊有趣的學術探索氣氛之中；2.台大因歷史傳統學風之深刻影響，鋪陳了一個可以體現人性關懷與標舉公平正義的校園，同時可當為社會思想觀念的燈塔，以及維護公平正義的堡壘。回顧過去，常會發現年輕時不經意的撥弄了一根弦，人生的長廊因此充滿了回音。人生的起步可以非常多元，只要步步為營或及時修正，都能走出自己的一片天，趁年輕時善用大學的環境，替人生先定個調，相信每個年輕人都可以比出身艱難的我們做得更好。

理未易明，善未易查

自己回看過去大半輩子所做之事，大約在校園事務與九二一重建上，應無可議之處，惟在全國教育與教改事務上，恐非自己說了算。雖然已在《在槍聲中且歌且走——教育的格局與遠見》一書中，談了很多，但這種事情有點像信仰，信者恆信不信者恆不信，每個人心中都有一片天，我嘗試再把它弄簡單一點，而且只提其中兩件有關國民教育與大學的困難，來說明關心或介入全國教育與教改的人，應有善心與耐心等待這類永續事務的演進，不必太過急於論斷功過：

1. 以前有九年一貫課程，現在有十二年國教，都引起很大爭議。二〇〇二年我到教育部時九年一貫新課程已啟動實施一年，真的是硝煙四處，還曾成為總統大選的攻防議題，很多人都說會讓國力下降，我身處其中發現真的還有可改進空間，著手修改，但心中還不能完全篤定，一直要到二〇〇八年公布的TIMSS二〇〇七與TIMSS二〇〇三的比較結果（二〇〇七成績來自使用新教材的國二學生，二〇〇三成績則為使用舊教材者），台灣國二生的數學與科學成績在國際排名上，與過去用舊教材的測試時代相比，反而各往前調升一名，他們就是用九年一貫新教材的學生。這類測試需要等候一陣時間，等到結果出來才真正鬆了一口氣，但那時我已離開教育部四年了。十二年國教現在面對的問題，與我當年所碰到的困難處境，並無兩樣，祇不過問題性質不一樣就是。問題的癥結在於台灣經常是在不另外多籌資源或沒用對地方下，進行教育調整，但這類調整本質上是零和遊戲，改了以後，對中後段的有利就傷了前段，反之亦然，所以必須另籌資源來補可能受傷的一方，才不致顧此失彼引起爭議，教育要追求的是人人受益，而非在做革除既得利益的工作。但是台灣在這件事情的作為上是有困難的，因為台灣基本上已是一個市場經濟的右派社會，雖然在教育與醫療上常保有左派理想，但卻一直無左派措施（如國家稅賦祇占GDP十二%左右，快要成為全世界最低的國家之一，而且還每況愈下），所以在做改革措施時資源不足，常有顧此失彼情事發生。因此我常主張教育政策與措施的制訂不能急，要先尋共識或找好資源，實施時則不能求速效，應穩紮穩打一路評估。教育事務之推動不同於救災及重建，後者不是零合遊戲，而是「不能再差」，所以要快要有效率，早一日完成就是早一日積功德，教育則不是這樣做的，也不應該這樣做。

2.過去大學數目不合理增加與相關經營的問題，大約如下所述，必須用智慧與包容心來解決。有些人最有興趣的是追究責任，想知道誰應該負責，其實弄清楚資料以後就知道這件事情的歸責，不是想像中那麼簡單。有些人也想知道日後解決問題時（包括少子女化的因應、辦學資源之籌措、提升國際競爭力、轉型與退場之處置），是應由大學自己主負其責，還是應有政府或政策之大力介入，同樣的，這件複雜的問題也不能強求簡單的答案，而且目前還不能說已有方案。底下一些資料，可當為處理這些問題的背景。

台灣生育率的下降從一九九八年開始，自此十年內出生人口降至原有的三分之二。大專院校數量卻在此一時期不當地全面性增加（在一九九六—二〇〇〇年間大專院校的數量從六十七所增加到一百二十七所；二〇〇一—二〇一〇年由一百三十五所增加到一百四十八所）。二〇一六—二〇二六年這個時期將是這群生育率降低後的出生人口，到了十八歲可以進入大學就讀的時間，因此，這個相互影響的負面效應，即將於此一時期顯現。目前台灣高教體系學校的淨在學率約為七十％，幾乎高居全世界前三名。因此，從二〇一六年到二〇二六年降低三分之一的大學容量，將是解決這個困境的必然方式。

二〇〇〇—二〇一一年間，高教體系學校的淨在學率從三十八％升高至七十％

（2011/2000=1.8），但對應的高等教育經費是不足的（二〇〇〇年高教投入中，公部門占〇・五%GDP，私部門則為〇・八%；二〇一一年高教投入中，公部門占〇・九四%，私部門則為一・一五%；2011/2000=1.6）。雖然台灣在整體高教經費的投入高於二・一%GDP，多於經濟合作暨發展組織（OECD）的國家，但由於台灣對高教體系學校中的研究多元支持，與國際先進國家比較，相對有限，這情況更會因為過去二十年中，國際競相增加投入高等教育經費，而使得本國高等教育經費不足問題更加惡化。

整體台灣高教留學人數則是相對穩定的，雖然高教的淨在學率已由三十八%到七十%翻升兩倍，但從二〇〇〇—二〇一一年間每年均為約三萬二千人出國留學。出國留學生人數未見增加，是因留學生應增加數已由進入國內研究所的學生數所取代，碩士班由七〇、〇三九人增加到一八四、一一三人；博士班由一三、八二二人提高至三三、六八六人。

高教資源貧困與素質下降現象必須盡快予以糾正，同時也必須正視以下幾項與大學未來發展息息相關的問題：

(1)大學規模相對趨小，一百四十八所大學中有六十二所的專任教師少於三百位，專任教師數超過一千的僅有台大（二千）與成大（一千三百）。

(2)留學生人數並未因大學生數量增加，而呈比例升高。

(3)研究生在過去十年之急速成長，必有待於大幅教育投資，才足以支撐對這些優秀年輕人所作之良好的人才培育工作。

(4)提出更具積極性之國家計畫（白皮書、特別條例等）：如一九九五年澳洲的國家競爭政策（National Competitive Policy of Australia）與二〇〇六年的美國競爭力行動計畫（American Competitiveness Initiative of USA）。

(5)提出標竿國家：日本與荷蘭，並以南韓為強而有力的競爭對手。

(6)注意中國大陸市場的吸引力：中國大陸以具競爭性的條件招募世界各地具科學訓練的優秀華人年輕學者與科學家，尤其是美國。本國農業、科技、社會科學和管理部門的專家更容易被這些激勵方案所吸引。這些競爭對我們都是嚴峻的挑戰。

功過與究責

追究責任，國民黨與民進黨都難辭其責，究竟其責任分配是七三拆或六四拆，很難找出什麼邏輯來認列。在二〇〇二年時大部分私立專科幾乎都已升格改制完畢，也已經沒什麼新設的大學出現，但十年教改檢討已蓄勢待發，其中有一項就是攻擊行政院教改會（尤其是李遠哲）要為這個結果負責。其實一九九四年四一〇教改行動聯盟四大主張中的廣設高中大學，主要發起人黃武雄講過很多次，是指公立的部分，因為該行動的主軸在批判政府長期以來以管理主義廉價辦教育，在該脈絡下是很自然會做這種主張的。一九九六年行政院教改會所提之教改總諮議報告書就這部分，寫了一段呼應四一〇的主張：「從社會整體及個人的需要觀察，我國的高等教育都應繼續擴充。最好的方法是由政府掌握公立學校部分，加以規劃，而讓私立學校部分自由調節，以適應社會的需求。」

有些團體或批評者很容易高估過去行政院教改會的影響力，而且把教改會等同於李遠哲，這是不太妥當的。首先，教改會報告書簽名的委員除李遠哲外，還有孫震、沈君山、李亦園、楊國樞、施振榮、劉兆玄、林清江等共三十一人。其中上述有關大學容量仍宜作適度擴增的意見，則是由沈君山主持的高教小組所研議出來而由孫震撰寫的。教改會總諮議報告書撰就以後，到行政院行禮如儀向連戰報告之後就冰起來了，因為黃昆輝在府內有不同意見，吳京在外亦有不同做法，一直要到林清江在劉兆玄任行政院副院長時，提出並訂定教改十二項行動方案之後，才真正有了一個依據。

評估人的一生功過是很困難的，而且在時間還沒到時就要給人蓋棺論定，更是危險。當年很多重要的教育與校園改革，是時代潮流與很多革命志士開風氣之先，才弄出來的，像四一〇的四大教改主張、大學自主與自治、學術自由、學生自治、大學多元入學、課程改革等項，都是很多人在特定時空下的努力成果，不祇是李遠哲自己不敢掠人之美，當年參與推動之人恐怕也不同意將這些功過掛到李遠哲頭上去（縱使是有些人認為不好的教改主張）。不管評估的是一個人的功或過，要有這些認識才是究責的基本態度，是他的跑不掉，不是他的則要尊重歷史。白居易〈放言〉五首之三的七律寫得很好：「贈君一法決狐疑，不用鑽龜與祝蓍，試玉要燒三日滿，辨材須待七年期。周公恐懼流言後，王莽謙恭未篡時。向使當初身便死，一生真偽復誰知？」我們都應經常引以為鑑。

教養為其本務，反叛是其風格

人的一生功過真的很難有單一看法，因為有太多外在與社會條件是沒法控制的，惟其盡心而已。就像大學的功能，在不同時空下，教養為其本務，反叛是其風格，但直指其本心厥為下一世代之人才培育，捨此無他，亦是盡心而已！我在二〇一三年六月底寫完一組〈洛陽之歌〉的長詩，套用最後一小段放在這裡做個結束，應該也還算合適：

想我這一生
時代的變局讓我
顛沛流離 轉戰四方
都還來不及想過人生的意義
就去上根香說說話吧
在那香火裊繞處
飛舞著我一生的歡樂與哀愁。

（二〇一三年）

印刻文學 388

INK PUBLISHING

大學的教養與反叛

University Nurturing And Its Rebels

作　　者　黃榮村
總 編 輯　初安民
責任編輯　藍淑瑀　陳健瑜
美術編輯　黃昶憲
校　　對　吳美滿　藍淑瑀　洪育琳

發 行 人　張書銘
出　　版　INK印刻文學生活雜誌出版有限公司
　　　　　新北市中和區建一路249號8樓
電　　話　02-22281626
傳　　真　02-22281598
e-mail　ink.book@msa.hinet.net
網　　址　舒讀網http://www.sudu.cc

法律顧問　漢廷法律事務所
　　　　　劉大正律師
總 經 銷　成陽出版股份有限公司
電　　話　03-3589000（代表號）
傳　　真　03-3556521
郵政劃撥　19000691 成陽出版股份有限公司
印　　刷　海王印刷事業股份有限公司

港澳總經銷　泛華發行代理有限公司
地　　址　香港筲箕灣東旺道3號星島新聞集團大廈3樓
電　　話　852-27982220
傳　　真　852-27965471
網　　址　www.gccd.com.hk

出版日期　2014年 2 月 初版
ISBN　978-986-5823-64-1

定　價　350元

國家圖書館出版品預行編目資料

大學的教養與反叛 / 黃榮村著
--初版, --新北市中和區： INK印刻文學,
2014.2　面；　公分.（印刻文學；388）
ISBN　978-986-5823-64-1　（平裝）
1.高等教育 2.言論集
525.07　　103000055